Sᴀʀᴀʜ Aᴅᴀᴍs nació y se crio en Nashville. Adora a su familia, los días cálidos y hacer reír a la gente. Desde niña quiso ser escritora, pero no escribió su primera novela hasta que sus hijas empezaron a echarse la siesta y vio que se había quedado sin excusas para no ponerse a escribir.

Sarah es adicta al café, una friki de la historia británica, una introvertida puntual. Se casó con su mejor amigo y tiene dos niñas adorables. Su ilusión es dedicarse a escribir historias que te hagan reír o incluso llorar, pero que siempre hagan que te sientas más feliz que cuando empezaste a leer. Es la autora de *Las reglas del juego* y *Escapada a Roma*.

Papel certificado por el Forest Stewardship Council®

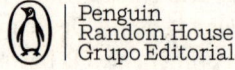

Título original: *The Cheat Sheet*

Primera edición en B de Bolsillo: enero de 2024
Segunda reimpresión: septiembre de 2024

© 2021, Sarah Adams
Publicado por acuerdo con BookEnds Literary a través de Yañez,
parte de International Editors' Co.
© 2023, 2024, Penguin Random House Grupo Editorial, S. A. U.
Travessera de Gràcia, 47-49. 08021 Barcelona
© 2023, Laura Paredes Larscorz, por la traducción
Diseño de la cubierta: Adaptación de la cubierta original
de Ash Vidal / Penguin Random House Grupo Editorial
Ilustración de la cubierta: © Sarah Adams

Printed in Spain – Impreso en España

ISBN: 978-84-1314-902-8
Depósito legal: B-19.378-2023

Impreso en Novoprint
Sant Andreu de la Barca (Barcelona)

BB 4 9 0 2 8

Las reglas del juego

SARAH ADAMS

Traducción de Laura Paredes

Advertencia de contenido sensible

Se advierte a los lectores de que en estas páginas aparecen descritos ataques de pánico. Dado que yo misma padezco ansiedad y ataques de pánico, espero haber tratado este tema con el cuidado y la sensibilidad que merece.

A mi mejor amigo, Chris. Gracias por excederte siempre con tus bromas, y por proporcionarme tanto material para mis libros.

Además, eres supersexy. Y eso también es estupendo.

Papel que el mariscal de campo lleva en la muñequera para consultar fácilmente las jugadas que el equipo va a realizar.

1

Bree

Evitar que se te caigan dos tazas de café ardiendo y una caja de dónuts mientras estás intentando abrir una puerta principal no es tarea fácil. Pero como soy la mejor amiga que una persona podría desear, lo que le recordaré a Nathan en cuanto entre en su piso, lo consigo.

Siseo cuando, al girar la llave, una salpicadura de café que sale disparada por el agujerito de la tapa me cae en la muñeca. Tengo la tez clara, por lo que hay un millón por ciento de probabilidades de que me deje una marca rojísima.

En cuanto pongo un pie en el piso de Nathan —que, en realidad, no debería llamarse piso porque tiene el tamaño de cinco pisos grandes unidos entre sí—, su conocida fragancia limpia y fresca me arrolla como un autobús. Conozco tanto este olor que creo que podría seguirlo como un sabueso si alguna vez Nathan desapareciera.

Con el talón de mi deportiva, cierro de golpe la puerta principal con el entusiasmo suficiente para advertir a Nathan de que estoy aquí. ¡ATENCIÓN, MARISCALES DE CAMPO SEXIS! ¡TAPAOS LAS VERGÜENZAS! ¡HAY UNA MUJER DE OJOS LASCIVOS EN CASA!

Se oye un grito agudo en la cocina y frunzo el ceño de inmediato. Echo una ojeada dentro y veo a una mujer con un pijama de pantalón corto, color rosa pálido, apretujada contra el rincón más alejado de la encimera de mármol blanco de la cocina. Sujeta un cuchillo de carnicero contra su pecho. Nos separa una isla inmensa, pero por la forma en que los ojos se le salen de las órbitas, cabría pensar que yo le estoy presionando con otro igual en la yugular.

—¡NO TE ACERQUES MÁS! —chilla, y yo entorno al instante los ojos preguntándome por qué tiene que ser tan chillona. Da la impresión de que lleva puesta una pinza de la ropa en el puente de la nariz y de que acaba de inhalar un globo entero lleno de helio.

Levantaría las manos para no morir acuchillada, pero voy cargada con cosas para desayunar; cosas para mí y para Nathan, no para la señorita Chillona. Pero este no es mi primer rodeo con una de las novias de Nathan, de modo que hago lo que hago siempre y sonrío a Kelsey. Y sí, sé su nombre porque, aunque ella finge no acordarse de mí cada vez que nos vemos, lleva ya unos meses saliendo con Nathan y hemos coincidido en varias ocasiones. No tengo ni idea de cómo pasa Nathan el tiempo con esta mujer. Parece todo lo contrario del tipo de persona que yo elegiría para él; como todas.

—¡Kelsey! Soy yo, Bree, ¿recuerdas? —«La mejor amiga de Nathan desde el instituto. La mujer que estaba aquí antes que tú y que seguirá aquí después de ti. ¡¿ME RECUERDAS?!».

Suelta un gran resoplido de alivio y relaja los hombros.

—¡Dios mío, Bree! Me has dado un susto de muerte. Creí que eras una acosadora que se había colado aquí de algún modo. —Deja el cuchillo, arquea una de sus cejas perfectamente cuidadas y murmura en voz no demasiado baja—. Aunque, bien mirado…, es lo que vienes a ser.

La miro con los ojos entrecerrados y una sonrisa tensa.

—¿Se ha levantado ya Nathan?

Son las seis y media de la mañana de un martes, por lo que tengo la certeza de que ya está despierto. Cualquier novia de Nathan sabe que, si quiere verlo ese día, tiene que despertarse tan pronto como él. Este es el motivo por el que Kelsey, la del pijama de satén, está en la cocina con aspecto de cabreada. Nadie valora la mañana como Nathan. Bueno, salvo yo; a mí también me encanta. Pero somos más bien raros.

Kelsey gira despacio la cabeza hacia mí con sus delicados ojos azul cielo encendidos de odio.

—Sí. Está en la ducha.

«¿Antes de que vayamos a correr?».

Kelsey me mira como si le supiera mal tener que ampliar la respuesta.

—Hace unos minutos me choqué sin querer con él al entrar en la cocina. Él llevaba su batido de proteínas en la mano y… —Hace un gesto de fastidio para dejar que termine el relato por ella: «Le tiré el batido encima a Nathan». Creo que la está matando admitir que ha hecho algo humano, así que me apiado de ella y me vuelvo para dejar la caja de dónuts en la absurdamente grande isla central.

La cocina de Nathan es fantástica. Está diseñada en tonos monocromos de crema, negro y metálico, y dispone de un amplio ventanal con vistas al océano. Es mi lugar favorito para cocinar y exactamente lo opuesto a mi caja de cerillas situada a cinco manzanas de aquí. Pero esa caja de cerillas está al alcance de mi bolsillo y cerca de mi estudio de ballet, por lo que, en general, no me puedo quejar.

—Seguro que no es para tanto. Nathan nunca se enfada por cosas como esta —digo a Kelsey, ondeando mi bandera blanca una última vez.

—Eso ya lo sé —dice empuñando su espada de samurái y haciéndola trizas.

«Entendido».

Doy un primer sorbo al café y dejo que me haga entrar en calor bajo la mirada gélida de Kelsey. Solo queda esperar a que Nathan aparezca y podamos seguir con nuestra tradición de los martes. Se remonta a nuestro primer año de bachillerato. Por aquel entonces yo era más bien una autodesignada solitaria, no porque no me gustara la gente o relacionarme con ella, sino porque vivía solo para el ballet. Mi madre solía animarme a saltarme la danza de vez en cuando para ir a una fiesta y estar con mis amigos. «Los días de poder ser simplemente una cría y divertirte no durarán toda la vida. El ballet no lo es todo. Es importante crearse una vida también fuera de él», me dijo en más de una ocasión. Y, por supuesto, como la mayoría de adolescentes obedientes…, no le hice ni caso.

Entre bailar y trabajar después de las clases en un restaurante, no tenía amigos, la verdad. Pero entonces llegó él. Como quería aumentar mi resistencia, empecé a ir a correr en la pista de nuestro colegio antes de clase, y el único día que podía combinármelo sin problemas era los martes. Una mañana me presenté y me asombró ver que ya había otro alumno corriendo. Y no cualquier alumno, sino el capitán del equipo de fútbol americano; el señor Cachas Buenorronson. Nathan no tuvo una fase difícil; a los dieciséis tenía el aspecto de un chico de veinticinco. De lo más injusto.

Se supone que los deportistas son maleducados, machistas, engreídos. Nathan, no. Me vio con mis zapatillas desgastadas, el cabello rizado recogido en el moño más burdo que jamás se haya visto, y dejó de correr. Se me acercó, se presentó con su inmensa sonrisa distintiva y me preguntó si quería correr con él. Hablamos todo el rato, convertidos al instante en mejores amigos con muchas cosas en común a pesar de nuestros orígenes distintos.

Sí, lo adivinaste: procede de una familia rica. Su padre es el director general de una empresa tecnológica y jamás mostró demasiado interés en Nathan, a no ser que estuviera presumiendo de él ante sus colegas de trabajo en el campo de golf, y su madre se limitaba a estar ahí y a insistirle en que llegara a lo más alto y la pusiera en el candelero con él. Siempre tuvieron dinero, pero lo que no tuvieron hasta que Nathan triunfó era prestigio social. Por si todavía no te has dado cuenta, no soy demasiado fan de sus padres.

Bueno, así es cómo empezó nuestra tradición de los martes. ¿Y el momento exacto en que me enamoré de Nathan? Puedo precisar el segundo en que sucedió.

Cuando estábamos dando la última vuelta aquel primer día, me sujetó la mano. Tiró de mí para que me detuviera y se agachó delante de mí para anudarme los cordones de la zapatilla. Podría haberme dicho simplemente que los llevaba desatados, pero no; Nathan no es así. Da igual quién eres tú o lo famoso que es él; si llevas los cordones de la zapatilla desatados, él te los ata. Nunca he conocido a nadie así. Me volví loca por él desde el primer día.

Los dos estábamos decididos a triunfar, a pesar de lo jóvenes que éramos. Él siempre supo que acabaría en la NFL y yo sabía que iría a la Juilliard y que después acabaría bailando en una compañía. Uno de esos sueños se hizo realidad, y el otro, no. Por desgracia, perdimos el contacto en la universidad —de acuerdo, yo hice que perdiéramos el contacto—, pero el azar quiso que me trasladara a Los Ángeles después de graduarme, cuando una amiga me habló de otra amiga que quería contratar a una profesora auxiliar en su estudio de danza, justo cuando Nathan firmaba un contrato con Los Angeles Sharks y se mudaba también a esta ciudad.

Nos encontramos por casualidad en una cafetería, me preguntó si querría ir a correr con él el martes por los viejos tiempos, y lo demás es historia. Retomamos nuestra amistad como si no hubiera pasado el tiempo y, desafortunadamente, mi corazón seguía latiendo por él como antes.

Lo curioso es que no era de prever que Nathan lograra ascender tanto en su carrera como ha hecho. No, Nathan Donelson fue elegido en la séptima ronda del Draft, evento en el que se recluta a deportistas universitarios, y, de hecho, calentó el banquillo como mariscal de campo suplente dos años enteros. Pero jamás se desanimó. Trabajó más, se entrenó más, y se aseguró de estar preparado por si alguna vez llegaba el momento de tener que saltar al terreno de juego, porque así es como Nathan se lo plantea todo en la vida: esforzándose al cien por cien.

Y, entonces, un día, todo eso tuvo su recompensa.

El anterior mariscal de campo titular, Daren, se rompió el fémur en el terreno de juego durante un partido y tuvieron que hacer entrar a Nathan. Si cierro los ojos, todavía veo ese momento. Una camilla llevándose del campo a Daren. El coordinador defensivo corriendo por la banda hacia Nathan. Nathan levantándose como un rayo del banquillo y escuchando las instrucciones del coordinador. Y entonces, justo antes de ponerse el casco y entrar en el campo para lo que pasaría a la historia como el inicio de su carrera, Nathan alzó los ojos hacia la grada buscándome a mí. (Por aquel entonces no tenía palco privado). Yo me levanté, establecimos contacto visual, y Nathan parecía a punto de potar. Hice lo que sabía que lo ayudaría a relajarse: esbocé una mueca estrafalaria y saqué la lengua de costado.

Una sonrisa le iluminó la cara y, después, lideró el equipo de tal forma que jugó el mejor partido de la temporada. Nathan pasó a ser el mariscal de campo titular durante el resto del año y llevó a los Sharks a la Super Bowl, donde se alzaron con la victoria. Esos meses fueron un torbellino para él. De hecho, lo fueron para ambos, porque ese fue el año en que yo pasé de ser simplemente profesora en un estudio de danza a ser dueña del estudio.

He venido aquí hoy para ir a correr con Nathan y como ayer por la noche no jugó a su mejor nivel, sé que esta mañana correrá extrafuerte. Su equipo ganó igualmente el partido —y accedió oficialmente a los playoffs, las eliminatorias para la Super Bowl, ¡viva!—, pero le interceptaron dos lanzamientos, y como Nathan es un perfeccionista en lo que se refiere a…, bueno, a todo, sé que andará por aquí dando tumbos como un oso con un tarro de miel vacío.

La voz aguda de Kelsey me saca de mi nostalgia.

—Sí, bueno, no te lo tomes a mal…, pero ¿qué haces aquí?

Cuando dice «no te lo tomes a mal» quiere decir «no te lo tomes nada bien, porque mi intención es soltarte algo extraviperino». Ojalá se portara así delante de Nathan. Cuando él nos ve, es de lo más dulce.

Le dirijo mi sonrisa más risueña, negándome a permitir que me robe la alegría tan temprano.

—¿Qué parece que hago aquí?

—Comportarte como una acosadora repugnante que está secretamente enamorada de mi novio y que se cuela en su casa para llevarle el desayuno.

Bueno, este es el problema. Kelsey dice las palabras «mi novio» como si fueran cartas ganadoras, como si acabara de lanzarlas a la mesa y yo tuviera que soltar un grito ahogado y taparme la boca con las manos, asombrada. «¡Dios mío! ¡Ha ganado!».

Poco se imagina que su carta es el equivalente a un cinco de tréboles solitario. En la vida de Nathan las novias vienen y van como si fueran dietas milagro. Yo, en cambio, estaba aquí mucho antes que la hipócrita de Kelsey, y estaré aquí mucho después, porque soy la mejor amiga de Nathan. Soy yo quien ha estado a su lado en todo momento, y él ha estado a mi lado en todo momento: la fase de aspecto desgarbado en el instituto —mía, no suya—, el día de su fichaje para el fútbol universitario, el accidente de coche que me cambió totalmente el futuro, cada virus estomacal de los últimos seis años, el día que asumí la propiedad del estudio de danza y el instante en que le llovía confeti después de que su equipo ganara la Super Bowl.

Pero, y esto es lo MÁS importante, yo soy la única persona en todo el mundo que sabe cómo se hizo la cicatriz de cinco centímetros que tiene justo debajo del ombligo. Te daré una pista: es embarazoso y tiene que ver con un calentador de cera para depilarse en casa. Te daré otra pista: yo lo desafié a hacerlo.

—¡Sí! —digo con una sonrisa exagerada—. Podría decirse así. Acosadora que está secretamente enamorada de Nathan. Esa soy yo, desde luego.

Los ojos casi se le salen de las órbitas porque creía que eso me fastidiaría de verdad. «¡No puedes hacerme daño con la verdad, Kels!». Bueno, salvo por lo de acosadora.

Me vuelvo y espero a Nathan. Hubo un tiempo en mi vida en el que intentaba hacerme amiga de las novias de Nathan. Ya no. No le gusto a ninguna. Da igual lo que haga para ganarme su cariño, están predispuestas a detestarme. Y lo pillo, en serio. Me consideran una seria amenaza. Pero es aquí donde la historia se vuelve triste.

No lo soy.

Todas ellas tienen a Nathan de una forma que yo nunca podré.

—¿Sabes qué? —suelta, intentando captar de nuevo mi atención—. Podrías irte y ahorrarte el mal rato. Porque cuando Nathan salga, tengo la firme intención de pedirle que te diga que te largues. Hasta ahora he tenido paciencia, pero el modo en que te portas con él es superextraño. Estás siempre aferrada a él como un trozo pegajoso de papel higiénico.

Procuro no parecer demasiado condescendiente cuando asiento dirigiéndole una sonrisa de superioridad del tipo «claro que sí, bonita». Porque esto es lo que olvidé mencionar antes: no soy ninguna amenaza para estas mujeres… hasta que le hacen elegir. Entonces, soy más amenazadora que una bomba. Puede que no duerma en la cama de Nathan, pero tengo su lealtad; y para Nathan, no hay nada más importante que eso.

Kelsey se mofa y cruza los brazos. Estamos enzarzadas en una buena pelea de expresiones aterradoras cuando la voz de Nathan retumba en la habitación que está detrás de mí.

—Ummm, ¿huelo café y dónuts? Eso quiere decir que Quesito Bree está aquí.

Lanzo una sonrisa no demasiado sutil a Kelsey. Una sonrisa vencedora.

2

Bree

Nathan entra en la cocina vistiendo unos pantalones cortos de deporte negros y sin camisa. Su torso moreno y cincelado, que solo podría pertenecer a un atleta profesional, está totalmente a la vista, y su cinturón de Adonis está guiñando el ojo y haciendo sonrojar a todo el mundo. Lleva el pelo mojado y reluciente y tiene la parte superior de los hombros algo rosada debido al agua caliente. Este es su aspecto «recién salido de la ducha» y, por más veces que lo haya visto, siempre me deja sin habla.

Lleva una toalla en la mano y se está frotando con ella su increíble cabello color chocolate. Esa afortunada toalla se está riendo tontamente de alegría. El pelo de Nathan es tan ondulado y delicioso que le ha valido un contrato de patrocinio de cinco millones de dólares con una lujosa marca de cuidados capilares para hombre. Después de que se emitiera el primer anuncio, en el que se veía a Nathan llevando en la mano esa botella de champú al salir de la ducha del vestuario con una toalla atada a la cintura y gotitas de agua aferradas a sus tersos músculos, multitud de mujeres fueron corriendo a la tienda a hacerse con esa marca con la esperanza de que convirtiera mágicamente a su pareja en Nathan. Querían que, como mínimo, su pareja oliera como Nathan. Pero hay otro secreto que solo sé yo: el pelo de Nathan no huele a ese champú porque él prefiere una marca blanca barata que va en botella verde y que lleva usando desde los dieciocho.

—Pensé que podrías necesitar esto —digo, dando a Nathan un humeante café para llevar de nuestro local favorito, situado a unas manzanas de distancia. Abro la caja de dónuts como si fuera el cofre de un tesoro. Los dónuts relucen bajo la luz. ¡Tachán!

Nathan gime y ladea la cabeza con un amago de sonrisa en la comisura de los labios mientras lanza la toalla a la encimera.

—Creía que hoy me tocaba a mí comprar el café y los dónuts. —Saca uno con glaseado de arce y se agacha para darme un besito rápido en la mejilla como hace siempre. Totalmente platónico. Fraternal.

—Sí, pero esta mañana me he despertado supertemprano con un calambre en la pantorrilla y no he podido volver a dormirme, de modo que he ido yo a comprarlos. —Espero que se trague mi mentirijilla.

Lo cierto es que no he podido dormir porque ayer por la noche rompí con mi novio y me da pavor contárselo a Nathan. ¿Por qué? Porque sé que me hará un montón de preguntas hasta averiguar cuál es la verdadera causa de la ruptura. Y Nathan no puede saber que he roto con Martin porque Martin no es él.

Quizá si hubiera entrecerrado los ojos, me hubiera tapado los oídos y hubiera sacudido la cabeza de un lado a otro, podría haberme persuadido a mí misma de que era él. Pero ¿quién quiere vivir así? No es justo para mí ni para Martin. Así que ahora el objetivo es encontrar un hombre que me atraiga más que Nathan. Lo que estoy buscando es una verdadera lámpara antimosquitos hecha hombre. Esta vez no voy a conformarme con nada que no sea un enamoramiento total y absoluto.

—Seguramente tendrías que haberte comido un plátano ayer por la noche, antes de acostarte —comenta Nathan arqueando una de sus pobladas cejas.

—Sí, sí —digo con los ojos entornados—, pero mi respuesta sigue siendo la misma: no soporto los plátanos. Son muy blandos, y saben a… plátano.

—Es igual. Está claro que tienes el potasio…

Kelsey carraspea y es entonces cuando observamos lo fruncido que tiene el entrecejo.

—Perdona, ¿no te resulta extraño que ella esté aquí a las seis y media de la mañana con café y dónuts cuando tú tienes a tu novia en casa?

De nuevo la palabra que empieza por ene. Y sí, de acuerdo, tal vez tendría que haberme dado cuenta de que Kelsey estaría aquí esta mañana y haber esperado a que Nathan se reuniera conmigo trayendo él el café y los dónuts. Culpa mía. A veces se me olvida que Nathan y yo no tenemos una amistad precisamente normal que digamos.

Nathan carraspea un poco.

—Lo siento, Kelsey, creía que recordabas que los martes salgo siempre a correr con Bree.

—Sí. —Arrastra la ese con los ojos entornados—. Cómo iba a olvidarme si pasa TODOS LOS MARTES SIN FALTA. Literalmente la única mañana que tienes libre durante la temporada.

Tiene visos de ser una conversación privada en la que yo no debería estar presente. De hecho, podría decirse que estoy de acuerdo con ella. Es raro que Nathan y yo seamos tan buenos amigos. He intentado muchas veces quitarme de en medio para que él pudiera pasar más tiempo con su novia, pero nunca me lo permite. Ahora bien, si yo fuera su novia, marcaría mucho el terreno a la hora de compartir el tiempo libre.

En la NFL los martes son días de fiesta para casi todos los equipos. Pero esta es la clave del éxito que no todos los jugadores conocen: los mejores van al campo de entrenamiento también en sus días libres. Usan este tiempo adicional para concentrarse en sus debilidades, van a ver a los fisioterapeutas, revisan las cintas de partidos anteriores, cualquier cosa que los ayude a aventajar a los demás. Nathan jamás descansa los martes, solo empieza un poco más tarde para que podamos ir a correr juntos por la mañana.

—¿No puedes tomarte, aunque solo sea esta mañana? —Kelsey pronuncia de forma exagerada cada palabra, y no sé cómo Nathan soporta su voz.

Nathan frunce el ceño y cruza los brazos. Me gustaría largarme sigilosamente de la habitación porque sé lo que va a pasar a continuación.

—Pues no, la verdad. Tengo que ir a correr para olvidarme del mal partido que jugué ayer antes de ir a entrenar hoy.

—¿Mal partido? —repite Kelsey boquiabierta—. ¡Pero si ganaste, cielo! ¿Se puede saber de qué estás hablando?

—Dos intercepciones —decimos Nathan y yo al unísono.

Arrea. Eso no le ha gustado a Kelsey. Entrecierra tanto los ojos que apenas se le ven.

—¡Qué bonito! ¿Ves lo que quiero decir? Esto no es una amistad normal. ¿Y sabes qué? Estoy harta de competir con lo que quiera que sea. Vas a tener que —¡no lo digas, Kelsey!— elegir. O ella o yo.

Parpadea varias veces y yo me giro para darle algo de privacidad en este momento de pérdida. «Queridos hermanos, estamos hoy aquí reunidos para llorar el final de la minúscula, insignificante relación de Nathan y Kelsey».

—Kelsey…, ya te dije de antemano que ahora mismo no buscaba nada serio, y tú dijiste que te parecía bien… —Nathan se detiene.

Dios mío, me sabe mal por él, de verdad. No soporta decir a una chica que está cortando con ella, porque es como un oso de peluche gigantesco. Ojalá pudiera hacerlo yo por él, pero tengo la impresión de que me estamparían una sartén de hierro fundido en la cara.

—¡¿Lo estás diciendo en serio?! —chilla Kelsey—. ¿La estás eligiendo a ella en lugar de a mí?

Vaya, no me gusta su tonito.

—Sí —contesta Nathan, impertérrito.

Kelsey está que echa chispas.

—¡Pues no pretendas que me crea que no te acuestas con ella!

—No lo hace, créeme —suelto. Y, como me preocupa que me haya salido con demasiada amargura, añado—: De verdad. Solo somos amigos. Haríamos una pareja horrible. Somos más bien como hermanos. —Puaj, eso me ha dejado mal sabor de boca.

Nathan inclina el mentón hacia mí y tarda un segundo, pero acaba sonriendo.

—Sí, nosotros nunca hemos… —se le apaga la voz y veo que traga saliva con fuerza porque le cuesta imaginarnos siquiera juntos de ese modo— sido amigos con roce.

Nunca. Ni una sola vez. Nada. Jamás. Un besito en la mejilla es lo más cerca que he estado de tener algo de acción con Nathan, por eso sé que no le gusto. Un hombre que está loco por una mujer no se pasa seis años seguidos viendo pelis sin tocarla. Y Nathan y yo nunca nos hemos tocado.

Por eso ahora me esfuerzo todo lo que puedo en demostrarle que se me da MUY BIEN lo de ser amigos. Porque, la verdad, se me da muy bien. ¿Me encantaría casarme con él y tener sus corpulentos y musculosos hijos? Sí. Sin pensármelo. Pero no está escrito, y no pienso arruinar nuestra amistad enrareciendo las cosas, dejando que descubra que se me cae la baba por él cuando él ya tiene a medio marcar el número de teléfono de la siguiente modelo con la que planea salir.

El principal problema es que sé que, si le dijera lo que realmente siento, me seguiría la corriente porque le importo de verdad como amiga. Lo intentaría con todas sus fuerzas, puede que saliera conmigo unas semanas, pero, después, me dejaría por alguien con quien sí tuviera química y yo me quedaría sin mi mejor amigo. No vale la pena.

Sí, estoy bien así.

Con el tiempo encontraré a alguien que sea tan genial como Nathan.

Puede que no…

—Vale. Muy bien, pues disfrutad de vuestra extraña amistad. Porque yo me largo. —Kelsey se detiene un instante, pero no oigo pasos. Creo que está esperando a que él la detenga. La situación es violenta para todos—. Hablo en serio. Me largo ya. Saldré por esa puerta para no volver jamás, Nathan.

«¡Nooo, no te vayas!», pienso sin ninguna sinceridad.

Y entonces se marcha furiosa. Nathan se dirige hacia la puerta, diciendo algo sobre el hecho de que todavía va en pijama y que quizá tendría que recoger antes sus cosas. Ella le dice que se las haga llegar él porque no soporta verlo ni un segundo más. Un dramón.

Oigo cerrarse la puerta de golpe y doy un puntapié al aire. «¡Hasta nunca!». También saco el móvil y mensajeo a mi hermana mayor.

Yo

Otra que muerde el polvo. ¡Kelsey ya es historia!

Lily

Ha durado más de lo que me esperaba.

Yo

Es decir, demasiado.

— 23 —

Cuando finalmente Nathan regresa a la cocina, frunzo el ceño con sinceridad, lo que demuestra que Lily estaba equivocada.

—Lo siento, amigo.

—No, no lo sientes —replica con una risita mientras apoya la cadera desnuda en la encimera.

Ojalá llevara más ropa puesta. Resulta doloroso tener que mirar algo tan hermoso sin poder tocarlo nunca. La piel de Nathan es como la caliente arena dorada de una playa exótica, envuelta en una silueta ondulante que te hace sentir deshidratada al instante. Su físico perfectamente moldeado es el motivo de que fuera nombrado el Hombre Vivo Más Sexy e incluido en la portada del número especial de *Pro Sports Magazine*, donde destacan y homenajean las distintas condiciones físicas de los deportistas profesionales y lo que tienen que hacer para conservar su cuerpo en plena forma. Es una página elegante, con manos y muslos colocados estratégicamente para tapar las partes más importantes. Pero, sí, Nathan estaba totalmente desnudo en esa revista. Y aunque tengo cinco ejemplares, jamás he sido capaz de mirar el interior —la portada solo lo muestra de cintura para arriba—. Existen ciertos límites que no se pueden cruzar como amigos. La desnudez es uno de ellos.

Tomo un dónut y me lo meto en la boca para no sonreír.

—¡No! Lo digo de verdad. Kelsey parecía... divertida.

—Le sacaste la lengua en el palco ayer por la noche.

—¡Caray! ¿Saben los Vengadores lo de tu visión sobrehumana?

Nathan sonríe y alarga la mano para tirarme de la despeinada cola de caballo.

—¿Se portaba mal contigo Kelsey cuando yo no estaba delante? Sé sincera.

Nathan tiene los ojos negros. No de color chocolate, ni castaños. De un espectacular negro azabache. Y cuando se concentran en mí de este modo, tengo la sensación de estarme asfixiando. Como si no pudiera escapar de su intensidad por más que quisiera.

Me encojo de hombros y doy un sorbo a mi café.

—No era de lo mejor, pero no pasa nada.

—¿Qué te decía?

—Da igual.

—Bree —insiste, acercándose unos centímetros a mí.

—Nathan, ¿lo ves? Yo también sé hacerlo.

Está callado, pensativo, y hay apenas quince centímetros de separación entre nuestros pechos.

—Siento si te ha hecho sentir mal. Si me hubiera dado cuenta de que era así contigo, habría roto con ella hace mucho.

Un rinconcito de mi corazón suspira. Si le importa tanto que yo forme parte de su vida, ¿por qué no se siente atraído por mí? No. Ni hablar. No voy a ir por ahí. Me niego a ser esa chica. Somos amigos y estoy contenta con eso. Doy gracias a Dios por eso. Y quizá, algún día, la vida ponga en mi camino a un hombre que me ame tanto como yo lo amo a él. Sea como sea, ahora mismo estoy bien.

—Bueno, tampoco puede decirse que yo facilitara las cosas. Seguramente no tendría que haber venido aquí tan temprano ni entrado con mi llave. —Doy un gran mordisco a mi dónut de chocolate—. Tendría que establecer mejores límites.

—Seguramente —responde, sonando de lo más serio. Pero cuando alzo los ojos hacia los de él, está sonriendo de oreja a oreja, con el hoyuelo derecho marcado y todo.

Le doy un empujoncito amistoso en el brazo.

—¿Qué? En ese caso, tal vez tendría que quitarte la llave de mi piso. Para establecer ahí algunos límites.

Da el último mordisco a su dónut, con la sonrisa aún en los labios.

—Buena suerte. Nunca voy a devolvértela. —Su brazo roza el mío cuando pasa a mi lado, y me pregunto si estaría rebasando esos límites si me pegara a su cuerpo como una lapa.

Creo que necesito ir a correr más que él, y por motivos totalmente diferentes.

3

Nathan

Sudados y cansados de haber ido a correr, Bree y yo nos dejamos caer en el suelo, delante de mi enorme sofá blanco. A la izquierda tengo una lujosísima vista panorámica del océano, pero a la derecha me espera la vista que daría mi alma por contemplar todos los días durante el resto de mi vida. Evidentemente, Bree no sabe que siento esto por ella.

Le doy unos golpecitos con los nudillos en la rodilla, justo al lado de la cicatriz irregular que cambió el rumbo de toda su vida.

—¿Qué haces después? ¿Quieres almorzar conmigo en el CalFi?

CalFi es el estadio de mi equipo. Desde hace poco cuenta con unas instalaciones adicionales de entrenamiento donde ejercitamos y trabajamos durante la semana, y que incluyen una cafetería en la que prestan sus servicios algunos de los mejores chefs del momento. Y, por si te lo estás preguntando, yo soy un cachorrillo excesivamente entusiasta, suplicando a Bree que juegue conmigo, que siempre juegue conmigo.

Vuelve la cabeza de modo que fija sus delicados ojos castaños en los míos. Bree tiene el cabello rizado, largo y rebelde, color castaño miel, y una preciosa boca ancha con hoyuelos del tamaño de mi pulgar a cada lado. Tiene una sonrisa a lo Julia Roberts, tan única y despampanante que, una vez la has visto, ninguna otra sonrisa se le acerca siquiera. Con las cabezas recostadas en el sofá, nuestras frentes casi se tocan. Quiero acercarme a ella un centímetro más. Dos centímetros. Quiero sentir sus labios.

—No puedo. Hoy tengo una clase de movimiento creativo para peques a las once.

—Nunca das clase los martes por la mañana —replico con el ceño fruncido.

—Sí, bueno —dice, encogiéndose de hombros—. He tenido que añadir otra clase por la mañana dos veces a la semana para cubrir el alquiler del estudio. El casero se puso en contacto conmigo el mes pasado y me dijo que los impuestos sobre los bienes inmuebles han vuelto a subir, por lo que tenía que aumentarme doscientos dólares el alquiler.

Trata de levantarse, pero la sujeto por la parte trasera de su camiseta con espalda en T y tiro de ella hacia abajo para que siga a mi lado. Esto ha estado al borde del coqueteo, y cuando me mira con los ojos desorbitados, sé al instante que ha sido una mala decisión. Retomo enseguida la conversación para disimular:

—Ya das demasiadas clases a la semana.

Bree tiene empleada en su estudio a otra profesora, que enseña claqué y jazz, pero la verdad es que necesita incorporar a otra para ayudarla con el volumen de trabajo. Su estudio funciona más bien sin ánimo de lucro, pero sus gastos generales no lo reflejan porque todos los locales de Los Ángeles son enormemente caros. Es injusto porque en esta ciudad una gran parte de sus habitantes es de renta baja y tiene pocos recursos, y sus necesidades se pasan por alto. El deseo de Bree ha sido siempre ofrecer un lugar a niñas que, de otro modo, no podrían recibir formación de danza, así que les permite asistir a su estudio a un coste mínimo para sus familias.

El problema es que la enseñanza es demasiado barata para su modelo actual de negocio. Ella lo sabe, pero se siente atrapada, y yo no puedo soportar que la solución que elige para el problema sea dar más clases y dedicar más horas para cubrir el déficit en lugar de aceptar mi dinero.

—Doy la cantidad normal de clases de un profesor medio —asegura en un tono impersonal de advertencia. El tono de advertencia de Bree, sin embargo, resulta tan amenazador como el de un conejito de dibujos animados. Le centellean los ojos, lo que hace que la quiera más.

Suavizo la voz, preparándome para abordar algo que sé que es delicado.

—Sé que puedes con ello y sé que eres fuerte como la que más, pero como amigo tuyo, no soporto tener que verte trabajar doliéndote tanto la rodilla. Y sí, sé que te duele mucho porque he visto que no forzabas la pierna derecha mientras corríamos hoy. —Levanto las manos instintivamente—. No me pellizques, por favor. Solo estoy intentando asegurarme de que te cuidas mientras vas por ahí haciéndote cargo de todos los demás.

Desvía la mirada.

—Estoy bien.

—¿Lo estás? ¿Me lo dirías si no lo estuvieras?

—No seas tan melodramático, Nathan —se queja entrecerrando los ojos.

Dice mi nombre de una forma que tendría que dolerme, pero que hace que quiera sonreír. Bree es una de las personas más fuertes que conozco, pero también es, de algún modo, la más tierna. Nunca es capaz de responder de mala manera, ni a mí ni a nadie más en su vida.

—No se me va a caer la rodilla por usarla demasiado, y puedo soportar un poco de dolor. Ya sabes que no controlo mi alquiler, así que, si quiero mantener la enseñanza barata para las niñas, tengo que añadir una clase adicional hasta poder encontrar otra solución. Fin de la historia. Y... ¡AH! —Levanta el dedo para apoyarlo en mis labios cuando ve que voy a discutírselo—. No aceptaré dinero de ti. Ya lo hemos hablado mil veces y necesito hacer esto por mí misma.

Mis hombros se hunden. El único consuelo de perder continuamente esta discusión es el hecho de que, en este momento, siento su piel en los labios. Me quedaré callado para siempre si me promete no moverse nunca. Y con su dedo apoyado así en mis labios, no tengo que sentirme culpable por no decirle que llevo años pagando en secreto parte del alquiler de su estudio; no es verdad, me sigo sintiendo culpable por hacerlo a sus espaldas.

El casero de Bree ya le aumentó el alquiler una vez cuando se hizo con el estudio de la antigua propietaria. Aquella noche lloró en mi sofá porque ya no podría permitírselo —más o menos lo que está volviendo a pasar— y creía que tendría que encontrar un local más barato fuera de la ciudad, lo que le quitaría por completo el sentido a su propósito de ofrecer un estudio de danza para las niñas en la ciudad.

Digamos simplemente que su casero cambió de opinión como por arte de magia y la llamó al día siguiente para decirle que había reorganizado las cosas y que no tenía que incrementarle el alquiler después de todo. También podemos afirmar, sin lugar a duda, que si alguna vez Bree se entera de que cada mes he estado pagando unos cientos de dólares de su alquiler, me quedaré sin mis partes colgantes favoritas. Seguramente no tendría que haberlo hecho, pero no podía soportar verla perder su sueño. No otra vez.

Bree fue admitida en el programa de danza de la Juilliard School justo antes de terminar el instituto y todavía no he visto a nadie tan entusiasmado por nada en la vida. Yo fui la primera persona a quien se lo contó. La levanté del suelo y giré sobre mí mismo mientras ambos reíamos, aunque, en el fondo, me asustaba un poco cómo nuestras vidas divergentes iban a afectar a nuestra amistad. Ella se trasladaría a Nueva York y yo me iría a la Universidad de Texas con una beca de fútbol. No iba a marcharme de la ciudad sin decirle a Bree lo que sentía por ella y esperaba hacer oficial lo nuestro. Hasta entonces solo habíamos sido amigos, pero a mí eso ya no me bastaba y estaba dispuesto a convertirme en algo más.

Y entonces pasó.

Un hombre que se saltó un semáforo la hizo papilla un día después de terminar el instituto. Por fortuna, el accidente no le costó la vida, pero se llevó por delante el futuro de Bree como bailarina profesional. Tenía la rodilla destrozada, y jamás olvidaré sus palabras por teléfono cuando me llamó sollozando desde el hospital.

—Se ha acabado todo para mí, Nathan. No voy a ser capaz de recuperarme de esto.

La cirugía reconstructiva fue dura para ella, pero la fisioterapia a la que tuvo que someterse ese verano fue terrorífica. Había perdido la chispa y no había nada que yo pudiera hacer para devolvérsela. Al llegar otoño, no quería dejarla; no me parecía bien seguir adelante con mis sueños cuando ella se quedaba en casa sin los suyos. Es más, yo simplemente quería estar a su lado. El fútbol no me importaba tanto como ella.

Pero entonces, ella se distanció. O, más bien, me apartó de su vida. No me dejó otra opción que ir a la Universidad de Texas como estaba previsto y, después de llegar ahí, no me devolvió ninguna de mis llamadas ni mensajes de texto. Fue como una ruptura de lo más dolorosa, a pesar de que nunca habíamos salido. Nos pasamos cuatro años sin hablarnos y todavía ahora sigo sin tener ni idea de por qué lo hizo. Ahora su nueva vida es próspera, de modo que no hablamos del pasado. Me da demasiado miedo conocer la respuesta a por qué me sacó de su vida entonces.

Cuando me gradué, me ficharon los Sharks y me mudé a Los Ángeles. Bree también estaba aquí. Creo que, sin lugar a duda, fue el empalagoso y anticuado destino lo que volvió a unirnos. Entré en una cafetería, la campanilla sonó sobre mi cabeza, ella levantó la vista de un libro que estaba leyendo y nuestras miradas se encontraron de un extremo a otro del local. Bree fue como un desfibrilador aplicado en mi pecho. Pam. Mi corazón no ha latido igual desde entonces.

Aquel día, volví a encontrar a mi vieja amiga. La amiga que conocía antes del accidente, llena de vida y energía, salvo que todavía mejor. Se la veía más saludable, con unas increíbles y suaves curvas femeninas que no estaban ahí antes, y tenía la rodilla lo bastante curada como para poder trabajar como profesora en el estudio que ahora le pertenece. Por desgracia, en aquel momento tenía novio. Ni siquiera recuerdo su nombre, pero él fue la razón de que no le pidiera en el acto que saliera conmigo.

Retomamos nuestra tradición de los martes y desde entonces he estado dando tumbos en el inmenso e infinito agujero infernal conocido como «zona de amigos». Me temo que voy a morirme en esta zona de amigos porque ella me recuerda constantemente que no está interesada en nada romántico. Casi cada día dice una frase terrible del tipo:

«Solo amigos».

«Prácticamente mi hermano».

«Incompatibles».

«Dos amigos».

En fin, es por eso por lo que lo hice. No podía soportar quedarme de brazos cruzados viendo como ella perdía algo que era importante para ella cuando yo podía solucionarlo con facilidad esta vez. Así que le he estado pagando en secreto el alquiler y se pondrá furiosa si algún día lo descubre.

Tomo nota mentalmente de hablar más tarde con el bueno del señor casero justo cuando el dedo de Bree se aleja de mis labios.

—En serio, ¡no te preocupes! Ya se me ocurrirá algo, como siempre. Pero, de momento, recurriré a los ibuprofenos y al hielo entre clase y clase. Estoy bien, te lo prometo.

Como solo soy su amigo, no tengo más remedio que levantar las manos a modo de rendición.

—Entendido, lo dejaré estar. No te preguntaré más si puedo darte dinero.

—Gracias —responde, alzando su precioso mentón con aires de superioridad.

—Escucha, Bree…

—¿Sí? —pregunta, recelosa.

—¿Quieres mudarte aquí conmigo?

Gime ruidosamente y deja caer la cabeza de nuevo sobre el sofá.

—Nathaaannn, ¡déjalo ya!

—En serio, piénsalo. Los dos detestamos tu piso…

—Tú detestas mi piso.

—¡Porque no está en condiciones de ser habitado! Estoy un mil por ciento seguro de que hay moho, las escaleras están pegajosísimas, aunque nadie sabe por qué, y ¡ese OLOR! ¿De qué coño es?

Hace una mueca porque sabe perfectamente de qué estoy hablando.

—Se sospecha que puede ser de un mapache que se quedó atrapado entre las paredes y murió, pero no podemos saberlo con certeza. O… —Desvía enseguida la mirada— podríaserelcadáverdeunapersona. —Ha mascullado esta última parte y me planteo tomarla como rehén y obligarla a vivir en mi piso limpio y sin moho en contra de su voluntad.

—Lo mejor es que, si vivieras aquí, no tendrías que pagar alquiler, y entonces no necesitarías ganar tanto con el estudio.

—Es un subterfugio, una forma de que reduzca costes sin aceptar un solo centavo de mí.

Se me queda mirando tanto rato que creo que está dudando.

—No.

Ella es una aguja, y yo, un globo hinchado.

—¿Por qué? Ya prácticamente vives aquí. Hasta tienes tu propia habitación.

Levanta un dedo para corregirme.

—¡Habitación de invitados! Es una habitación de invitados.

Es su habitación. Me hace llamarla habitación de invitados, pero en ella tiene ropa de repuesto, algunos cojines de colores que ha añadido ella misma y varios productos de maquillaje en los cajones. También duerme aquí por lo menos una vez a la semana cuando trasnochamos demasiado viendo una película o está demasiado cansada para ir andando a su casa. Sí, esta es la otra cosa: su piso está a tan solo cinco manzanas calle abajo —sí, cinco manzanas significan una diferencia enorme en una ciudad grande como Los Ángeles—, por lo que ya prácticamente somos compañeros de piso, solo que separados por centenares de otros compañeros de piso. Es de lógica.

—No, y hablo en serio, déjalo —insiste en un tono que me hace saber que me estoy acercado poco a poco al territorio de «mejor amigo avasallador y gilipollas» y que tengo que sosegarme.

Hay quien podría estar tentado de pensar que mi trabajo a tiempo completo es el de deportista profesional. Falso. Es obligarme a mí mismo a mantenerme en esta área gris con Bree en la que estoy loco por ella por dentro y tan solo soy un amigo platónico por fuera. Es una forma cruel de tortura. Es mirar al sol sin pestañear a pesar de lo mucho que quema.

Ah, ¿y he mencionado que hace unas semanas la vi desnuda sin querer? Sí, eso no ha ayudado. Bree no lo sabe, y no tengo intención de decírselo porque se pondría superrara al respecto y me evitaría una semana entera. Los dos tenemos la llave del piso del otro, así que entré como hago siempre, pero esta vez había olvidado avisarle de que iba a ir. Ella salió del cuarto de baño con el culo al aire y regresó sin ver que yo estaba allí, en mitad del pasillo, con la quijada tocando el suelo. Me volví al instante y me marché, pero esa imagen preciosa está marcada, no, algo más que marcada..., grabada, transcrita, serigrafiada en mi memoria para siempre.

—Dame una razón válida por la que no quieras vivir aquí, y lo dejo del todo. Palabra de boy scout. —Levanto la mano derecha.

Bree la mira, trata de no sonreír, y después me dobla el meñique y el pulgar.

—Tú no eres boy scout, de modo que tu palabra de honor no vale nada, pero no puedo mudarme contigo porque sería demasiado raro. Ya está, ya te he dado una respuesta. Ahora tienes que dejarlo. —Se levanta de un salto del suelo y esta vez la dejo marcharse. Su cola de caballo rizada se balancea tras ella con algunos mechones sueltos pegados al sudor del cuello mientras se va hacia la cocina.

La sigo, sin estar dispuesto a dejar aún el tema de conversación porque creo que finalmente he dado con el motivo real.

—¿Para quién sería raro? ¿Para ti o para Martin? Seguro que sabe que no hay nada que deba preocuparlo entre nosotros. —Me desagrada muchísimo su novio. No la merece. A ver, yo tampoco la merezco, pero eso no viene al caso. ¿A qué clase de imbécil le parece bien que su novia viva en un edificio peligroso y no le ofrece mudarse con él?

Bree deja de mirarme a los ojos y tuerce la boca. Le está dando vueltas a algo y arqueo las cejas para animarla.

—¿Bree?

Se gira y sumerge la muñeca, con sus siempre presentes pulseras trenzadas de colores, en la monstruosidad de su bolso.

—¿Te he dicho que tengo algo para ti? Te animará después de haber cortado con la chillona…, quiero decir, con Kelsey. —Suelta una risita por su ocurrencia, y procuro que no me vea sonreír. No podría importarme menos haber cortado con Kelsey. Me preocupa más por qué está intentando cambiar de tema ahora mismo.

Busca y rebusca en su bolso, y sé lo que va a pasar. Bree tiene una obsesión con las bagatelas. Si ve algo que le recuerda a uno de sus amigos o de los miembros de su familia, lo compra y se lo mete en ese bolso a lo Mary Poppins para regalárnoslo después. Yo tengo dos estantes enteros de objetos que me ha dado a lo largo de los años. Su hermana Lily tiene tres estantes. Una vez nos apostamos quién tenía más «Breegatelas», como las llamamos, y yo perdí. Lily me ganó por siete.

Finalmente, encuentra lo que está buscando y de su bolso sin fondo sale una bola mágica del ocho en miniatura.

Sus uñas arcoíris la dejan delicadamente en la palma de mi mano mientras dice en voz baja:

—El número ocho. Porque tú eres el ocho del equipo, ya sabes. —La dejaré junto a mi carta número ocho de la baraja, mi vaso de chupito con el número ocho y la vela de cumpleaños con la forma del número ocho—. Además, Martin y yo hemos roto.

Espera, ¿qué?

El mundo deja de girar. Los grillos se callan. Todo el mundo, en todos los lugares del planeta, se vuelve para mirarnos. Yo, sin embargo, tengo que esforzarme mucho en permanecer neutral. De alguna forma, sé instintivamente que el modo en que reaccione ahora mismo es fundamental si quiero conservar el *statu quo* de nuestra amistad. «No estropees las cosas, Nathan».

—¿Cuándo ha sido eso?

—Ayer por la noche. Rompimos después del partido. —Su respuesta es rápida—. Bueno, de hecho, yo rompí con él después del partido. Pero a él le pareció bien. Fue más bien mutuo.

No me lo puedo creer.

—¿Por qué no me lo has dicho hasta ahora?

Se encoge de hombros, concentrada en hacerse subir y bajar las pulseras por la muñeca una a una.

—Es que no lo pensé.

—Mentira. A nadie se le olvida oportunamente que ha roto con alguien con quien ha estado saliendo seis meses.

Aprieta los dientes y entorna los ojos hacia mí.

—¡Muy bien! No quería hacerlo, ¿vale? No ha sido para tanto. Martin y yo apenas nos veíamos, y… él era aburrido. Nuestra relación era aburrida. No había chispa. Ya no podía más. —Bree dice todo esto como si no tuviera la menor importancia, mientras yo tengo que recordarme a mí mismo que tengo que seguir respirando, despacio, inspirando y espirando, como un ser humano normal y no como si estuviera cortocircuitando por dentro.

Porque ahora, en este momento, es la primera vez que los dos estamos sin pareja al mismo tiempo en los últimos seis años. De algún modo, nuestras relaciones han ido dando tumbos en un ciclo casi humorístico.

Y ahora… los dos estamos sin pareja.

Al mismo tiempo.

Y la he visto desnuda… Aunque esto no tiene nada que ver con nada, de vez en cuando me viene a la cabeza sin ton ni son.

Si me agachara en este instante y la besara, ¿me dejaría hacerlo? ¿Me haría la cobra? ¿O se fundiría conmigo y eso marcaría de una vez el final de nuestra amistad platónica? Estas son las preguntas que me mantienen despierto por la noche.

Pero no consigo dar con las respuestas, porque Bree coge de repente el bolso de la encimera y se lo cuelga al hombro.

—Bueno, pues ahora ya lo sabes. Ya nos veremos… en algún momento —dice, alejándose de mí con la cara sonrojada.

La sigo hasta la puerta.

—Mañana —suelto, cerrando los dedos alrededor de la bola mágica del ocho—. Mañana iré a recogerte para ir a la cena de cumpleaños de Jamal, ¿recuerdas? —A mis compañeros de equipo les encanta Bree, la llaman la hermana pequeña de los Sharks. Yo me niego a llamarla así.

Tropieza hacia atrás con un zapato y se sujeta con una mano en la pared, de modo que la larga cola de caballo castaño miel le golpea la cara.

—¿Mañana? Ah, sí, se me había olvidado. ¡Suena bien! —Está muy extraña. O más extraña de lo normal, debería decir—. Pues…, ¡nos vemos mañana, entonces!

Sonrío cuando intenta salir por la puerta principal, pero el bolso se le queda pillado en el pomo y tira de ella obligándola a dar un paso hacia atrás. Grita, se libera y se marcha corriendo.

Con un suspiro, miro mi última Breegatela.

—Bueno, bola mágica del ocho, ¿tú qué opinas? ¿Tendría que decirle a mi mejor amiga que la amo?

Doy la vuelta a la bola y el mensaje reza: «Respuesta confusa, inténtalo otra vez».

Al día siguiente, durante el entreno, está claro que el anuncio de que Bree no tiene pareja ha ocupado todo el espacio disponible en mi cabeza. No puedo concentrarme en las jugadas. He fallado demasiados pases. Jamal, el mejor corredor de nuestro equipo, ha empezado a llamarme Manos de Mantequilla y está corriendo como la pólvora. A todo el mundo le parece graciosísimo porque yo nunca estoy así. El entrenador se muestra preocupado y cree que tengo la gripe. Manda llamar a un médico del equipo para que me tome la temperatura en la banda delante de todo el mundo. Me siento como un idiota.

—Es solo que tengo algo en la cabeza —explico a Jamal después, cuando el entreno ha terminado y me está acribillando a preguntas sobre por qué lo he hecho tan mal hoy.

Suelta un simulacro de carcajada mientras acaba de abrocharse la camisa. Yo ya voy vestido y estoy sentado en el banco en medio del vestuario, a la espera de ir a la sala de prensa a responder las preguntas de los medios sobre el próximo partido.

—¿Tiene algo que ver con tu ruptura con Kelsey?

Levanto la cabeza de golpe.

—¿Cómo sabes tú eso? —me sorprendo—. Apenas rompí con ella ayer por la mañana.

Su condescendiente sonrisa dice: «Eres idiota».

—Lo anunció en Instagram ayer por la noche, junto con un enlace a un artículo de cotilleo de la web de *In Touch Magazine*.

—Mierda. —Tendría que haberlo pensado mejor antes de salir con ella. Kelsey es una modelo que al principio parecía maja, pero que después, al conocerla mejor, resultó que solo buscaba notoriedad. Aunque, para ser sincero, no puedo decir que me importe que una mujer solo quiera salir conmigo por la atención que consigue atraer gracias a ello. Solo salgo con otras mujeres porque Bree está siempre saliendo con otros hombres. Aunque ahora no... Y como yo no acabo de encontrar una mujer que sea ni remotamente tan increíble como Bree, creo que ha llegado el momento de dejar de buscar a nadie más.

Además, estoy harto de que mis novias sean groseras con Bree. Es como ver a alguien intentar aplastar una mariposa: cruel y deprimente. De repente, me preocupa ese artículo por otros motivos. Kelsey puede hablar mal de mí todo lo que quiera, pero si ha mencionado siquiera el nombre de Bree una sola vez, le enviaré a mis abogados antes de que pueda decir esta boca es mía.

—¿Has leído el artículo? —pregunto a Jamal mientras se acicala ante el espejo.

Emite una carcajada gutural que me indica que no va a gustarme su respuesta.

—Oh, sí, ya lo creo. Y no va a gustarte nada.

—¿Menciona a Bree? —quiero saber irguiendo la espalda.

Jamal me mira un instante y, al verme con actitud peleona, sacude la cabeza.

—No, pero eres patético, ¿sabes? Mírate, dispuesto a arruinar a alguien para vengar a la mujer a la que nunca has besado. Tienes que aclararte, chaval. O vas a por Bree o te olvidas de ella. Es evidente que tienes una frustración reprimida que está empezando a afectar a tu juego, y eso no puede pasar ahora, porque... jugamos los playoffs, tío. Los PLAYOFFS. —Está sacudiendo los puños en un intento desesperado de hacérmelo entender. Como si yo no supiera ya que los playoffs son importantes.

—Pero dejemos algo claro, ¿el artículo no menciona a Bree? —insisto, ignorando a Jamal.

—No. —Me dirige una mirada inexpresiva—. Tu objeto del deseo está a salvo de cualquier calumnia. Tú, en cambio... —Ríe como hacen los amigos cuando ven que tienes un moco pegado en la cara, pero no tienen intención de avisarte.

Una vez más, lo ignoro.

—Pues me trae sin cuidado el artículo. —Mi imagen nunca ha sido importante para mí. Lo único que me preocupa es jugar bien los partidos—. Además, solo hemos salido un par de meses. Dudo que pueda echar demasiada mierda sobre mí. —Básicamente porque soy aburrido: no voy de juerga, no bebo durante la temporada, me acuesto temprano y me levanto temprano.

Jamal parece estar a punto de estallar de júbilo ante la expectativa. Su sonrisa es agorera, tiene las cejas arqueadas y puede que ahora me haya puesto un poco nervioso por lo que Kelsey haya dicho. Me da una palmadita en la espalda al salir del vestuario.

—Ven a verme cuando te dispongas a leerlo, ¿de acuerdo? No quiero perderme tu cara cuando lo hagas.

Al marcharse Jamal, otro de mis compañeros de equipo cruza el vestuario en dirección a la ducha riéndose de algo que está mirando en el móvil.

—¿Todo bien, Price? —le pregunto saludándolo con la cabeza, aunque no me está mirando.

Se ríe más fuerte y pasa a mi lado.

—¡Tú no, al parecer!

No tengo ni idea de lo que quiere decir, pero intuyo que no va a gustarme cuando lo sepa.

4

Bree

—¡OH, DIOS MÍO!, se me cae la baba. Imani, tráeme una fregona para poder limpiar este charco.

—Chis, que va a oírnos. ¡Habla más bajo, tonta!

—Me da igual que me oiga, tiene que saber que es increíble que no se esté tirando a este pedazo de…

Carraspeo y cruzo los brazos, dando golpecitos en el suelo con un pie como recuerdo que hacía mi madre, aunque me niego a pensar en mí como en la madre de estas chicas porque no soy, en absoluto, lo bastante vieja. Soy, más bien, como su hermana mayor. Sí, ¡su supergenial hermana mayor con la que tienen la suerte de pasar el rato!

—Dame eso —digo con la mano extendida hacia el grupo de alumnas de ballet de dieciséis años que se ciernen inquietantemente sobre un móvil. Y sí, ahora me siento como su madre.

—¿Lo ves, Hannah? Esto pasa por haber abierto tu bocaza. —Imani se levanta del grupito formado en el rincón del estudio mientras esperaban a que diera comienzo la clase y recorre grácilmente el suelo de madera noble hacia mí.

La funda rosa y azul enjoyada del móvil acaba en la palma de mi mano y, al bajar la vista, me encuentro con una foto de Nathan en un sensual anuncio de algo, vistiendo solo los pantalones de su uniforme y unas espectaculares botas negras. Los abdominales se le marcan bajo la luz del estudio y hay algo más que un ligero brillo reflejándose en su tersa piel gracias al aceite con que le han untado. No sé muy bien lo que están vendiendo, pero estoy dispuesta a gastarme todos mis ahorros para comprarlo.

Le doy al móvil para que deje de verse la foto, a pesar de que quiero copiar y pegar la URL para enviármela a mí.

—En primer lugar, no tendríais que estar mirando esto. ¡Casi os dobla la edad!

—¡Y qué! El atractivo sexual no tiene edad. —Sierra, que también tiene dieciséis, es la que suelta esta perla.

—Sí la tiene, créeme. Mira lo que dice la ley. —Todas ellas entornan los ojos. Las chicas de dieciséis años son aterradoras—. Y en segundo lugar, esto ha pasado totalmente por Photoshop. No tiene este aspecto en la vida real. —Me callo que está mejor.

Hannah me señala enérgicamente con un dedo.

—¡Tendría que morderse la lengua! —exclama—. Es el hombre más sexy del planeta y todo el mundo lo sabe. Y nosotras queremos saber cómo puede ser la mejor amiga de ese dios entre los hombres y no tirárselo.

—Eh, no digas «tirárselo» —la riño con la nariz fruncida—. ¿Dónde aprendiste a hablar así?

—Está evitando la pregunta —replica Hannah. Es la reina del descaro en esta clase.

Cruzo el largo estudio hacia el equipo de sonido del rincón del fondo. Con el mando a distancia en la mano, me pongo sobre las puntas y giro para ponerme de cara al pequeño e inexperto jurado que está ahora en fila, frente al espejo de pared, con los brazos cruzados. Estas muchachitas van en serio.

—No estoy evitando la pregunta. ¡Simplemente no es digna de respuesta! Además, no es un tema de conversación adecuado para una clase. Lo que yo haga con mi amigo es cosa mía, no vuestra. —Me gustaría darles un toquecito en la nariz a cada una de ellas para dejárselo claro.

—Pero lo ama, ¿verdad? —pregunta Imani.

Me pongo las manos en las caderas. Uf, más pose de madre.

—Si os contesto, ¿podemos empezar la clase?

—Sí —responden las Spice Girls del ballet al unísono.

—Pues no, no lo amo, Juan Ramón. No lo amo en un coche, no lo amo por la noche. No lo amo con un gato, no lo amo ni un rato —canturreo adorablemente como si se tratara del cuento del Dr. Seuss mientras hago piruetas para transmitir juguetonamente esta mentira de un modo que espero que comprendan.

Fruncen mucho el ceño. Creen que soy un muermo.

Ni por asomo voy a dar a estas chicas lo que quieren: la verdad. Decirles todo lo que siento en realidad por Nathan sería como lanzar miles de caramelos Pixy Stix en una habitación llena de bebés. Se volverían locas y ya nunca tendría paz. También existe la posibilidad muy real de que encontraran una forma de ponerse en contacto con él y le contaran todo lo que digo. Mejor mentir y fingir que Nathan no me gusta de esa manera.

—¡Qué aburrido! —gime una de las chicas—. ¿Para qué tener un mejor amigo sexy si no vas a acostarte con él?

—¡MUY BIEN, OS QUIERO A TODAS EN POSICIÓN! —grito, y doy una palmada como una profesora parisina cuyo único objetivo en la vida es llevar a sus alumnas al borde de la muerte. Que es más o menos lo que planeo hacer hoy.

Que sea una clase de ballet económica no significa que reciban una mala formación. Enseño a estas chicas con la misma precisión y las mismas expectativas que yo recibí en mi lujosísimo y carísimo estudio al crecer. Me estremezco al recordar cómo mis padres y yo tuvimos que matarnos a trabajar para permitirnos ese sitio. Sí, me has oído bien, mis padres y yo teníamos que trabajar para pagarlo. Ni mi padre ni mi madre tuvieron nunca ningún trabajo especialmente bien remunerado, y como también cuidaban de mi abuela, que estuvo luchando contra una forma agresiva de cáncer durante la mayor parte de mi infancia, mi padre tenía dos empleos para llegar a fin de mes. Siempre íbamos justos de dinero.

Mi hermana y yo trabajamos durante el instituto para pagarnos el coche, el seguro, diversiones como entradas de cine y hasta parte de mi matrícula de ballet. Ojalá un estudio como el que yo poseo ahora hubiera existido cerca de mí entonces, cuando yo era más joven, por muchos motivos, como:

1) Ofrecemos una enseñanza basada en los ingresos. Esto significa que, si tus padres ganan menos, tus clases cuestan menos y nos aseguramos de que puedas permitirte venir a ballet. Porque la danza no tendría que ser accesible solo para los ricos. Tendría que ser algo que pudiera disfrutar todo el mundo. No tendría que ser ninguna carga.

2) Mi estudio se concentra no solo en la técnica y en la práctica, sino en la persona entera. Me preocupo por estas chicas. Me preocupo por si comen. Me preocupo por si tienen ropa para el colegio en otoño. Me preocupo por si se están peleando con una amiga y necesitan un abrazo o que las lleven a clase ese día. Me preocupo más por lo que sus ojos me están diciendo que por el movimiento de sus pies. Porque, como he aprendido de primera mano, el ballet se te puede esfumar en un abrir y cerrar de ojos, pero tu alma permanece contigo para siempre. Finalmente estoy siguiendo el consejo de mi madre y aplicándolo a la formación de danza de mis alumnas.

Pero no me malinterpretes, también me preocupo por el movimiento de sus pies y ahora mismo, mientras practicamos, les doy una clase de enseñanza de la que pueden sentirse orgullosas. Quiero que, cuando terminen el instituto, sientan que han recibido toda la formación que necesitaban para bailar en una compañía o solicitar su admisión en la Juilliard. Durante esta clase de una hora con estas chicas, lo doy todo, y espero que ellas hagan lo mismo a cambio.

Sin embargo, hay que hacer algunos sacrificios para ofrecer clases más baratas. En lo que a estudios de ballet se refiere, este es minúsculo. Es una ratonera…, una ratonera situada en la parte superior de una pizzería, donde lleva diez años prosperando. Se lo adquirí a la vieja propietaria, la señora Katie, hace cuatro años, y jamás he vuelto la vista atrás. Este es mi pedacito de cielo. Huele a levadura y a pepperoni, y suena a música clásica y a risas.

Cuando termina la clase, me coloco en mi puesto habitual delante de la salida, en el pasillo de metro veinte de anchura que recorre longitudinalmente el estudio. Está lleno de bolsas de danza, botellas de agua y zapatillas, comprendido entre un lavabo individual en un extremo y mi diminuto despacho en el otro.

Las chicas hacen fila con sus bolsas colgadas al hombro y van saliendo de una en una, deteniéndose para escuchar el mensaje inspirador que les digo cada vez que se van. Les entran ganas de arrancarse las orejas al tener que oírlo tan a menudo, pero prefiero depilarme hasta el último pelo de mi cuerpo antes que dejar de decírselo, porque sé que necesitan oírlo. Alargo la cesta de galletas caseras de avena ricas en proteínas que preparo cada semana para mis clases.

—Imani, estoy orgullosa de ti. Eres bonita y valiosa tal como eres. Toma una galleta. —Lo hace y entorna los ojos con una sonrisa—. Sierra, estoy orgullosa de ti. Eres bonita y valiosa tal como eres. Toma una galleta. —Saca la lengua y frunce la nariz. Yo también le saco la lengua.

Sigo así con las ocho bailarinas de la fila, mirando a cada una de ellas a los ojos, observando si hay algo que parece ir mal, asegurándome de que no están demasiado delgadas, señal de que están durmiendo bien, de que no se están dejando el alma para bailar, como desearía que mis profesoras hubieran hecho conmigo. Porque esto es lo que pasa con las bailarinas a este nivel: harán cualquier cosa para triunfar, lo que suele traducirse en esforzarse tanto que les sangran los pies, en matarse de hambre para que sus cuerpos tengan líneas más esbeltas, en buscar siempre la perfección y pasarse más tiempo bailando que viviendo. Yo fui así en cierto momento y estoy agradecida de haber dejado de serlo. Ahora, como cuando tengo hambre y vivo la vida fuera de la danza.

El accidente de coche me salvó la vida, porque si hubiera ido a la Juilliard con la mentalidad malsana en cuanto a mi cuerpo y el estilo de vida adicto al trabajo que tenía entonces, no sé qué me habría pasado. Pues bien, yo me aseguraré de que mis bailarinas se sientan acompañadas y queridas y, maldita sea, ¡de que estén ALIMENTADAS!

Hannah es la última alumna de la fila, y cuando se dispone a tomar una galleta, mi radar de profesora superprotectora empieza a sonar porque no levanta la mirada. Normalmente, me hace una mueca como las demás chicas cuando salen por la puerta. Aparto la cesta de galletas en el último segundo, antes de que su mano de joven adulta pueda atrapar una.

—Ah, ah, ah —digo como si estuviera reprendiendo a un cachorro que es demasiado lindo para poder regañarlo. Mantengo la cesta lejos de ella—. No hay galleta si no me cuentas por qué tienes los ojos huidizos.

Oooh, se me olvidó que estaba tratando con la peor clase de adolescente: una adolescente de nivel cuatro, es decir, una adolescente con carné de conducir que cree que ya es toda una adulta.

Cruza los brazos.

—Pues vale. De todas formas, no tengo hambre. —Sigue escondiéndome los ojos, pero, aun así, veo que hay algo acechando en ellos.

Bueno, por desgracia para ella, yo nunca crecí del todo.

Como no me está mirando, puedo quitarle fácilmente de la mano el mismo móvil con la funda enjoyada que mostraba antes la maravillosa foto de Nathan. Lo sujeto detrás de mi espalda y le indico con los ojos que nunca lo recuperará si no obedece. Suelta un grito ahogado, indignada, y yo la imito como un loro molesto, abriendo mucho los ojos de modo burlón.

—Ah, ¿quieres esto? Dime qué te pasa y te lo devolveré.

—¡Señorita Bree! —se queja—. ¡No puede quitarme el móvil! Esto no es el colegio.

—Pues creo que ya lo he hecho. —Soy implacable, pero me da igual que se enoje, porque ahora estoy convencida de que le ocurre algo que no me está contando y me importa demasiado como para dejarlo pasar.

—¡Ya está bien! —gime—. ¡Tengo que irme! Mi turno empieza en cuarenta y cinco minutos y debo ir a casa a cambiarme. ¿Podría devolverme el móvil, por favor?

Pongo cara de pensármelo.

—Ummm…, no. Cuéntame qué te pasa.

Sus esbeltos hombros se desploman todo lo que el cuerpo de una bailarina totalmente refinada le permite.

—¿De verdad que no va a devolvérmelo? —Al ver que sonrío amablemente y sacudo la cabeza, entorna los ojos—. De acuerdo. Mi padre ha vuelto a quedarse sin trabajo. Dice que la empresa tenía que hacer recortes. Sé… Sé que mis clases ya son baratas, pero puede que tenga que dejar de venir igualmente. No puedo trabajar más horas y seguir sacando buenas notas.

Le devuelvo el móvil rosa y azul enjoyado.

—Gracias —digo—. Bueno, no ha sido tan difícil, ¿no?

Me fulmina con la mirada.

—Ha sido una invasión de mi privacidad —asegura.

—Claro, claro, entiendo lo que quieres decir, pero… no me importa. —Sonrío y le doy una galleta. Hannah sonríe tímidamente, y sé que me ha perdonado—. Olvídate de pagar las clases hasta que tu padre se recupere.

Parece estupefacta.

—¿Habla en serio? Señorita Bree, no puedo…

—¡Claro que puedes! Venga, deja de preocuparte o te saldrá una úlcera. —Me giro para apagar las luces del estudio y recoger mi bolsa de lona—. El jueves quiero verte en clase.

Una vez salimos, cierro la puerta con llave y bajamos juntas las empinadísimas y estrechísimas escaleras que conducen al aparcamiento. El olor a masa de pizza es tan intenso que quiero tirar estas galletas saludables por todo el edificio y devorar una sensacional pizza con corteza rellena en su lugar. Cabría pensar que después de seis años oliendo este evocador aroma a levadura, me habría acostumbrado a él, quizá hasta lo habría aborrecido. Pero no.

Hannah se vuelve hacia mí cuando llegamos al final de las escaleras. Abre la boca, pero no emite ninguna palabra. Veo que tiene lágrimas pegadas a sus largas pestañas. Suelta despacio el aire y, después, asiente.

—Gracias, señorita Bree. Aquí estaré.

Y esto es todo lo que quiero. Bueno, esto y que, de algún modo, me caiga, como si fuera maná, más dinero del cielo. No estoy demasiado segura de cómo podré salir adelante sin cobrar las clases de Hannah y con un presupuesto ya de por sí ajustado, pero me niego a rechazar a una chica que necesita ayuda.

De repente me acuerdo de una entrada que he visto esta semana en Instagram. Era de The Good Factory, es decir, la buena fábrica, diciendo que uno de sus increíbles locales iba a quedar disponible el mes que viene y que actualmente están aceptando solicitudes. He soñado con conseguir un espacio en The Good Factory desde que me enteré de su existencia hace unos años. Se trata de un gigantesco edificio renovado que en su día fue, lo adivinaste, una fábrica, y que fue incluido como donación en el testamento de un benefactor rico con el objetivo concreto de ofrecer locales libres de alquiler a organizaciones sin ánimo de lucro. El único coste general que se exige cubrir a las organizaciones es el de cualquier modificación que tengan que hacer en el espacio —lo que, en mi caso, sería añadir espejos y una barra de ballet—. Solo hay quince locales enormes disponibles para usar en la fábrica y SIEMPRE están ocupados, porque, a ver, ¿quién no querría estar ahí?

Cada local dispone de unas maravillosas ventanas, suelos de madera noble y enormes paredes de ladrillo expuesto. Estoy segura de que no hay la menor fragancia a levadura en ningún lugar de ese edificio. Quiero enviar una solicitud, porque con el alquiler gratis, podría convertir oficialmente mi estudio en un negocio sin ánimo de lucro y reducir los precios de las clases hasta dejarlos prácticamente a cero. Pero tan solo pensar en presentar la solicitud me hace poner los ojos en blanco. Es imposible que me seleccionen entre los cientos de solicitudes que habrá. A estas alturas ya he aprendido a no contar demasiado con algo futuro que no está en absoluto en mis manos. Es mejor salir adelante con los recursos de que dispongo en este momento.

Miro como Hannah se dirige hacia su coche y espero hasta que está segura dentro para ir a buscar el mío. Lanzo la bolsa en el asiento del copiloto, que ya está lleno de suéteres y botellas de agua, y compruebo el móvil. No me sorprende ver un nuevo mensaje de voz de Nathan, porque se nos da muy bien la amistad a través de mensajes de voz y de texto. Solemos llamarnos y dejar mensajes de voz sin sentido ni motivo alguno. Somos como amigos por telefonía móvil.

Hola, ¿es verdad que algunas orugas son venenosas? No sé cómo se me ha metido una en la camioneta y ha desaparecido en cuanto me he despistado un momento. Ahora me pregunto si tendría que comprarme un vehículo nuevo y cederle este a ella. ¿Qué opinas?

Le devuelvo inmediatamente la llamada y, como no me contesta, le dejo un mensaje:

Todavía no he tenido tiempo de buscarlo en Google, pero mejor prevenir que curar. ¿Puedes comprarte un llamativo coche deportivo esta vez? Por cierto, me apetece muchísimo un granizado de cereza. ¿Significa eso que tengo alguna deficiencia vitamínica? Nada más. Bueno, adiós.

Después de colgar, rebusco en internet intentando encontrar esa foto que las chicas miraban antes de clase.

5

Bree

Oigo llamar a la puerta de mi piso con los nudillos, y a continuación la voz de Nathan.

—¡Bree! ¿Estás aquí?

—¡Enseguida salgo! —grito desde el cuarto de baño, donde acabo de ponerme una mascarilla facial.

Son solo las cinco y media de la tarde. Ha llegado algo temprano para recogerme e ir a la fiesta de Jamal y todavía llevo el maillot negro con tirantes y las mallas en espiguilla por encima, pero lo más importante es que en este momento tengo un mejunje verde fuerte endureciéndoseme en la piel. Seguramente tendría que preocuparme lo que Nathan piense de mí con esto puesto, pero la verdad es que me ha visto peor. Y esta es una de las cosas buenas de no esperar tener nunca una relación amorosa con tu mejor amigo: ¡puedes estar hecha unos zorros y pasar el rato con él! ¡Bienvenidos a la parte positiva, amigos!

Salgo del cuarto de baño y me dirijo hacia la cocina, donde veo a Nathan revolviendo mi nevera. Está agachado cuando entro y el estómago me da un vuelco al verlo.

—Las manzanas están en el cajón inferior —digo, obligándome a apartar la mirada de su trasero, porque, ummm, vaya, los amigos no se comen con los ojos el culo de sus amigos. Aunque ese culo esté espectacular con unos chinos ajustados de color gris.

—Ah, gracias. —Se incorpora y cierra la nevera con su botín en la mano. Cuando se vuelve para mirarme, ya tiene la manzana entre los dientes y se queda inmóvil a medio mordisco crujiente. Abre los ojos como platos y veo asomar su sonrisa a cada lado de la fruta prohibida.

—¿Qué pasa? —pregunto, apoyándome en la encimera como si todo fuera totalmente normal—. ¿Tengo algo en la cara?

Suelta una carcajada gutural y ese sonido es tan suyo que me remueve de formas que una mujer con la cara pintada como una rana no tendría que sentir. De hecho, no debería tener nunca pensamientos eróticos hacia Nathan, pero es que… es DIFÍCIL, ¿vale? Soy una mujer con unos ovarios muy testarudos, y te diré que son realmente descarados. En este momento, mientras Nathan arranca un pedazo de esa manzana de un mordisco y ladea la cabeza hacia mí con una sonrisa pícara en los labios, están ahí abajo poniéndose poéticos sobre cómo su suave camiseta blanca le sienta tan bien que da la impresión de que una deidad lo levantó del suelo por los pies y lo dejó caer de cabeza en una sensual laguna de algodón. Para concluir, me quedo muerta al verlo.

—¿Tendría que preocuparme lo que está pasando? —pregunta, moviendo sus dedos de hombretón por su cara.

—Solo porque, cuando me lo quite, estaré tan irresistiblemente guapa que podrías morirte en el acto.

Es una broma, una afirmación evidentemente jocosa al cien por cien, pero Nathan se traga el mordisco de manzana y sus ojos hacen entonces algo muy extraño: me recorren con sutileza el cuerpo.

Solo pasa esta vez, y su mirada no sigue el mismo camino a la inversa, pero parte de mí se pregunta…, ¡no!, ¡no voy a preguntarme nada! Callad, ahí abajo, pequeños instigadores.

Noto la punzada del deseo recorriéndome el cuerpo y hago

lo mismo que he hecho los últimos seis años, lo que cualquier buena dinámica entre mejores amigos ha perfeccionado. Me muevo rápidamente por la cocina como si tuviera algo muy importante que hacer, fingiendo que esto nunca pasó. Cueste lo que cueste, JAMÁS reconozco sentir deseo.

Me giro hacia la encimera que tengo detrás y encuentro un granizado de cereza en un vaso de poliestireno. Suelto un grito ahogado, como si fuera una copa llena de joyas robadas.

—¡ME HAS TRAÍDO UN GRANIZADO! —Tengo que decir esto de una forma que proyecte mi voz y transmita entusiasmo sin que se me resquebraje la mascarilla de la cara. Es una habilidad que es importante dominar en la vida.

Le oigo reírse entre dientes y morder de nuevo la manzana.

—Dijiste que te apetecía uno, ¿no?

—Sí, pero no lo dije para que fueras a comprármelo —comento antes de ponerme la pajita en la boca y dar un largo sorbo hasta que se me hiela deliciosamente el cerebro.

Nathan me está mirando fijamente y, de repente, baja los ojos, malhumorado, hacia su móvil.

—No tiene importancia. —Desliza el pulgar por la pantalla y deja el móvil en la encimera con sonoro ruido sordo—. Estoy harto de este trasto —afirma, pasándose una mano ansiosa por el pelo—. Parece no parar nunca. No puedo tomarme ni un respiro.

Sale de mi cocinita para irse al salón, donde se deja caer en el sofá. No puedo evitar reírme entre dientes al verlo, totalmente despatarrado y ocupando toda la superficie de mi diminuto mueble. Parece haber bajado por el tallo de la habichuela y decidido dar una cabezadita en el sofá de Bebé Oso. Cierra sus oscuros ojos y noto lo cansado que está. El mero hecho de mirarlo y de saber la clase de horario que tiene que seguir me deja completamente exhausta. Quiero taparlo con mi manta decorativa amarilla, darle una sopita y hacerle ver dibujos animados todo el día.

—Podríamos quedarnos aquí y ver una película, ¿sabes? Estoy segura de que Jamal lo entenderá si no vamos a su cena.

Nathan no abre los ojos.

—No, quiero ir —responde—. Para él es importante que yo esté ahí.

Suspiro, porque sé que Nathan es tan inflexible en su reticencia a perderse algo para poder descansar como yo a aceptar su dinero. Imagino que seguramente una novia se le subiría encima para inmovilizarlo, sin darle otra opción que la de quedarse a pasar aquí la noche.

Pero yo no soy su novia.

Me saco a mí misma de esta fantasía.

—Muy bien, pues voy a quitarme este mejunje de la cara y ya podemos...

Me interrumpe el zumbido del móvil de Nathan sonando en la encimera de la cocina. Miro hacia atrás por encima del hombro, pero Nathan levanta la mano para indicarme que lo deje sonar.

—Chis, si nadie se mueve, tal vez crean que no estoy en casa.

—Puedo contestar y fingir que se han equivocado de número.

—No coló lo de tu francés la última vez.

Eso es verdad. Tim, el asesor personal de Nathan, me dijo que le pasara el móvil a Nathan de inmediato.

Nathan toma el cojín verde lima que tiene debajo de la cabeza y lo levanta para taparse la cara con él. Me provoca una extraña sensación de satisfacción poder verlo así, porque solo baja la guardia conmigo.

—Estoy seguro de que serán Nicole o Tim que quieren otro pedazo de mi alma.

El móvil deja de sonar.

—Hoy estás muy melodramático.

Nathan asoma la cabeza por encima del cojín y arquea una ceja.

—Yo estoy melodramático todos los días.

Cierra otra vez los ojos, y me permito dirigirle una última larga mirada. Está echado sobre un montón de ropa limpia que lleva en ese lugar una semana. Hay esmaltes de uña esparcidos por la mesa de centro y facturas abiertas en el suelo. Lo curioso es que Nathan, que es la expresión física del orden y la pulcritud, jamás ha intentado, ni una sola vez, limpiar mi casa —gracias a Dios, porque sé que, bajo el montón de mallas del rincón de mi habitación, hay una revista abierta con un bolígrafo rojo debajo, y si llegara a mover de sitio ese montón, ¡no tendría ni idea de dónde está el bolígrafo rojo cuando lo necesitara!—. Nunca ha hecho ningún comentario negativo sobre cómo me gusta vivir en medio del caos o sugerido orden en mi vida. Se limita a sentarse sobre mi ropa.

Tiro mentalmente de mí misma por la cola de caballo y me separo de Nathan para quitarme la mascarilla, que se me está resquebrajando en la cara. Me pongo una camiseta y unos vaqueros bonitos e informales para ir de fiesta, y cuando salgo de mi habitación, oigo que el móvil de Nathan emite una serie de zumbidos rápidos en la cocina. Es el aviso de un nuevo mensaje de voz. Estoy casi al final del corto pasillo y casi en el salón cuando Nathan grita:

—Siri, reproduce ese mensaje de voz.

Me encanta la tecnología. Nos proporciona estos pequeños sirvientes.

Pero la siguiente voz que oigo me hace parar en seco: es mi casero.

—Hola, señor Donelson, soy Vance Herbert...

Me giro y establezco contacto visual con Nathan, que está ahora sentado más tieso que un palo en el sofá. Los dos nos miramos exactamente un segundo y, entonces, salimos disparados a la vez hacia la cocina. Pero, como yo estaba más cerca, soy la que se hace con el móvil.

Lo recojo y corro hacia mi cuarto. Nathan me pisa los talones e intenta sujetarme los brazos, pero yo zigzagueo y consigo zafarme de él. ¡Rápido, que alguien me fiche para la NFL! Parecemos una manada de elefantes en plena estampida por el edificio, mientras la voz de Vance sigue hablando todo el rato con una cadencia suave, monótona:

—Solo quería informarle de que ya se ha acabado todo el papeleo...

—¡BREE, DAME ESE MÓVIL!

—¡Ni hablar!

Llego a mi cuarto y trato de cerrarle la puerta en las narices, pero la sujeta con su manaza y vuelve a abrirla. Me lanzo para saltar por encima de la cama con la esperanza de llegar al cuarto de baño, donde puedo cerrar la puerta con llave. No lo consigo porque me sujeta por las caderas a medio salto y me tira en la cama. Pero, como crecí con una hermana mayor, a la hora de proteger mis cosas mi nivel es prácticamente el de la CIA.

Me guardo el móvil en el sujetador, el único lugar en el que sé que Nathan nunca hurgará.

Justo cuando me da la vuelta, de modo que mis hombros golpean el colchón y él se cierne sobre mí, sujetándome los brazos a cada lado del cuerpo, oímos las últimas palabras del mensaje de Vance:

—... y es usted el propietario oficial del edificio. He hecho que mi agente de la propiedad inmobiliaria le entregue las llaves al suyo y llamaré a la señora Camden para informarle de que he vendido el edificio y, a partir de ahora, tendrá un nuevo casero, pero, como hemos quedado, no mencionaré su nombre. Le agradecería mucho que usted o su agente de la propiedad inmobiliaria me llamen de vuelta y me indiquen qué nombre y qué contacto quieren que le dé a ella. Que tenga un buen día.

La habitación se queda sumida en un silencio inquietante, salvo por el sonido de mi corazón, que me martillea en los oídos. Bajo la mirada hacia la silueta del móvil de Nathan, bajo mi sujetador deportivo, y cuando la levanto, los ojos negros de Nathan me están mirando fijamente. Parece un hombre que acaba de perderlo todo en una mala mano de póquer.

—¿Tú...?

No necesita que termine la frase.

—Sí.

Ninguno de los dos hace el menor esfuerzo por moverse y, por un momento, la impresión me deja petrificada. Recorro con los ojos la línea que desciende desde el hombro de Nathan hasta su codo y sigo por su bronceado antebrazo cubierto ligeramente de vello hasta su mano, apoyada con fuerza en mi edredón.

—¿Has comprado todo el edificio?

—Sí —suspira.

—¿Por... por qué?

La expresión de su cara indica que no quiere contestar.

—¿Porque quería invertir en bienes inmuebles?

—Nathan.

Traga saliva con fuerza, y veo como su nuez de Adán asciende y desciende. Noto su calor corporal envolviéndome por completo.

—Porque no dejaba de cambiar las condiciones del contrato de alquiler y resultaba más fácil comprarlo que volver a negociar. Ese tipo es un miserable.

Parpadeo cien veces.

—Espera…, ¿por qué has dicho «el» contrato de alquiler y no «tu» contrato de alquiler?

Que tarde varios segundos en responder casi me dice todo lo que tengo que saber antes incluso de que abra la boca.

—Porque, técnicamente, los últimos cuatro años… ha sido «nuestro» contrato de alquiler.

Esta certeza me sacude, y me escabullo de debajo de él para ponerme a andar de un lado para otro por la habitación.

—¡NATHAN! ¡¿Has estado pagando parte de mi alquiler todo este tiempo?!

Nathan mueve las piernas para quedarse sentado en el borde de la cama con las manos juntas entre las rodillas delante de él, mirándome ir y venir.

—Sí. Exacto.

Gruño/gimoteo mientras empiezan a pasarme ante los ojos símbolos de dólar como en una máquina tragaperras. ¡Nathan me ha estado ayudando económicamente CUATRO AÑOS cuando le he dejado bien claro que no quiero su dinero! Esta es una de las reglas en las que se basa mi amistad con él: no aceptar regalos monetarios. Estas reglas son importantes para mí porque me ayudan a mantener nuestra amistad en la casilla correcta. Si empiezo a dejar que me ayude económicamente, si me mudo con él, si asisto a eventos elegantes y disfruto de todas las ventajas que tienen sus novias, ¡me haré un lío!

Puede que él piense que no tiene ninguna importancia porque no siente nada por mí, pero yo confundiré totalmente las cosas y me destrozará que nunca quiera que seamos nada más que amigos. Tal vez esté siendo tonta, pero preferiría no meter mi corazón en un compactador de basura si puedo evitarlo.

—Así que la primera vez, hace años, cuando Vance me dijo que iba a subirme el alquiler y después cambió repentinamente de opinión..., ¿fuiste tú? ¿Tú lo llamaste y negociaste pagar la parte de mi alquiler que yo no podía permitirme?

Las largas pestañas de Nathan parpadean su respuesta en código morse.

—Bree...

Me giro hacia él con tanta energía que estoy segura de que mañana voy a tener tortícolis.

—¿Qué? ¿Quieres disculparte ahora que te he pillado? ¿Ahora que estás en apuros?

—No.

—¡¿No?! —De algún modo esa respuesta es más exasperante todavía.

—No puedo disculparme porque no lamento lo que hice.

—Está muy tranquilo y compuesto. Aquí el señor Tan Pancho va a ponerse las gafas de sol y va a vacilarnos a todos.

Yo, en comparación, me siento como la señora Mujer Imprevisible Que Metió El Dedo En Un Enchufe.

—¿Cómo es posible que no lo lamentes? ¡Actuaste a mis espaldas! Me has estado mintiendo todos estos años. ¡Madre mía, te debo miles de dólares! —Me presiono las mejillas con las manos.

—No me debes nada. Ni un solo centavo. No estás en deuda conmigo porque no necesito nada de ti.

—¡Sí que te lo debo! —Mi voz es un chillido—. ¿Cómo es posible que no te des cuenta de que esto es tremendamente incómodo para mí, Nathan? Te dije que no quería tu dinero y hablaba en serio.

Parte de su fachada tranquila y compuesta se está resquebrajando. Se levanta rápidamente.

—¿Por qué? ¡Nunca lo he entendido! No tiene ningún sentido para mí. Eres mi mejor amiga, ¿por qué no puedo, entonces, ayudarte cuando necesitas dinero? ¡Tengo tanto que no sé en qué gastármelo!

—¡Porque no siempre estarás ahí para mí, Nathan! —Muy bien, vale, me he pasado de fuerte. Mi frase rasga el aire como una sirena de niebla en una pelea de bar. Todos se quedan inmóviles con la silla por encima de la cabeza, preparados para partírsela en la espalda a sus compañeros de trifulca, y me miran pestañeando.

—¿Y por qué diantres piensas eso?

—Porque es verdad. —No puedo mirarlo a los ojos mientras digo esto—. Solo somos amigos. ¿Qué pasa si empiezo a depender de ti económicamente y tú vas un día y te casas y a tu mujer no le gusta que estés pagando a otra mujer el alquiler y todas las demás cosas que me estarías pagando si yo te dejara?

Cambia el peso de un pie al otro.

—Yo…, yo nunca me casaría con alguien que fuera así. Encontraré a alguien que se sienta cómoda con nuestra amistad tal como es.

Suelto una carcajada breve y triste.

—¡No hay una sola mujer en el mundo a la que esto pueda parecerle bien, Nathan! Es un hecho inevitable al que tenemos que enfrentarnos. Un día no podremos ser ya tan íntimos. Tú te enamorarás y te casarás con una mujer espléndida que te querrá para ella sola, como tiene que ser, y tú también querrás entregarle tu corazón entero. Por eso no puedo depender económicamente de ti. —Siento una desagradable opresión en el pecho. Es solo la mitad de la verdad, pero es toda la que puedo revelarle.

Lo miro fijamente, con la esperanza de que finalmente le entre en esa hermosa y benevolente cabeza que no puedo dejar que me convierta en su mantenida.

—¿Cómo es que tú no te enamoras y te casas también en este supuesto? —dice, finalmente, tras reflexionar un buen rato. Lo hace en tono de broma—. Me parece injusto que yo encuentre mi amor de cuento de hadas y tú acabes sola y sin dinero.

Refunfuño, y agito los puños en el aire.

—¡VOY A DEVOLVERTE EL DINERO! —Hago hincapié dando un pisotón indignado en el suelo. Cae polvo del pladur del techo como si fuera nieve.

Nathan sacude la cabeza.

—No lo harás. No te lo permitiré.

—Sí. Lo. Haré. —Pestañeo furiosamente en su dirección—. No sé cómo y no sé cuándo, pero encontraré la forma de devolverte el dinero. ¡Y espero que firmemos un contrato de alquiler normal! ¡Nada de gangas!

—¿Puedes dejar de gritar? Se va a desplomar el techo entero. Y, en serio, Bree, este olor es cada vez peor. Podría ser algo más que un mapache muerto.

¡Ha perdido totalmente la razón! ¡Se le ha ido la pinza! Yo estoy aquí, diciéndole que nuestra amistad tiene fecha de caducidad y negociando un alquiler justo, y él está en las nubes hablando de mapaches.

—¡Que no me distraigas! —Le pongo un dedo en el mismísimo centro de su musculoso pecho—. Ha llegado la hora de que me prometas que dejarás de entrometerte en mis asuntos económicos. Prométemelo ahora mismo o no iré contigo a la fiesta de Jamal esta noche. —Cruzo los brazos y adelanto una cadera. Toma ya. Aquí mando yo, chaval.

Los ojos de Nathan adquieren poco a poco un brillo peligroso. Se acerca más a mí, lo que me obliga a volver a presionarle el pecho con el dedo, esta vez más fuerte.

—Lo siento, pero no. —Avanza un poco más—. ¿Sabes qué se siente al ver a tu mejor amiga preocuparse por todas las personas que existen sobre la faz de la tierra salvo ella misma? Veo cómo lo das todo por esas chicas y sus familias, cómo te desvives no solo para ofrecerles una increíble formación de danza, sino también para hacer que, además, se sientan queridas. Y, por alguna razón, crees que tú no eres merecedora de esa misma generosidad.

Su sonrisa se vuelve desafiante.

—Pues, mala suerte, amiga. Tengo millones de dólares y voy a mimarte con ellos si quiero. Vas a tener que tirarme desde lo alto de un puente si no quieres que me entrometa en tu vida, porque eso es lo que hacen los amigos. Así que acostúmbrate. Ah, y las condiciones de tu puñetero alquiler van a ser muy buenas a partir de ahora. Lo mismo que las de los de la pizzería que hay debajo del estudio.

—¡No es justo! —exclamo tras soltar un grito ahogado—. ¡No puedes portarte como un oso de peluche conmigo!

—Ya lo he hecho. Y si te ayuda a dormir mejor por la noche, imagina que solo he actuado así para ayudar a tus chicas; no ha tenido nada que ver contigo.

—Se acabó. No voy contigo esta noche. No se hable más. Hay que darte una lección. —Cruzo los brazos. Soy firme e inamovible como una piedra. ¡No voy a dejarme convencer!

La risa de Nathan es lo último que oigo antes de dejar de tocar el suelo con los pies y acabar cargada a su hombro con el trasero apuntando al techo.

6

Bree

—¡NATHAN, bájame! —chillo mientras me saca de mi habitación.

—Recibir algo de ayuda en la vida no tiene nada de malo. Los amigos se ayudan entre sí a salir adelante. De hecho, creo que mi próximo proyecto será sacarte de este vertedero. —Golpea la pared con los nudillos y caen trocitos de pintura.

—¡Ni se te ocurra comprar este edificio de pisos y renovarlo!

—Podría hacerlo. Tengo dinero que despilfarrar, nena.

¡¿Quién es este hombre?!

—¡Estás trastornado! —grito a su trasero.

—Sí. Y es agradable. Venga, vamos, grítame un poco más en la camioneta. No quiero ir a la fiesta esta noche sin ti y sé que tú no quieres perdértela.

Pataleo y agito los brazos.

—¡Ni hablar! No voy a ir contigo. ¡Nos estamos peleando! ¡No vas a salirte con la tuya ahora, bruto! —Después de que haya dicho la palabra «bruto» me da una ligera palmadita en el trasero, lo que me hace soltar un grito ahogado de rabia, además de querer partirme de la risa. UF, detesto a Nathan. ¿Por qué no podemos pelearnos como personas normales?

—¡No puedes tocarme el culo! Eso va contra las reglas —digo mientras me lleva hacia la puerta principal y se va deteniendo para apagar las luces por el camino. El cabello me cuelga hacia abajo como un sauce llorón.

—Nunca he visto ninguna lista escrita en ningún sitio.

—¡Voy a hacerte una y a plastificarla! Pero ¿por qué actúas de una manera tan extraña esta tarde? Nathan me está asustando. Hay algo distinto en él. Siempre bromea conmigo, pero ahora está... Me niego a dejar que mi cerebro termine ese pensamiento.

—Yo creo que estoy actuando normal.

—Pues no, ¡y no voy a ir contigo a la fiesta! ¡BÁJAME! Espera, ¿puedes coger mis deportivas? Están ahí, al lado del sofá. ¡Y no olvides mi suéter!

Conmigo cargada todavía al hombro, se acuclilla al estilo de un luchador de sumo y coge mis zapatillas antes de apagar la última luz, recoger mi suéter y salir al rellano. Cuando se da la vuelta para poder cerrar la puerta de mi piso con llave, me encuentro cara a cara con mi encantadora vecina, Dorthea, una mujer de edad avanzada. Lleva los rulos puestos para irse a la cama y tiene los ojos abiertos como platos.

—Hola, señora Dorthea —digo sonriendo como si no pasara nada—. ¿Ha encontrado el montón de vales de descuento que le he pasado esta mañana por debajo de la puerta?

La señora Dorthea es viuda y sé que lo pasa mal económicamente. Como yo también estoy en la categoría de «pasarlo mal económicamente», lo máximo que puedo hacer es recortarle vales de descuento y compartir mis sobras con ella. Más de una vez, sin embargo, me ha dado las gracias por el billete de cien dólares que se ha encontrado en el buzón, aunque jamás le he dejado ninguno. Pensaba que quizás empezara a fallarle la memoria, pero ahora veo la verdad: Nathan. Necesito una bolsa de papel parar respirar en ella. ¿En cuántas otras áreas de mi vida ha estado este hombre haciendo en secreto de madre Teresa conmigo?

—Bueno, sí, cielo, los tengo..., pero... —No encuentra las palabras mientras yo sigo cargada al hombro de Nathan como si, para una mujer, esa fuera una forma normal de ser transportada en el siglo XXI. Una parte de mí me dice que tendría que horrorizarme que un hombre me llevara así, pero no puedo oírla porque la parte más grande de mí está demasiado ocupada gritando: «¡Sí! ¡Llévame de vuelta a tu caverna y hazme dulcemente el amor!».

De repente, me gira hacia el otro lado y ahora tengo el trasero frente a mi pobre y encantadora vecina.

—Hola, señora Dorthea. Está usted tan guapa como siempre. ¿Necesita algo esta noche? —pregunta Nathan, con una sonrisa cautivadora, estoy segura. Me juego cualquier cosa a que esos dientes blancos como perlas la deslumbran por completo.

Sí. Sin duda ha sonreído, porque ahora a la señora Dorthea se le traba la lengua al intentar darle las gracias por su cumplido, asegurarle que no le falta de nada y felicitarlo por su victoria del pasado fin de semana. Entorno los ojos.

Nathan me baja de este modo tres tramos de escaleras nauseabundas. Oigo los zapatos de Nathan desconchando el suelo pegajoso a cada paso. «Puaj». Por lo asqueroso que está este edificio, cabría pensar que el alquiler del piso es superbajo, pero NO. Así es Los Ángeles. Pago demasiado para vivir en un edificio que huele como el culo.

Antes de llegar al vestíbulo, decido que, si Nathan puede tocarme el culo, yo también puedo tocárselo a él. Frunzo la nariz y acerco el índice y el pulgar a su nalga con la intención de darle un pellizco tan tremendo que tenga que dejarme en el suelo. El primer intento, sin embargo, resulta infructuoso. Solo se ríe y contrae sus férreos glúteos de tal forma que no puedo sujetar ni un pedacito de carne para infligirle daño.

—Haz menos sentadillas —le digo en un tono apagado y cruzo los brazos, resignada a cubrirlo como una capa hasta que me deje en el suelo, preguntándome en qué me he equivocado durante nuestra pelea.

Llegamos a la camioneta y me deja en el asiento del copiloto, cierra la puerta y me lanza una mirada a través de la ventanilla para indicarme que no me mueva. Rebusco en mis bolsillos y encuentro el envoltorio de un chicle, que tiro al suelo de la camioneta por puro rencor.

Nathan se sienta al volante de su camioneta con las ventanillas tintadas (son tan oscuras que nadie puede ver quién va dentro, lo que es muy divertido), y me dirige una mirada que dice: «Adelante, ataca». Así que hago lo contrario, porque tengo ganas de hacerle pagar sus buenas obras. Arqueo las cejas con una descarada expresión de burla, saco el móvil y me instalo bien en mi asiento para ignorarlo durante todo el trayecto.

—¿No vas a dirigirme la palabra? —gime—. ¡Venga ya! Haz lo que quieras menos eso. —No contesto, simplemente me pongo a mirar por la ventanilla como si pasara de su desconsuelo—. Muy bien. Házmelo pagar. Me lo merezco —asegura, antes de agacharse para recoger el envoltorio del chicle del suelo. Lo tira a la diminuta papelera que lleva en la puerta del asiento del conductor.

Pero seré franca, es difícil creer que se tiene razón al hacer pagar a un hombre por ser demasiado generoso. Sé que ha sido algo turbio, manipulador y engañoso, pero, maldita sea, también ha sido tan dulce que podría echarme a llorar. Es tan propio de Nathan que lo único de lo que es culpable es de tener el corazón demasiado grande. Ojalá dejara de hacer que lo ame todavía más. Resulta irritante.

Tras echar un vistazo a Twitter unos minutos e intentar bloquear los ridículos intentos de Nathan por captar mi atención rapeando canciones de hiphop de los noventa sobre traseros grandes, me encuentro con un artículo retuiteado con la cara de Nathan en él. Bueno, somos amigos desde hace el tiempo suficiente como para saber que no tengo que leer nada de lo que publican los tabloides sobre él, pero este destaca por motivos que no puedo ignorar.

—¡MADRE MÍA, YO LA MATO! —grito tan fuerte que me sorprende que los cristales de las ventanillas de Nathan no se hagan añicos.

—¡¿A quién?! —pregunta, frenético, mientras entra en el aparcamiento del restaurante donde vamos a reunirnos con los chicos.

—A Kelsey —respondo parpadeando con los ojos puestos en el artículo—. ¡Tu horrible ex! Ha escrito un artículo sobre ti... y... —Alzo la mirada hacia Nathan—. ¿No lo has visto?

—Oh. —No está preocupado—. Algo me han comentado, pero no me ha interesado tanto como para mirarlo. Me imagino que Tim me llamaría si fuera tan malo.

—Muy bien, ¿supongo entonces que no te importa que te considere el peor amante de Los Ángeles?

—¿Qué?

Eso ha captado su atención.

Nathan me quita el móvil de la mano, repasa el artículo con la mirada y, acto seguido, se relaja y me lanza el móvil al regazo.

—No es tan malo, oye. ¿Preparada para entrar?

Me quedo boquiabierta mirando el artículo que habría hecho que yo deseara que se me tragara la tierra.

—¿Que no es tan malo? Nathan, te ridiculiza por... —Dejo la frase sin terminar porque Nathan y yo NUNCA antes hemos hablado abiertamente sobre nuestra vida sexual. Tratamos el tema como si fuera un edificio en llamas y lo evitamos por completo. De modo que dirijo la mirada hacia el área prohibida de sus vaqueros y espero que esto exprese las palabras que me da demasiada vergüenza decir—. No ser capaz de..., bueno, como lo has leído; ya sabes qué.

Está intentando no sonreír.

—No pasa nada. —Alarga la mano hacia el asiento trasero y de él aparece una camisa de etiqueta blanca, almidonada. Se la pone y abrocha. Sin ninguna preocupación en el mundo.

Ahora mismo no comprendo que esté tan tranquilo.

—¿Por qué no estás molesto? ¡Yo prácticamente tiemblo de la rabia! ¡Quiero ponerle hormigas rojas en el cajón donde guarda la ropa interior! ¡Verterle salsa picante en la jarrita para la leche del café! ¡Cerrarle con cinta de embalar las puertas del coche!

—¡Oh, qué taimada! ¿Saben de ti los federales?

Le golpeo con suavidad el hombro.

—¡No te rías! Esto es serio —digo. Por alguna razón, tengo que contener las lágrimas—. Te..., te ha ridiculizado públicamente por tener disfunción eréctil, Nathan. ¡Que te hagan eso es una cosa tan horrible! Y humillante. ¡Cuando tú eres el chico más bueno del mundo entero! ¡La DETESTO!

Nathan suelta una carcajada y levanta la cabeza hacia el cielo como si estuviera rezando para pedir sabiduría. Se pasa la mano por el pelo y, después, fija de nuevo la mirada en mí.

—Gracias por tu preocupación, Bree, pero no tengo disfunción eréctil. Simplemente ha exagerado todo este asunto porque está intentando lanzarme una pulla por no haber tenido sexo con ella... y seguramente por haberte elegido a ti en lugar de a ella el día que rompimos. Pero le ha salido el tiro por la culata porque, como tú misma has dicho, hay que ser muy insensible para ridiculizar a alguien por esta afección. —Hace un gesto hacia mi móvil—. Mira los comentarios al final del artículo. Está teniendo muchísimas reacciones en contra y los hombres están diciendo que se sienten mejor al saber que un deportista se enfrenta a la misma afección que ellos. —Se encoge de hombros—. En general, no es tan terrible.

Sí, sí, sí, es muy noble. Pero mi cerebro dejó de escuchar después de una frase importantísima.

—Espera, retrocede. ¿Has dicho por no…? —De nuevo no encuentro las palabras.

¿Nathan Donelson no se ha acostado con la modelo de ropa interior con la que ha estado saliendo dos meses? El cerebro no me funciona. Va a colapsarse y me va a salir humo por las orejas.

—¿Nunca tuviste sexo con ella? ¿Por qué? —pregunto, aunque no debería. Pero necesito saberlo porque Nathan es… ¡Nathan! Míralo. Rezuma sexualidad, y todas las mujeres del mundo lo desean. ¡Puede que hasta la señora Dorthea esté loca por él!

Su expresión es terriblemente seria. Ya no estamos bromeando.

—Porque soy célibe.

—¿Qué? —Sin querer, lo grito tan fuerte que una mujer que pasa junto a la camioneta se vuelve y trata de ver el interior a través del cristal tintado de la ventanilla. «Lárguese, señora». Miro otra vez a Nathan y susurro—: ¿Eres virgen?

—No. —Su sonrisa satisfecha es demasiado indulgente para mí gusto—. Supongo que tendría que decir que he sido célibe últimamente.

Sacudo la cabeza, pensando en todas las noches en las que quise llorar hasta dormirme al imaginármelo con otra mujer en sus brazos. Con Kelsey en sus brazos. Resulta que eso no pasó.

—No lo entiendo… Estaba allí la mañana que te llevé café.

—Tú también estás en mi casa muchas mañanas. Eso no significa que hayamos tenido nada físico.

De repente, soy incapaz de tragar saliva. Ni de sentirme los pies. ¡¿Qué está pasando?! ¿Por qué estoy reaccionando así?

Esto no cambia nada en realidad... excepto que tengo la sensación de que todo lo que sabía ha cambiado esta noche. Mis cimientos están temblando.

Al ver que tengo los ojos desorbitados, Nathan suelta una risita ahogada.

—¿Por qué le estás dando tanta importancia?

—Porque sí —digo enérgicamente como si esto fuera respuesta suficiente—. Podrías tener a cualquier chica que quisieras con solo chasquear los dedos. ¿Por qué ibas a ser célibe? —¡NECESITO SABERLO! Hay algo más que no me está contando y eso me fastidia. No creía que él y yo tuviéramos ningún secreto, ¡pero ahora estoy descubriendo que me ha escondido dos muy grandes! ¿Cuántos más habrá?

—No a cualquiera que quisiera —responde mirándome fijamente con sus ojos oscuros.

Se me hace un nudo en la garganta. Estas palabras mezcladas con lo de esta tarde y con el hecho de que ha comprado mi estudio y de que pasamos casi todos los días juntos... De repente todo junto sugiere algo y... ¿¡podría ser!? ¿Podría Nathan querer decir...?

Sonríe con malicia, adoptando su actitud pícara habitual, y todos mis pensamientos esperanzados se desvanecen. Como tiene que ser.

—Mírate la cara —suelta con una suave carcajada—. Por un instante estabas aterrada. No te preocupes, Bree. Solo soy célibe durante la temporada porque eso mejora mi juego.

¿Su juego? ¿Es célibe por el fútbol? Oh. Claro. Esto es algo más realista y se trata de un motivo más para recordarme a mí misma que no debo pensar en Nathan como en algo más que un amigo. Eso es lo único que será jamás y tiene que bastar para mí. ¡Tiene que bastar! Debo sentar a mi triste corazoncito y soltarle un buen sermón.

Suelto rápidamente el aire de los pulmones para fingir alivio y poder mantener así el *statu quo*.

—¡Claro! ¡Madre mía! Sí. Eso tiene sentido. ¡He leído estudios sobre ello incluso! Por un momento me había preocupado que eso significase que tú... —Resulta demasiado incómodo decirlo en voz alta, además de un poco patético—. Da igual. Entremos.

—De acuerdo. —Sonríe mirándome con curiosidad. Me temo que mi cara está reflejando emociones que no debería—. ¿Estás bien? —pregunta después de haber comprado un tique de aparcamiento; se niega a usar el servicio de aparcacoches porque, según dice, solo sirve para llamar más la atención. Y nos dirigimos hacia el restaurante.

—¡Por supuesto! Yo solo... —Necesito cambiar de tema. Así que me detengo, y Nathan también lo hace. Espero hasta que se vuelve para mirarme—. Mira, sigo detestando que actuaras a mis espaldas y me pagaras el alquiler, pero... de manera totalmente extraoficial... —Sonrío—. Gracias por preocuparte tanto por mí. Eres... el mejor de los amigos.

Nathan asiente una vez, aunque no está lo contento que yo habría esperado.

—Cualquier cosa por ti, amiga.

Nos miramos a los ojos unos instantes.

—Pero te devolveré el dinero —afirmo, rompiendo el silencio la primera.

Gime ruidosamente y se va.

7

Bree

En cuanto se abren las puertas del restaurante, varias cabezas se giran y vuelven a hacerlo para asegurarse de lo que ven. Tengo la impresión de que sería más fácil que me pusiera delante de Nathan con un megáfono y gritara: «¡Atención, atención! No, no les engaña la vista. ¡Aquí está realmente el gran Nathan Donelson en persona!».

Una cabeza se inclina hacia otra. El restaurante es un gigantesco cóctel de susurros y miradas. Las mujeres ya están salivando. Vamos a necesitar una fregona en el pasillo número dos. Lo conocen, lo desean y harán lo que sea para tenerlo.

Yo hago lo que hago siempre en situaciones como esta y me separo dos pasos grandes de él para no interferir en su disponibilidad como soltero. Pero Nathan me sujeta suavemente por el codo y tira de mí para situarme a su lado. Alzo los ojos con el ceño fruncido porque ahora mismo mi cuerpo se está excitando demasiado por culpa de nuestra proximidad. Sabe que no tiene que hacer esto y, aun así, ahí lo tienes, infringiendo otra regla esta noche. Su rostro está esculpido en piedra, con la vista al frente, ignorando mi mirada asesina.

La recepcionista nos ve por fin y corre hacia su pequeño atril. Repasa con los ojos el cuerpo de Nathan, y el puro deseo que se refleja en sus pupilas dilatadas le resulta incómodo a todo el mundo. «Póngase a la cola, señora», suspiro para mis adentros mientras mis celos se despiertan y me dicen que empiece a sacarle fallos al aspecto de esta mujer para encontrarle un defecto que me haga sentir mejor conmigo misma... Muy mal, Bree. Si Nathan quiere a esta preciosa mujer, está en su derecho.

—Señor Donelson, sígame, por favor. Su grupo está por aquí.

—Pero ¿tal vez pueda molestarme un poco que esté prácticamente susurrando?

Nathan asiente con la cabeza y le dedica esa sonrisa educada que hace que las mujeres caigan como moscas. Pero después me pone la mano en la zona lumbar y me lleva con él. Es un contacto posesivo que nunca utiliza. Tengo la piel hirviendo, pero le digo que debe cocerse a fuego lento porque todo esto no significa nada. Al paso al que va, solo me ha puesto la mano así porque está intentando que me mueva más deprisa para alejarnos de todas esas miradas fisgonas y susurros poco sutiles. ¿Tal vez tendríamos que haber llamado antes para entrar por detrás?

Casi me tropiezo con mis zapatillas al intentar seguirle el ritmo. Por cierto, ¿zapatillas?

—¡Nathan! —siseo mientras recorremos de forma poco discreta el restaurante de lujo hacia un pasillo que conduce a una sala VIP; imagino que la recepcionista recibió instrucciones de pasear a Nathan por todo el local para que todo el mundo sepa que ha estado aquí—. ¿Por qué has tenido que secuestrarme vestida así? ¡Tendrías que haberme dicho que me cambiara! Pensaba que íbamos a una hamburguesería o algo parecido.

—Lo que, ahora que lo pienso, era una tontería. Los Sharks están oficialmente en los playoffs, y la fama de Nathan y Jamal se ha disparado. Ahora mismo tienen que vigilar adónde van, y supongo que la mayoría de hamburgueserías no deben de tener una sala VIP que les ofrezca privacidad.

Nathan frunce el ceño y me recorre con los ojos mientras seguimos andando. Observa mi coletero amarillo, mi camiseta con el logo de *Friends*, mis zapatillas desgastadas y mis vaqueros tobilleros. Sonríe.

—Estás genial, como siempre —asegura.

—No es verdad —digo, chocando sin querer con la parte posterior de su bíceps cuando me vuelvo para mirar a las mujeres con vestidos minúsculos que ocupan el bar que acabamos de pasar—. Parezco tu hermanita adolescente a la que acabas de recoger del colegio.

Apoya con más fuerza la mano en mi espalda para que no vuelva a tropezarme.

—No creo que esas mujeres te fulminen con la mirada porque crean que eres mi hermanita.

Tendría que rebatir ese comentario, pero acto seguido nos hacen entrar en la sala. Somos los únicos que estamos aquí, por lo que imagino que todos los demás famosos decidieron que sus chefs cocinaran en casa para ellos esta noche.

Insertan una cuerda de terciopelo en su enganche cuando hemos pasado y nos llevan a un pequeño reservado rodeado de cortinas para conferirle más privacidad. Eso es bueno, porque detrás de nosotros se estaba empezando a congregar un pequeño grupo de personas dispuestas a pedir autógrafos y fotos en cuanto Nathan se sentara.

—Es aquí —dice la mujer de la que no voy a permitirme, de ningún modo, estar celosa. Guiña ligeramente el ojo y se va, balanceando sus hermosas caderas. Hasta que no me vuelvo hacia Nathan y veo que él me está mirando a mí y conteniendo una sonrisa, no me doy cuenta de que he estado dirigiendo rayos láser con la mirada a la recepcionista todo el rato.

—Si las miradas matasen —dice, y esboza una sonrisa tranquila.

Abro la boca para defenderme, pero nos interrumpen.

—¡Quesito Bree! —dice Jamal Mericks, saliendo del reservado con un traje increíble. Me separa de Nathan y me envuelve en un enorme abrazo cargado de colonia cara—. Deja de acapararla, macho. Es mi cumpleaños.

—Sí, Nathan, deja de ser tan tacaño —replico sarcásticamente mientras rebusco en mi bolso para encontrar el regalo de Jamal.

Él se frota las manos y el reloj de oro que lleva en la muñeca centellea.

—Oh, ¡¿me vas a regalar una Breegatela?! —exclama—. Dime que sí, por favor. Ha pasado demasiado tiempo desde que me regalaste aquella figurita de un gato. —Fue con motivo de aquella vez que Jamal y yo fuimos juntos a un café de gatos para superar su miedo a los felinos. Por desgracia, el arañazo que recibió de un gato atigrado particularmente hosco se superinfectó, y ahora ni siquiera quiere estar en la misma habitación que un gato. Sea como sea, le compré esa figurita de un gato para que pueda tener un minino que nunca lo arañe.

—Cierra los ojos y extiende las manos —pido.

Hace una mueca y se dirige a Nathan.

—No tendrá un gato de verdad metido en ese bolso, ¿verdad?

—Tampoco te lo diría si lo tuviera —asegura Nathan, con lo que gana diez puntos ante mí.

Jamal suspira, cierra los ojos, y extiende las manos.

—Te confío mi vida.

Y la historia es la siguiente: como a Jamal le gusta asegurarse de tener siempre buen aspecto, se escabulle muchas veces para mirarse en el espejo del baño cuando estamos en un bar. La última vez, mientras estaba preguntado al espejo quién era el más guapo de todos, se perdió ver a Nicole Kidman. Nicole ha sido siempre el amor platónico de Jamal, y este se quedó deshecho al saber que había perdido la oportunidad de verla en persona. Es importante destacar que esto pasó fuera de temporada, que todos estábamos algo perjudicados, y que, además, la amiga de Nicole Kidman la llamó Sally.

Le pongo en las manos un espejo de bolsillo.

—¡Para que nunca vuelvas a perderte a Nicole!

Entreabre un ojo y, tras soltar una carcajada, abre el pequeño espejo circular negro para echarse un vistazo.

—La Breegatela perfecta. Nathan, espero que no te importe, pero te estoy robando oficialmente a Bree como mejor amiga. —Se guarda el espejo en el bolsillo y me rodea los hombros con un brazo a la vez que yo le rodeo la cintura con el mío. Jamal me aleja de Nathan antes de que pueda ver su expresión. No sé por qué quiero verla. Tampoco es que vaya a estar celoso. No obstante, oigo mascullar a Nathan: «Sobre mi cadáver». Y eso me resulta bastante gratificante.

Jamal abre las cortinas y todos mis chicos favoritos del mundo se encuentran ya sentados alrededor de una mesa gigante. Me sorprende una vez más la locura que es que mi mejor amigo sea el mariscal de campo de los Sharks. Estos son los compañeros de equipo de Nathan, algunos de los hombres más majos que he conocido.

Jamal Mericks es el corredor inicial, Derek Pender juega de ala cerrada, Jayon Price —lo llamamos Price— juega de ala abierta y Lawrence Hill juega de placador izquierdo. Todos estos hombres podrían aplastarme entre sus dedos índice y pulgar, pero son unos buenazos que me tratan como a una reina. Me llevarían arriba y abajo sentada en una silla cargada a los hombros si los dejara. No tengo ni idea de por qué, seguramente porque soy esa clase de chica que no supone ningún tipo de amenaza con su cuerpo de poco más de metro sesenta. Para estos chicos —incluido Nathan—, soy simplemente Quesito Bree, la chica de cabello rizado amante de la diversión a la que todo el mundo quiere y que tiene un estudio de danza encima de una pizzería.

—¡Bree! —gritan todos los chicos al verme, y yo les hago una divertida reverencia. Antes de que me dé cuenta, estos bulliciosos chicos me han levantado del suelo y me han desplazado alrededor de la mesa hasta dejarme donde estoy, emparedada en medio de todos. Tengo el aspecto de una niña sentada entre cuatro gorilas de discoteca. Es lo que pasa siempre. Son siempre muy respetuosos, pero les gusta moverme de un lado a otro como si fuera una patata caliente.

—¿No vienen chicas hoy? —pregunto riendo entre dientes mientras se turnan para darme un beso en la mejilla y dejan una ronda de tragos delante de mí. Jamal coloca el brazo detrás de mí en el banco, y no puedo evitar fijarme en la sonrisa discreta de Nathan, que nos observa desde el otro lado de la mesa.

—No, no hay nadie como tú. Esta noche vamos a estar solo nosotros —afirma Jamal con una sonrisa casi tan devastadora como la de Nathan. Hay que ver cómo les gusta flirtear—. Además, Papá no nos deja tomar más de una copa por los playoffs. ¿Podrás pegarte tú la juerga por todos nosotros?

El equipo se refiere a Nathan como «papá» porque es siempre el muermo del grupo. Pero no es porque a Nathan no le guste divertirse. Es juerguista como el que más fuera de temporada, pero durante la temporada, antepone su carrera. Hace todo lo que puede para ganar.

Lawrence toma un vaso de chupito y me lo pasa con un brillo pícaro en los ojos antes de coger el suyo. Miro su contenido como si fuera una serpiente, porque cualquiera que me conozca sabe que el alcohol se me sube enseguida. Los chicos pueden pimplarse uno de estos sin que les afecte en absoluto. Yo, en cambio, soy la clase de chica que se sube a la mesa y canta algo de Adele con el tenedor a modo de micrófono y una servilleta sobre la cabeza tras apenas unas cuantas copas. Esta es una situación totalmente hipotética, por supuesto. No es que pasara hace unos meses ni nada...

Derek alarga la mano y toma un chupito.

—Hace demasiado tiempo que no oigo mi canción favorita.

Price y Lawrence juntan las frentes y cantan usando un vaso de chupito como micrófono: *Hello, it's Bree...*

Sí. Cambian la letra y me chinchan con eso siempre que pueden. Así que ya ves lo mal que acabo si no voy con cuidado. Como hoy no he comido nada desde el almuerzo y estoy algo desquiciada después de las últimas revelaciones de Nathan, tengo que ser extracuidadosa con estas bebidas de aspecto inocente. Miro el trago y alzo los ojos hacia Nathan. ¿Qué probabilidades hay de que le cuente que quiero tener hijos suyos si esta noche me tomo más de una de estas? Normalmente, se me da muy bien tener los labios sellados. Bueno, canciones de Adele aparte.

Nathan y yo establecemos contacto visual, y espero ver en sus ojos una señal de advertencia para que vaya con cuidado —porque él fue quien tuvo que bajarme de la mesa y llevarme a casa después de mi fabulosa interpretación de Adele—, pero amplía su sonrisa y señala el trago con la cabeza.

—Adelante. Estaré pendiente de ti y te llevaré a salvo a casa. —Levanta una mano y cierra el pulgar sobre el meñique dejando los tres dedos correctos levantados—. Palabra de boy scout.

Siento un conocido remolino en el estómago. Él me mantendrá a salvo. Siempre lo hace. Añado esta a mi lista de cualidades indispensables de mi futuro novio: poder confiarle mi vida.

Cuando me tomo la copa de un trago y dejo que me arda en la garganta, los reunidos a la mesa estallan en gritos y vítores.

Nathan

—Ve a ver cómo está y deja de obsesionarte —comenta Jamal, lo que hace que dirija mi atención de nuevo a la mesa y que deje de inmediato de tamborilear sobre ella con un dedo. Ya llevamos aquí casi tres horas, y por lo normal los chicos se habrían gastado perfectamente en bebida lo que costaría un coche nuevo, pero no esta noche. Todos estamos siguiendo una dieta estricta para mantenernos en plena forma, lo que significa poco o nada de alcohol, proteínas magras y mucha verdura. No hacemos tonterías.

Bueno, todos nosotros excepto Bree. Le ha estado dando al alcohol con la insistencia de un niño pequeño que tiene problemas para beberse un brik de zumo. Normalmente me daría igual, pero esta noche me hace sentir culpable porque creo que yo soy la razón de que esté bebiendo tanto. Al averiguar que le he estado pagando el alquiler y enterarse, además, de que soy célibe, creo que básicamente le he puesto la vida patas arriba y he sacudido sus cimientos. No quería decirle que soy célibe, pero no me ha quedado más remedio con el artículo de Kelsey propagando mentiras. La verdad es que soy célibe porque quiero. No sé, un día me desperté y me di cuenta de que me había hartado de engañarme a mí mismo pensando que quería a alguien más que no fuera Bree. Si no es con ella, no lo quiero.

Caray. Ahora me doy cuenta de lo absurdo que suena. Jamal tiene razón: tengo que hacer algo con esta amistad o voy a morir siendo un hombre solitario, lánguido y sexualmente frustrado. No puedo seguir así para siempre, pero me siento atrapado. Y la expresión de Bree cuando insinué que ella podría ser la razón de mi celibato... Preferiría recibir un puñetazo en el estómago antes que volver a verla.

—No estoy obsesionado. Solo estoy...

—Obsesionado —afirma odiosamente el resto de la mesa al unísono.

Sonrío satisfecho y niego con la cabeza, mirando el móvil para ver si Bree me ha enviado algún mensaje pidiendo que la rescate. No hay nada de ella, pero tengo dos llamadas perdidas de mi agente, seguidas de cinco mensajes de texto actualizando lo que tengo programado para esta semana y añadiendo más reuniones a una agenda ya apretada. También hay un montón de mensajes de mi madre con sus propias observaciones sobre cómo podría haber jugado mejor el último partido.

Mamá

He estado viendo los resúmenes del partido del lunes por la noche y estuviste algo flojo.

Mamá

Creo que tendrías que despedir a tu nutricionista y contratar a la mujer que te he encontrado.

Mamá

Y aguantas el balón demasiado rato.

Genial, ahora es mi coordinador defensivo.

He salido con unos amigos. Hablaré contigo mañana.

Mamá

¿Aún no estás en casa? Es tarde. Esto no te ayudará a jugar mejor. Tienes que...

Dejo de leer y me meto el móvil en el bolsillo. Mi madre vive ahora en Malibú, pero de algún modo sus expectativas me persiguen hasta Long Beach. Aunque no son ninguna novedad. Lleva presionándome para jugar al máximo desde que era infantil. Sé que no tendría que quejarme demasiado porque me ha ayudado a llegar donde estoy, pero me agota. Sobre todo porque señala acertadamente mis puntos débiles. Me hace sentir como si mañana tuviera que levantarme temprano para mirar las cintas y ver si aguanto demasiado rato el balón.

Vuelvo a pensar en Bree.

—Ya sabéis cómo se pone cuando ha estado bebiendo.

—Sí. —Ríe Jamal—. Está graciosa y habladora. Eres tú el que se pone insoportable.

—¿Cuando bebo?

—No, cuando bebe ella. La rondas como un guardaespaldas y arrugas el ceño ante cualquiera que la mire. Así que ve. —Me está echando del reservado con la puntera de su reluciente zapato de vestir—. Ve a comprobar cómo está tu chica antes de cargarte toda la fiesta. Ya estamos repelentemente sobrios por tu culpa. No hagas que empecemos también a mordernos las uñas.

—Estoy de acuerdo. Ve a buscarla —interviene Price.

—A mí me parece bastante bonita la forma en que cuida siempre de ella —asegura Lawrence encogiéndose de hombros.

—No lo animes —le dice Jamal.

Sacudo la cabeza y dejo la sala. Afortunadamente, el bar ya

está oscuro y la zona VIP queda apartada del espacio principal, por lo que no me encuentro nada más salir con fans pidiéndome un autógrafo. Recorro el pasillo y me detengo delante del lavabo de señoras. Llamo a la puerta y la entreabro un poco para gritar hacia el interior:

—Quesito Bree, ¿va todo bien ahí dentro?

Oigo al instante una risita borracha y me relajo.

—¡Esa soy yo! Quesito Bree —dice, lo más seguro que a nadie en particular.

Sin embargo, un segundo después, la puerta se abre y aparece una mujer alta de cabello oscuro. Viste muy formal y luce una sonrisa algo mordaz. Por un segundo me preocupa que sea una fan obsesiva y se ponga sobona en el pasillo —me ha pasado varias veces—, pero entonces abre del todo la puerta del lavabo y señala con el pulgar hacia atrás por encima de su hombro.

—Creo que tu amiga necesita algo de ayuda —dice.

—¿Está bien? —pregunto entrando.

La mujer me sigue de cerca hacia el cubículo cerrado.

—Sí..., si consideras que estar increíblemente borracha es estar bien. No ha parado de hablarme mientras intentaba quitarse una mancha de cerveza de la camiseta y entonces, de repente, se ha quedado blanca como el papel y ha salido disparada hacia el cubículo.

Me siento culpable. Bree no aguanta bien la bebida. Tendría que haberme asegurado de que bajara el ritmo antes. La he obligado a comer un plato de patatas fritas —digo «obligado» porque, cuando está borracha, su capacidad de concentración es la de un mosquito y he tenido que recordarle sin parar que comiese—, pero no estoy seguro de que fuera suficiente para absorber todo lo que había bebido esta noche.

Me acerco al cubículo cerrado y doy un par de golpecitos con los nudillos en la puerta.

—¿Bree? ¿Estás bien? ¿Puedo entrar?

—¡¿NATHAN?! Hooola. —Su voz suena entrecortada pero feliz. Por lo menos sé que no ha perdido el conocimiento ni está vomitando.

—Sí, soy yo. ¿Puedo abrir la puerta?

Soy consciente de que la mujer sigue detrás de mí. Quiero pedirle que se vaya. No tiene por qué ver esto, pero es lo que pasa con los fans: no son partidarios de dar privacidad a los famosos. Parecen tener la impresión de que nos «entra en el sueldo» y que nuestra vida privada tendría que ser una barra libre de espectáculo. Pero a Bree esto no le «entra en el sueldo» y, como sé que no quiere estar bajo los focos, soy muy protector con ella en situaciones públicas. Le hago de guardaespaldas sin dudarlo.

—¡Claro, mariscal de campo! Mi casa es su casa. —Bree es la borracha más simpática que hayas visto jamás. Se vuelve más adorable con cada trago que da si es que eso fuera posible. Pero tengo que ir con cuidado con ella porque una vez intentó literalmente dar las llaves de su piso a un sintecho y le dijo que tendría que quedárselo en lugar de ella. Es generosa en exceso, lo que es irónico si tenemos en cuenta que eso es lo que ella dice de mí.

—¿Puedes descorrer el cerrojo? —le pido en voz baja.

—¡OH! —Suelta una fuerte risita, y yo miro otra vez hacia atrás. La morena sigue ahí, sonriéndome tensamente con un brillo malicioso en los ojos que me da mala espina. Muevo el cuerpo para intentar formar un muro de privacidad con mi espalda.

—¡Uy! Esto es la cadena. Oye, Nathhaaan…, ¿dónde está lo del cerrojo? Aquí está tan oscuro que no veo nada.

Madre mía. Está muy pedo.

—Abre los ojos, Bree —digo, y doy unos golpecitos en la puerta—. El cerrojo está aquí.

Suelta un grito ahogado, seguramente cuando se da cuenta de que tenía los ojos cerrados.

—¡Tienes razón! ¡Ahí está! Vaya, la de vueltas que da esta habitación.

Oigo el clic del cerrojo y, cuando me dispongo a abrir la puerta, me acuerdo otra vez de la mujer que tengo detrás. Me vuelvo para mirarla con lo que espero que parezca una ligera sonrisa. Cuando trato con alguien en público, tengo que ir con mucho cuidado de no ser malinterpretado como alguien agresivo o enfadado, básicamente cualquier cosa que pueda ser viral en Twitter y dar mala imagen a mi carrera. El cotilleo es una cosa, pero una historia sobre mí gritándole a un fan es otra muy distinta.

—Perdona, ¿te importa? —pregunto con la esperanza de que lea entre líneas que le estoy pidiendo educadamente que se largue.

Sonríe más y sacude la cabeza.

—No, en absoluto. Adelante —responde.

No es esto lo que he querido decir.

No pasa nada. Solo tengo que cargar a Bree y llevarla a casa. Bueno, a mi casa. De ninguna forma voy a enviarla así a su casa. No me fío de que no se levante y salga a tener una aventura por la ciudad en mitad de la noche.

Abro la puerta del cubículo y me encuentro a Bree sentada en el retrete, desplomada contra la pared del cubículo, pero, afortunadamente, con los pantalones puestos, o mañana se moriría de la vergüenza. Tiene las rodillas juntas, pero los pies muy separados, los brazos colgando a los costados y una hilera de coloridas pulseras trenzadas en las muñecas. Parece una niña que ha intentado trasnochar demasiado y ha sido excesivo para ella. La enorme mancha mojada que le cruza la parte delantera de su camiseta aumenta esa sensación. Es preciosa, incluso así. Ojalá pudiera inclinarme hacia delante y besarla. Apenas un piquito para dejar salir una pequeña parte de lo que siento por ella. Lo llevo conteniendo tanto tiempo que me duele físicamente, pero no tengo permiso para ser ese hombre en su vida.

Me pongo en cuclillas delante de ella y le sujeto una mano.

—Hola, amiga bonita. ¿Cómo estás?

Sonríe con los ojos otra vez cerrados.

—MUY bien. Y mi nueva amiga, Cheryl, es simpatiquíííísima. ¿La has conocido?

Miro hacia atrás a la mujer, que me dirige una sonrisa irónica.

—En realidad, me llamo Kara —dice.

—Sí, la he conocido —respondo tras dirigir de nuevo mi atención a Bree—. Kara me ha dicho que comprobara cómo estabas.

—Genial. —Abre los ojos de golpe—. Y no te preocupes. Estaba verdaderamente preocupada por tu problema —afirma desorbitando los ojos y bajando la mirada hacia mi entrepierna antes de volver a mirarme a los ojos—, pero le he dejado las cosas claras y le he dicho que no crea a esa bruja vergonzosa y mentirosa. —Trata de tocarme la nariz con un dedo, pero me da en el pómulo—. Disfusssión erf... —Hace una pausa y frunce el ceño—. Erf... —Intenta decir la palabra dos veces más y, al final, se rinde—. ¡Tu cilindrín no es asunto de nadie!

Vaaale, sí, hay que irse.

—Bueno, mi cilindrín y yo te damos las gracias. ¿Qué te parece si nos vamos a casa?

—¿Quééé? —exclama haciendo pucheros—. Pero ¡es una fiesta! —Sus ojos son los de un cachorro, y tiene un lado de la cara pegado a la pared del cubículo. Va a dejar ahí una marca con relieve.

—Creo que los chicos ya se han ido. Hay que dormir porque mañana por la mañana tenemos entreno. —Me levanto y alargo la mano hacia Bree—. Venga, vámonos de aquí.

Me toma la mano y se pone en pie, pero en cuanto adopta la verticalidad se balancea tanto que vuelve a sentarse enseguida.

—Mejjjor me quedo aquí. Todo se mueve demasiado —asegura mientras agita una mano perezosa en el aire.

—Va, puedes hacerlo —la animo. Me agacho, la ayudo a levantarse rodeándole la cintura con un brazo y hago que se recueste en mí. La llevaría fuera en brazos, pero tengo la impresión de que se montaría una escena y mañana acabaría en la portada de todas las webs de cotilleos. Así que intento mantenerla erguida mientras salimos como podemos.

Al dejar el cubículo, nos encontramos de frente a Kara, que se está guardando el móvil en el bolso. Pero no tengo tiempo para preocuparme por eso ahora.

—Gracias por... —¿Espiarnos? ¿Escuchar nuestra conversación privada? ¿Meter las narices en lo que no te importa?— asegurarte de que estuviera bien.

—Ha sido un placer, créeme —dice con un brillo en los ojos que me provoca una sensación extraña. Como cuando estás viendo una película y, de repente, la cámara hace un zum mientras se oye una música lenta y dramática, y piensas: «¡Mierda! ¡Esa persona es mala!». Inevitablemente siempre hay quien intenta afirmar que ya lo sabía desde el principio. No sabías nada, listillo.

Kara se gira y nos abre la puerta para que salgamos. Una vez fuera del lavabo, me dirijo hacia la sala VIP y, afortunadamente, Kara no nos sigue.

Mientras avanzamos, Bree recuesta la cabeza en mi pecho e inhala con fuerza.

—Hueles tan bieeen. Hasta tu sudor huele bien. ¿Cómo lo haces?

Le sonrío, deseando que ese cumplido fuese de verdad.

—Estás borracha. Así lo hago.

Los chicos me ayudan a llevar a Bree fuera, creando una barrera a nuestro alrededor para que nadie pueda verla. Jamal se hincha como un pavo real, y guiña el ojo y flirtea con todo el mundo. Es la distracción perfecta para la alicaída Bree, que llevo prácticamente colgada a mi lado.

En el aparcamiento, cuando voy a meterla en la camioneta, se gira hacia los chicos, repentinamente espabilada. Ha recobrado fuerzas, y sé lo que va a continuación. Pasa cada vez, pero normalmente solo yo estoy ahí para verlo.

—Venís a casa de Nathan, ¿verdad? ¡Se me ocurre que podemos hacer algo muuuy divertido!

Dirijo a los chicos una mirada que indica: «Decid que no». Pero, por supuesto, siempre dan a Bree todo lo que quiere, porque es imposible decirle que no, y todos aceptan encantados.

Y es así como mi corredor, mi ala abierta, mi ala cerrada, mi placador izquierdo y yo terminamos en mi casa dejando que Bree nos pinte las uñas de los pies con los colores del equipo. Estamos todos sentados en fila en el sofá y los sillones, con los pantalones remangados, mientras Bree se agacha sobre cada uno de nuestros pies como en una cadena de montaje para pintarnos las uñas con la misma atención meticulosa que alguien usaría para desactivar una bomba. Imagino que es porque debe de ser difícil concentrarse en unos dedos de los pies cuando la habitación da vueltas. Pero Bree es pura alegría y, sin dejar de sonreír en ningún momento, nos asegura que esto nos dará más buena suerte y nos hace prometer cruzando los meñiques que no nos quitaremos el esmalte antes del próximo partido.

Cuando se me acerca para entrelazar nuestros meñiques, se inclina hacia mí y se cae sin querer en mi regazo. Me da un vuelco el estómago al tener su cara tan cerca de la mía. Me mira intensamente a los ojos. Nunca la había tenido sentada en el regazo hasta ahora, y no me puedo creer lo perfecto que parece. Siento un cosquilleo en cada centímetro de mi ser y empiezo a explorar mentalmente todas las formas en las que encaja a la perfección en mis brazos. Mi cerebro gruñe. Está enfadado porque ahora sé qué aspecto tiene desnuda y qué se siente al tenerla contra mi cuerpo. Una tortura.

De repente, todos los ojos de la habitación están puestos en nosotros. Así que carraspeo.

—Diría que ha llegado la hora de acostarte.

Bree tiene los ojos nublados y, en lugar de oponerse a que la haga dormir aquí, se acurruca en mi pecho y recuesta la cabeza en mi cuello.

—No puedo andar. Estoy demasiado cansada —admite.

Me levanto cargándola en brazos y la llevo a su habitación en medio de las risitas apagadas de los chicos como si fueran chavales de instituto.

—Cachorrillo enamorado —suelta Jamal cuando paso a su lado, y le dedico una peineta desde detrás de la espalda de Bree con la esperanza de que no haya oído su comentario o de que, por lo menos, no lo recuerde mañana.

Después de dejarla en la cama, no me consiento remolonear. La tapo bien, apago la luz y cierro la puerta al salir sin permitirme mirar hacia atrás ni una sola vez. Si nuestra amistad ha sido mínimamente exitosa en su estado platónico es gracias a mi habilidad adquirida de mantenerme en movimiento. Por ejemplo, si entro en la cocina y veo a Bree agachada hacia la encimera de forma que el trasero le destaca demasiado bien, no me quedo a mirarlo. Me mantengo en movimiento. Si Bree y yo chocamos sin querer, no me paro y la rodeo con los brazos. No. Me mantengo en movimiento. Si trasnochamos y tengo la tentación de confesarle que adoro el suelo por el que pisa…, me mantengo en movimiento.

Así que esta noche no vuelvo la cabeza para verla inconsciente con la cabeza en la almohada y el cabello rebelde esparcido a su alrededor. Me mantengo en movimiento y vuelvo al salón, donde veo a mis amigos, en fila en el sofá, con las cejas arqueadas y los brazos cruzados. Parece que va a haber una intervención.

—¿A qué viene esta actitud maternal? —pregunto, petrificado en el umbral. No estoy seguro de querer entrar en eso.

Lawrence es el primero en hablar. Y cuesta tomarlo en serio con su reluciente esmalte de uñas plateado y negro.

—Ya ha llegado el momento, tío.

—Eso es críptico e inquietante —aseguro con las cejas arqueadas.

Jamal da una palmada a Lawrence en el pecho.

—Es por esta razón por la que no queríamos que fueras tú quien dijera la primera frase. —Niega con la cabeza—. Tenía que decir: «Ya ha llegado el momento de conquistar a tu chica». Lo ha dicho fatal. Iba a ser espectacular.

Intento disimular mi sonrisa.

—¿Queréis que salga y vuelva a entrar? Podemos volver a empezar —sugiero.

—No, el momento ya pasó —se queja Jamal. Detesta que alguien arruine sus momentos especiales. Y hay muchos.

Yo ya estoy retrocediendo.

—No es verdad. Venga, volveré a venir. Hagámoslo. —Salgo de la habitación y regreso un instante después como alguien que intenta fingir que no sabe nada de la fiesta sorpresa de la que se enteró sin querer hace tres semanas.

Lawrence lo hace bien esta vez.

—Ya ha llegado el momento de conquistar a tu chica, tío.

La mirada de Jamal ha perdido algo de su brillo, pero es evidente que una parte de él sigue queriendo interpretar esta escena.

—Y nosotros vamos a ayudarte a hacerlo —añade finalmente con su voz de anuncio. La verdad es que me ha impactado.

Suelto el aire.

—Ha valido la pena, chicos. Ha estado muy bien. Tengo la carne de gallina. —Valoro lo que están intentando hacer, de verdad, pero no va a pasar—. El problema es que Bree no me ve de ese modo.

Sueltan una carcajada colectiva. Price es el primero en hablar mientras agita el dedo gordo del pie para asegurarse de que el esmalte esté seco antes de volver a ponerse el calcetín.

—Sí. Las mujeres siempre se me acurrucan en el regazo como un cachorrito cuando no me ven de ese modo. Lo que tú digas, machote. Entérate de una vez. Esa mujer está enamorada de ti.

Dirijo una mirada hacia la habitación de Bree. Quiero creerlos, pero me cuesta demasiado hacerlo. Hemos tenido muchos años para dejar atrás la zona de amigos y Bree nunca ha hecho nada al respecto. Cada vez que me acerco, crea un campo de fuerza extrapotente que me repele hacia atrás.

—Ella no quiere nada más que una amistad, os lo aseguro.

—O puede que solo tenga miedo —replica Jamal, que se levanta del sofá y se pone bien los bajos de los pantalones.

—¿Miedo de qué?

—De tomar la iniciativa y no ser correspondida. Estáis atrapados en un torbellino de miedo y de falta de comunicación. Alguien tiene que atravesarlo primero.

Sé que lleva razón en lo que a mí se refiere. Me aterra volver a perderla. Ya lo probé hace años, cuando me fui a la universidad y ella salió de mi vida, y no quiero que eso se repita nunca. Pero ¿le está ocurriendo lo mismo a ella? No tengo pruebas suficientes de eso todavía.

—No sé cómo averiguarlo sin preguntárselo directamente. Es un riesgo demasiado alto. No quiero perderla, porque realmente es la mejor amiga que he tenido nunca.

Jamal se pone la chaqueta.

—En primer lugar, ay. Y, en segundo lugar, solo necesitas una oportunidad de tantear el terreno sin que haya repercusiones.

—¿Cómo hago eso? —pregunto, y soy todo orejas.

Jamal se ríe y me da una palmadita en el hombro al pasar en dirección hacia la puerta.

—No lo sé, tío. No podemos hacer todo el trabajo por ti.

—Diría que no habéis hecho ningún trabajo hasta ahora —indico a Jamal, que me hace una peineta con cada mano por encima de los hombros—. Pronto tendremos una sesión de planificación con la pizarra blanca.

Price es el siguiente en pasar.

—Lo siento —se disculpa—, estoy demasiado sobrio para sugerir buenas ideas esta noche.

—Eso es algo preocupante —le digo.

Lawrence se para delante de mí a continuación.

—Solo te diré que vayas a por ello. El amor verdadero solo se presenta una vez en la vida; no dejes que se te escape. —Todos parpadeamos al oír a nuestro agresivo placador izquierdo. Resulta que es sorprendentemente romántico para ser un hombre que actúa como un tanque.

Derek es el último en acercarse y darme su sabio consejo sobre lo que tendría que hacer con Bree para salir de la zona de amigos. Pero no es romántico ni dulce, así que no voy a repetirlo (aunque lo tendré presente para cuando la ocasión sea más propicia).

Me paso toda la noche despierto en la cama pensando en lo que han dicho mis amigos. Parte de mí cree que se les ha ido la olla y que tendrían que aconsejarme que la olvidara en lugar de plantearme empezar algo con ella. Pero otra parte de mí se queda preguntándose qué puedo hacer para tantear el terreno. Y puede que también fantaseando demasiado con lo que Derek ha dicho...

9

Bree

Oh, no. Creo que alguien ha confundido mi cabeza con una calzada urbana que hay que reparar y le está aplicando un martillo neumático. ¡Maldigo a los chicos por dejarme beber tanto ayer por la noche! Tengo que haber estado realmente pedo porque, sin abrir siquiera los ojos, sé que estoy en el piso de Nathan. Todo huele a él, y solo en la cama de invitados de Nathan las sábanas son tan suaves. Tenía que estar totalmente borracha para que no me dejara volver siquiera a casa. Qué embarazoso.

Me vienen recuerdos a la cabeza y, aunque les presto atención, lo hago con cierta vacilación. Parte de mí no está segura de querer recordar. ¿Y si me quité la camiseta? No. Nathan jamás me dejaría hacer eso de ninguna manera. Pero a estas alturas todos sabemos que dar una serenata a cualquiera que desee escucharla queda dentro de lo posible.

Por suerte, no tengo ningún recuerdo de nada así. Sí tengo, sin embargo, el vago recuerdo de derramarme una bebida en la camiseta e irme pitando al lavabo para limpiármela. Creo recordar soltarle el rollo a una pobre mujer y, entonces…, ah, sí, vino Nathan y me rescató. Siempre lo hace. Seguramente, eso se añade a los motivos por los que no se siente atraído por mí… Quiere una chica que no se suma en el caos regularmente.

Aparto las sábanas de un puntapié para consternación de mi cabeza, que no para de gritar de dolor, y me miro: voy totalmente vestida con lo que llevaba puesto ayer por la noche, lo que curiosamente me decepciona. En las películas, cuando la mejor amiga se emborracha y el protagonista la lleva a salvo a casa, también la ayuda a ponerse una de sus camisetas, demasiado grande para ella, mirando hacia otro lado todo el tiempo con una caballerosidad excepcional, por supuesto, y ella se despierta envuelta en su fragancia. Yo solo huelo a cerveza. ¿Y a esmalte de uñas?

No tengo tiempo para quedarme aquí revolcándome. Me obligo a incorporarme y alargo la mano hacia el móvil. Ya ha salido el sol, por lo que sé que Nathan ya se ha ido. Tiene que seguir un horario absurdo para el equipo y todas las mañanas suele estar en las instalaciones del club a las seis y media o las siete. Esta mañana lo agradezco porque no creo que pudiera mirarlo a la cara después de haberle dicho que huele «tan bieeen». Ummm…, recuerdo esa parte, y lamento profundamente habérselo dicho. Aunque es verdad.

Abro el móvil, veo que son las ocho de la mañana y, vaya, ¿tengo treinta y dos correos electrónicos? ¿Lo estoy viendo bien? También me fijo en que mi hermana ha intentado llamarme varias veces y me ha mensajeado un millón más. Eso no es normal, y tengo un mal presentimiento.

Me desplazo por la lista de contactos y toco el botón de llamada junto a su nombre.

Suena unas cuantas veces, pero no me preocupa que esté durmiendo. Uno, porque ella me ha llamado las veces suficientes como para que mi proveedor de telefonía móvil quiera darse por vencido y asuma una nueva identidad. Dos, porque Lily tiene tres hijos menores de seis años, por lo que mi pobre hermana mayor se levanta siempre con el sol. Que alguien le dé un premio a esa mujer.

—¡Hola, preciosa! —dice con una voz gloriosa que me taladra el cerebro—. ¡NO, JOHNNY, DEJA ESE CUCHILLO!

Gimo y me separo el móvil de la oreja. «Uf» es mi única respuesta al hecho de que Johnny blandiera un cuchillo.

—Oh, ¿estás bien? —pregunta Lily—. Espera, voy a... ¡DOUG, VIGILA A LOS NIÑOS, SALGO PARA HABLAR CON BREE!

Siseo como un gato enfadado y ella se limita a reír. Oigo ruido de pasos y la imagino poniéndose su mullida bata rosa antes de abrir la puerta principal para sentarse en los peldaños de la entrada de su adorable casa en las afueras. Es blanca y tiene las contraventanas negras, y un jardín de rosas en la parte delantera. Yo, si miro por la ventana de mi piso, veo una tienda veinticuatro horas con barrotes en los escaparates, unas pintadas horrorosas que cubren las paredes y una planta rodadora de basura que avanza calle abajo por la acera. Los Ángeles es una ciudad así de loca, porque en las apenas cinco manzanas que hay desde aquí hasta el piso de Nathan, en la playa, pasas de mi edificio de pisos color amarillo apagado con los suelos pegajosos a su lujosísimo piso con aparcacoches y arbustos perfectamente recortados.

Pues sí, mi hermana y yo somos polos opuestos. Mientras que yo tengo el pelo rizado y rebelde, ella tiene una preciosa cabellera lisa rubia que parece siempre acabada de salir de la peluquería. Mientras que ayer por la noche yo salí con un puñado de jugadores de fútbol americano, acabé borracha y arropada por mi mejor amigo, ella seguramente estaba meciendo y cantando a uno de mis sobrinos para que se durmiera antes de bajar a sentarse en el sofá con Doug, su marido y el amor de su vida, para comer helado y ver la tele. Estoy segura de que él le masajeó los pies.

A veces me siento tentada de tenerle envidia, pero una parte más grande de mí sabe también que yo nunca sería feliz con su vida. Me encanta donde estoy. También me encanta que, si te fijas bien en esa pintada en la pared de la tienda veinticuatro horas, encontrarás mi nombre escrito con una letra estupenda, porque vi como el tipo estaba pintando con espray la obra de arte original en la pared y le dije que era magnífica. Añadió mi nombre a modo de tatuaje en el dragón que está atacando al ser humano. Un auténtico detallazo.

No quiero la vida de Lily; lo que quiero, básicamente, es que alguien me ame como Doug la ama a ella. Esta es la parte que le envidio de verdad.

—¿Alguien tiene resaca? —pregunta con voz baja y cantarina.

—Sí —respondo con un gemido—. Ayer por la noche celebramos el cumpleaños de Jamal, y Nathan no dejó que los chicos tomaran más de una copa, así que digamos que yo bebí por todos.

Mi hermana suelta una carcajada, y ese sonido me resulta encantador. Ojalá estuviera sentada con ella y pudiera recostar la cabeza en el hombro de su mullida bata rosa.

—Pobre Bree. Aunque eso explica lo del vídeo.

Me incorporo, sobresaltada, y el cerebro me golpea el cráneo.

—¿Qué vídeo? ¿Te ha enviado Nathan un vídeo embarazoso de mí? Te juro que...

—Cálmate, borrachina. ¿De verdad que todavía no lo sabes?

—¿Saber qué? —Empiezo a mirar frenéticamente a mi alrededor como si pudiera encontrar alguna especie de respuesta asombrosa en la habitación. Una imagen de mí encima de una mesa pintada en las paredes. Un fragmento de mi última serenata sonando por los altavoces. Nada. Solo la inmaculada habitación de invitados y los amplios ventanales que dan al apacible mar.

—Vaya por Dios. Muy bien, quiero que inspires profundamente.

—¡Suéltalo ya, Lily!

Me levanto y entro como una bala en la cocina, sin prestar atención a lo revuelto que tengo el estómago, esperando descubrir alguna otra pista sobre mi apoteósica cagada. No hay nada salvo una manzana y una nota con la letra de Nathan que reza: «Medicamento. Bebe. Come. Vendré a ver cómo estás durante el descanso. Y no te preocupes, no cantaste ninguna canción de Adele ayer por la noche». Sonrío para mis adentros, sintiéndome un poco aliviada por lo menos.

Eso es hasta que mi hermana hace que se me caiga el alma a los pies.

—En algún momento, ayer por la noche, le contaste tu vida y milagros a una periodista en un lavabo.

—NO —digo con una larga espiración, apoyando los antebrazos en la encimera—. ¿Qué quieres decir con eso de que le conté mi vida y milagros?

—Creo que quizá tendrías que ver el vídeo.

—¿Dónde lo encuentro? —gimo.

Su sonora carcajada aumenta mi preocupación.

—La pregunta es dónde no puedes encontrarlo. Se ha hecho viral, Bree. Está por todo Instagram y Twitter. Pero la buena noticia es que todo el mundo está encantado contigo y cree que eres adorable. ¡Hasta han iniciado un *hashtag*! —Lo dice como si hubieran iniciado una organización benéfica mundialmente famosa.

—Madre mía, espero que no incluya la palabra «tetas».

—No, pero creo que, después de ver el vídeo, casi preferirías haberte exhibido ante alguien.

Todavía no lo he visto y ya me estoy planteando un posible traslado. ¿Cómo se entra en un programa de protección de testigos? ¿Tal vez podría mudarme al extranjero? ¿A España? Siempre he querido ir allí. Tendré que aprender español y eso podría ser un problema. MALDITA SEA MI YO MÁS JOVEN

POR HABER ELEGIDO FRANCÉS EN LUGAR DE ESPA-ÑOL. Oh, espera, problema resuelto: iré a Francia. *Oui, me tomaré une patate frite, por favor.* Mierda, mi francés también es penoso.

—Cuelga y ve al sitio web de TMZ. Llámame cuando hayas terminado.

¡TMZ! ¡¿En serio?!

Me siento como si me hubiera tomado cuatro litros de leche cortada.

Colgamos y, con manos temblorosas, tecleo la dirección de la web en mi móvil. No necesito buscar demasiado para localizar el artículo ¡¡PORQUE APARECE DESTACADO EN LA PÁGINA DE INICIO!!

Y entonces caigo en la cuenta.

Oh, no. Hice algo terrible ayer por la noche... y ahora lo tengo delante de mí en el vídeo situado bajo este larguísimo artículo. Hablé como una cotorra. Al parecer, la nueva amiga que conocí en el lavabo del bar ayer por la noche era Kara Holden, periodista de cotilleo de TMZ.

Cuando mis ojos sobrios se concentran en la versión con cara de sueño de mí misma, una mano se introduce en mi pecho y me estruja los pulmones.

—¡Oh, Dios mío! NO. NO. NO.

El título del artículo reza:

¿EL MARISCAL DE CAMPO ESTRELLA NATHAN DONELSON ENAMORADO DE SU MEJOR AMIGA Y FUERA DEL MERCADO?

Preparaos, chicas. La vieja amiga de Nathan Donelson insinúa que el mariscal de campo puede estar fuera del mercado por ella. La profesora de danza local, Bree Camden, afirma que Nathan y ella llevan sintiendo algo en secreto el uno por el otro desde el instituto. ¡Ved mi entrevista en exclusiva para conocer toda la historia!

Me trago los nervios y hago clic para mirar las imágenes. Todo empeora. En este vídeo, resulta evidente que estoy totalmente borracha y empuño un lápiz quitamanchas Tide To Go delante de mi cuerpo como si fuera una varita mágica.

BREE: ¿Sabes qué, Cheeerryyyll…?

Kara: *Me llamo Kara.*

B.: Ummm… No me interrumpas, no ssstá bien. Bueno. Solo quería decirte que a Nathan Donelson y a su ya sabes qué no les pasa nada. [Guiña un ojo con fuerza]. Su malvada ex solo intentaba hacerle quedar mal porque no quiso acostarse con ella.

K.: *¿De veras? ¿Y por qué crees que no quiso acostarse con ella?*

No, Bree. No lo hagas.

Bree: Él diccce que es por su juego. Pero yo creo que es porque suspira por alguien a quien no puede tener. [Se frota enérgicamente la camiseta con el lápiz quitamanchas con el aspecto de una niña desaliñada].

Kara: ¿Y de quién crees que se trata?

B.: [Apuntando a Kara con el lápiz]. Passsamos todos los días juntos. Hace millones de años que somos el mejor amigo el uno del otro. ¡Tengo que ser yo! ¿Quiénibaasersino?

K.: *Vaya. Eso es fascinante. ¿Y tú sientes algo por Nathan?*

B.: [Mira con aire pensativo el lápiz quitamanchas]. Cheeeryl, si pudiera… usssaría este lápiz para borrar a cualquier otra mujer de la vida de Nathan. Solo quedaría yo. [Frunce el ceño]. Ahora necesito echarme un rato.

Y entonces desaparezco en el cubículo y cierro la puerta. Pero el artículo no termina ahí. El siguiente vídeo va acompañado del siguiente texto: «¿Qué opinamos, amigas? ¿Parece este un hombre enamorado? Yo voto que sí. ¡Emitid vuestro voto oficial en la encuesta inferior!».

El vídeo está grabado desde detrás de Nathan, y es evidente que Kara lo hizo sin su conocimiento. El corazón me da un vuelco cuando lo veo ponerse en cuclillas delante de mí y tomarme la mano. Me habla con muchísima ternura, acariciándome los nudillos con el pulgar. Y yo parezco... locamente enamorada. Pero ¿qué diantres, Bree? ¿Por qué tienes que poner esa cara? Cualquiera que vea el vídeo puede darse cuenta de que prácticamente tengo emojis de corazón en los ojos cuando lo miro. ¡¿Y él está enamorado de mí?! ¡JA! No. Parece un hombre que está cuidando de una niña de diez años que ha perdido a su mamá. Es imposible que Nathan se sienta atraído en absoluto por esa Bree.

No dejo que el vídeo termine de reproducirse. No lo soporto más.

Nathan y yo somos los mejores amigos del mundo, y vamos a serlo hasta que cumplamos noventa años o que él se case y su mujer me excomulgue. No quiero perderlo nunca, ¿¡y esta gilipollez?! Es el fin de nuestra amistad. He tenido siempre muchísimo cuidado de no hacer nunca nada que me llevara a revelar mis sentimientos, pero ¡este artículo me está sacando del armario! Ahora Nathan estará raro conmigo.

Llamo a Lily.

—¿Lo has visto? —pregunta.

—Por favor, pásame tu coche por encima.

—Vamos, Bree. No es tan malo. ¿Y qué si Nathan sabe que te gusta? Ya iba siendo hora, ¿no te parece?

¡Quiero arrancarle los pelos del brazo uno a uno por decir eso!

—¡Es lo peor, Lily! ¡Tú dices que ya iba siendo hora y yo digo que ha pasado demasiado tiempo! Hace seis años que volvimos a ser amigos. Es mucho tiempo para anunciar de repente: «Ah, sí, por cierto, ¡te he amado todo este tiempo!». Y durante este tiempo él jamás ha insinuado siquiera sentirse atraído por mí. Nunca intenta ir más allá. Sale encantado con otras personas y no muestra ninguna señal de quererme de ninguna otra forma que no sea la amistad. De modo que SÍ, ¡es lo peor!

Pongo el móvil en modo altavoz y lo dejo en la encimera para poder frotarme la cara con las manos. El cabello se me alborota y me doy cuenta de que, encima, ¡he perdido mi coletero amarillo favorito que llevaba puesto ayer por la noche en el bar! ¡VENGA YA, UNIVERSO!

—¿Y si lo ve Nathan? No, a quién quiero engañar; estoy segura de que ya lo ha visto. ¡Ahora va a pensar que siento algo por él!

Se produce una larga pausa al otro lado del teléfono antes de que mi hermana diga en voz baja:

—En fin, sigo pensando que es bueno que todo salga a la luz.

—Lily —replico con un gruñido—, no lo entiendes. ¿Sabes qué hará Nathan si averigua que siento algo por él? —No le doy la oportunidad de contestar porque estoy histérica—. ¡SALDRÁ CONMIGO! Saldrá conmigo por lástima, y después se aburrirá de salir conmigo por lástima y tendremos una ruptura difícil, horrible, y todos estos años de amistad se irán a la porra.

—Pero ¡eso no lo sabes con certeza!

—¡Sí lo sé! ¿Has visto las mujeres con las que sale? Son supermodelos preciosas, despampanantes, y ni siquiera ellas pueden captar su atención más de unas pocas semanas. Nathan está esperando a una mujer perfecta que yo no creo que exista, y no va a parar hasta encontrarla. ¡Pregunta a la pobre chica a la que dejó plantada sin querer hace unos meses!

—¿Y tú cómo sabes que dejó plantada a una chica?

—¡Porque estaba con él! ¡Lo vi de primera mano! Estábamos jugando al Mario y ella llamó, y estaba furiosa, ¡y él ni siquiera pareció lamentarlo! No quiero conocer ese lado de Nathan.

Lily carraspea suavemente de una forma que suena casi como si se estuviera riendo.

—A ver…, vamos a aclarar una cosa. Dejó plantada a esa chica porque estaba pasando el rato contigo. Dime, Bree, ¿sucede eso muy a menudo?

Entrecierro los ojos, aunque no puede verme.

—Sé lo que estás haciendo. No conviertas esto en algo que no es. —No soporto que la gente me haga esto, que intente inculcarme la idea de tener un futuro con Nathan. No. No voy a permitirlo. Si hay algo importante que aprendí cuando tuve mi accidente en el instituto, y perdí el único futuro que había planeado, es que todo sale mejor si vivo simplemente el presente y trabajo con lo que tengo. Es un sinsentido confiar en algo que no tengo de verdad en las manos en la actualidad. La vida nos fastidia los planes sin parar, de modo que, si puedo ser feliz con lo que tengo en este momento exacto, viviré una vida más saludable. Ahora mismo tengo a mi mejor amigo, con el que me encanta pasar el rato. Si empiezo a acumular descontento y a esperar más de Nathan, lo perderé para siempre.

—No quiero una relación amorosa con él, ¿de acuerdo? No, a no ser que sea él quien la inicie declarándome su amor eterno por mí. Cualquier otra cosa acabaría en un fracaso mayúsculo, porque ninguna persona, ni siquiera tú, quiere tener una relación amorosa en la que no es amada con el mismo fervor con el que ella ama.

—Muy bien, vaaale. Lo entiendo.

—¿De verdad?

—No, pero como quiero un regalo por mi cumpleaños, prefiero mentirte.

Gruño y me vuelvo para recostarme en la encimera.

—¿Qué voy a hacer, Lily? —pregunto—. Además, creo que voy a vomitar. —Veo la manzana que Nathan me ha dejado y el estómago me dice: «Ni hablar».

—Fácil; estabas borracha. No tienes que admitir sentir algo por él, y todo puede volver a la normalidad si es realmente lo que quieres.

—Es lo que quiero.

Se ríe de nuevo entre dientes. No voy a dejar de comprarle un regalo por su cumpleaños, pero va a ser algo cutre.

—Sí, claro —suelta—. Bueno, échale la culpa al alcohol y después sigue con tu aburrida amistad platónica sin pasión.

—No me gusta tu tono.

—Supéralo.

Suspiro y cierro los ojos con fuerza.

—Tengo que colgar y llamarlo.

—De acuerdo. Buena suerte. Muchos besos, Bree. Y las puertas de mi habitación de invitados están abiertas si necesitas venir a esconderte.

10

Nathan

Justo cuando estoy a punto de reunirme con nuestros entrenadores de la línea ofensiva, me suena el móvil. Llevo esperando esta llamada toda la mañana, desde que me presenté en las instalaciones del club y fui asediado por un montón de periodistas —principalmente de los pertenecientes a la prensa rosa— que querían que comentara el vídeo en que mi mejor amiga declaraba sentir algo por mí.

La bolsa de deporte que llevaba al hombro se me cayó al suelo con un ruido sordo. No me había molestado en echar un vistazo a las redes sociales esta mañana antes del entreno, por lo que no había visto todavía el vídeo y el artículo. No respondí a ninguna de las preguntas de los periodistas, pero estoy seguro de que mi cara lo decía todo.

Entré a toda prisa, prácticamente esprintando, al vestuario, donde saqué el móvil y de inmediato encontré un vídeo en el que aparece una Bree muy borracha blandiendo un lápiz quitamanchas Tide To Go y contando a una periodista que yo suspiraba en secreto por ella. Casi poté al ver esa parte. Pero entonces…, ENTONCES dijo que le gustaría poder borrar a todas las demás mujeres de mi vida para quedar solo ella, y un fuego se encendió bajo mi corazón convertido en un globo de aire caliente y me levantó del suelo. Mi asesor personal me llamó poco después y me preguntó si quería emitir un comunicado oficial. Le dije que teníamos que esperar a que tuviera la ocasión de hablar con Bree.

Así que toda la mañana la cabeza me ha ido a mil. Dándole vueltas. Esperando. ¿Podría ser ahora? ¿Podría ser este el instante que lo cambia todo para nosotros? Porque yo estoy preparado.

Bajo los ojos hacia mi móvil y los alzo después hacia mis compañeros de equipo, que se están dirigiendo hacia la sala de conferencias.

—Id pasando, chicos. Solo será un minuto.

Asienten, y me quedo solo en el pasillo. Respiro profundamente antes de contestar.

—Hola, Bree. —¿Ha sonado eso normal?

—¡Hola, Nathan! ¡Sí, soy yo! Hola. —Bueno, mi respuesta ha sido más normal que la suya, desde luego. Lo que significa que ha visto el vídeo.

De ningún modo voy a ser yo el primero que lo saque a colación, así que tanteo un poco el terreno.

—¿Qué tal? —pregunto—. ¿Cómo te sientes esta mañana?

—Bueno —dice con un gemido—, me estaba preguntando si conocías algún sitio donde pudiera comprarme una cabeza nueva. Creo que esta está oficialmente destrozada.

Suelto una carcajada y toco suavemente la pared con la puntera del zapato.

—Lo siento, creo que no va a poder ser.

Ella también se ríe, pero su carcajada suena nerviosa y forzada. Y entonces se produce un silencio. Sé lo que está pasando. Ella también está tanteando el terreno. Esperando. Ninguno de los dos quiere ser el primero en sacar a colación el Tequilagate. ¿Tal vez tendría que limitarme a esperar para intentar tener esta conversación en persona?

Uno de mis entrenadores asoma la cabeza al pasillo.

—Donelson, vamos a empezar. ¿Vienes?

—Sí, perdona. Un minuto. —No parece contento con eso.

La NFL es muy diferente a la universidad. Aquí no nos hacen de canguro, sino que nos multan por llegar tarde, nos sientan en el banquillo o nos echan del equipo cuando cometemos demasiados errores. No se espera nada menos que una competencia absoluta cuando juegas a nivel profesional, y siempre noto esa presión, algunas veces más que otras. Como ahora, que realmente tengo que hablar con Bree, pero también tengo que ir a esa reunión. Durante la temporada, pierdes el derecho a llevar una vida normal. Todo el mundo y todo lo que no sea el fútbol tiene que dejarse para más tarde. Pero yo no quiero dejar a Bree para más tarde. Quiero prestarle el cien por cien de mi atención para que se sienta valorada. También tengo que concentrarme al cien por cien en mi carrera o me quedaré rezagado. Solo tengo que encontrar una forma de aumentar mi capacidad al doscientos por cien.

Antes creía que podía tenerlo todo muy bien equilibrado. Últimamente… tengo una sensación que no puedo describir y que me acompaña dondequiera que vaya. Es como si todo se arremolinara a mi alrededor constantemente. No hay forma de hacerlo parar. No sé… Estaré bien. Puede que solo sean los nervios de los playoffs.

Dirijo la mirada hacia la sala de conferencias, a sabiendas de que tengo que entrar ahí antes de llegar oficialmente tarde.

—Escucha, Bree…

—NADA DE LO QUE DIJE IBA EN SERIO —grita a toda velocidad.

Se me desinflan los pulmones y me giro de espaldas a la sala de conferencias, donde tendría que estar.

—¿Estamos hablando del vídeo? —pregunto.

—Sí. Y Nathan, ¡lo siento muchísimo! Ya sabes cómo me pongo cuando bebo tequila. Cuando estoy borracha, soy una descarada con un marcado sentido del territorio, y dije muchas tonterías sobre que tú sentías algo por mí y que yo quería borrar a las demás mujeres de tu vida, pero era el alcohol el que hablaba. Fue todo culpa del tequila.

No puedo hablar, porque no sé qué decir. Una planta rodadora pasa por mis pensamientos.

Me he permitido soñar mucho esta mañana. Tendría que haber sido más juicioso. Bree lleva seis años diciéndome que jamás querrá salir conmigo. ¿Por qué, después de unas palabras dichas en plena borrachera, creí que sus sentimientos habían cambiado?

—Claro. —Me obligo a soltar una risita porque no voy a actuar de un modo extraño y a perderla por esto—. Ya me lo parecía. No te preocupes. Está olvidado.

—¿Es-estás seguro? ¿Tenemos que hablar más sobre ello? ¿Necesitas que te convenza más? ¡Porque somos tan buenos amigos que prácticamente sería un incesto si saliéramos! ¿Te lo imaginas? —Ríe débilmente.

Cierro un puño porque sí, me lo imagino. Y a mí no me parece un incesto en absoluto. Tengo la impresión de haber pisado un clavo oxidado con el pie descalzo. Inspiro hondo y me froto el cogote.

—En serio, no pasa nada, Bree. Te creo. Pero tengo que ir a una reunión.

—¡Oh, vaya! ¡Claro! Siento haberte molestado. Podemos hablar después.

—Por supuesto.

—¿Cenamos esta noche?

—Sí, te enviaré un mensaje cuando el entreno haya terminado. Será alrededor de las seis y media.

—¡Estupendo! —exclama con una voz exageradamente animada que me crispa los maltrechos nervios—. Prepararé lasaña vegetariana.

Suspiro al ver sus evidentes intentos de neutralizar la situación. Estoy cansado de la neutralidad. Estoy listo para causar algún estrago.

—No hace falta que lo hagas. Puedo pedir algo para llevar y recogerlo de camino a casa.

—¡No! ¡Quiero hacerlo! Es lo mínimo que puedo hacer después de todo esto. Prepararé lasaña y jugaremos al Mario como hacemos normalmente, ¡y todo será genial!

Sí. Como hacemos normalmente.

Todo será genial.

Al llegar a casa después del entreno, huelo la increíble lasaña vegetariana de Bree y la veo trajinando en la cocina y bailando *Do You Believe in Magic?* Bree trabajaba en la cocina de un pequeño restaurante al salir de clase desde que nos conocimos hasta terminar bachillerato. Yo intenté conseguir un empleo ahí para pasar más tiempo con ella, pero mis padres se enteraron y me obligaron a dejarlo. No querían que me concentrara en nada aparte del deporte, y como mis padres eran bastante acomodados, lo cierto es que nunca necesité trabajar.

Los padres de Bree, en cambio, tenían que trabajar mucho para ganar cada centavo, lo mismo que Bree. No sé cómo podía con todo: las clases, la danza y el trabajo, pero lo hacía. Parte de mí tenía envidia de ella y de la forma en que podía trabajar y ahorrar para comprarse su propio coche. Madre mía, era una carraca, pero era suyo. A mí, todo me lo daban hecho y, además, me lo servían normalmente en bandeja. A los dieciséis años conducía una camioneta de cuarenta mil dólares. El parachoques de Bree estaba sujeto con cinta de embalar verde.

No puedo quejarme demasiado porque mis padres me hicieron llegar donde estoy ahora, pero, al parecer, algo en mí no los ha perdonado del todo por lo mucho que me presionaron para triunfar porque cada vez que veo uno de sus nombres en mi identificador de llamadas, tengo que inspirar profundamente antes de contestar.

Lo único que yo quería era jugar al fútbol y algo de cinta de embalar verde, y siempre tuve la impresión de que, cuando mis padres me miraban, solo veían una forma de asegurarse su seguridad económica y su estatus para el resto de su vida. El fútbol era la única vida que querían que yo viviera.

Pero basta de hablar de mis padres.

Bree es una cocinera increíble, pero como también sé que detesta cocinar, me siento mal al verla intentar compensarme por lo que pasó ayer por la noche. Aunque tengo que admitir que no parece detestarlo ahora por el modo en que menea las caderas al ritmo de la música.

Todavía no me ha visto, así que cruzo los brazos y, con una sonrisa, me apoyo en el marco de la puerta mientras observo cómo se inclina hacia la isla para añadir una pizca de parmesano a un bol de ensalada sin dejar de bailar. El cabello le rebota en los hombros como si estuviera tan animado como ella.

De repente, es consciente de mi presencia y levanta la cabeza de golpe. Se sonroja un instante antes de ponerse a bailar de forma todavía más exagerada.

—¡Hay que ser tonto para estar ahí de pie mirándome! —grita por encima de la música mientras empieza a bailar hacia mí. Está lanzando un anzuelo y enrollando el sedal para capturarme. Me está llevando al túnel de lavado. Estamos comprando en el súper.

No digo nada, simplemente sonrío mientras Bree mueve los brazos imitando las olas del mar hasta situarse delante de mí. Bree es la bailarina de ballet más increíble del mundo, y verla bailar es mágico de verdad, pero, madre mía, es una bailarina moderna adorablemente espantosa. El pelo le ondea a su alrededor, y lleva un maillot burdeos oscuro con unas diminutas tiritas entrecruzadas por todas partes. No sé cómo ha podido ponérselo. La parte posterior es baja y deja al descubierto mucha piel además de su sujetador deportivo negro. Lleva unos pantalones deportivos anchos con la banda elástica bajada a la altura de la cadera, por lo que se le ven las curvas y la forma atlética, y espero no estar con la lengua colgando.

Bree ha salido de mis sueños, sensación que va aumentando a medida que sus movimientos de baile se vuelven más modernos y perrea delante de mí como si estuviéramos en una discoteca en lugar de escuchando frases como «si la música es genial». Está intentando hacerme reír, y yo estoy intentando no mirarla fijamente como un pervertido.

Cuando se vuelve hacia mí, contoneando espectacularmente las caderas y fingiendo recorrerme todo el cuerpo con las manos sin tocarme ya no aguanto más. Su expresión es exagerada: frunce la nariz y se muerde el labio inferior mientras, de fondo, suena la canción más inocente del mundo. Finalmente, suelto una carcajada, y miro hacia un lado en lugar de permitirme ponerle las manos en las caderas para atraerla hacia mí de modo que nos toquemos de verdad.

«Prácticamente un incesto».

Debe de haberme cambiado la expresión porque deja de bailar y, un poco sin aliento, se mete la mano en el bolsillo para sacar el mando a distancia de los altavoces. Para la música y los sonidos alegres cesan. Me doy cuenta de que tengo los brazos cruzados con fuerza.

Alza los ojos hacia mí y su sonrisa se desvanece.

—¿Estás enfadado conmigo… por lo que dije en el vídeo?

Su semblante me parte el corazón por la mitad. ¡¿Cree que estoy enfadado por lo que dijo?! ¡Estoy enfadado porque no es verdad! No, ni siquiera estoy enfadado. Solo estoy haciendo pucheros. Estoy siendo un niño grande haciendo pucheros y tengo que sobreponerme. Lo que Bree siente por mí no es ninguna novedad. Siempre ha sido así.

Me obligo a suavizar la expresión de mi rostro y a esbozar una sonrisa.

—No estoy nada enfadado. —Doy un paso adelante e inspiro profundamente mientras tiro de ella hacia mí. Me rodea la cintura con los brazos y me apretuja.

Estrechada contra mi pecho, levanta la cabeza para mirarme a los ojos. Los suyos son del color del café con un poco de nata. Tal como a mí me gusta tomarlo.

—¿Estás seguro? —me pregunta.

—Estoy seguro. ¿Cómo podría estar enfadado si sé que solo estabas intentando hacer saber a todo el mundo que mi cilindrín no es asunto de nadie?

Gime y hunde la cabeza en mi camisa, que sujeta con desesperación como si quisiera atravesarla y morirse.

—Lo llamé así, ¿verdad? Porfiii, olvida que has oído salir esa palabra de mis labios.

—Va a ser que no. Es de lo más seductor, ¿no te parece? Las mujeres se echarán a mis brazos cuando lo llame así.

Me gusta oírla reír contra mi cuerpo. He deseado tenerla en esta posición exacta todo el día. Todos los días. Uf, para ya, Nathan. Necesito unos minutos para recomponer mis sentimientos fracturados antes de estar preparado para volver a nuestra amistad «normal».

La suelto.

—Si no necesitas ayuda, me gustaría cambiarme antes de cenar —digo.

Se frota un brazo con una mano, seguramente porque todavía debe de notar mi extraña energía.

—Sí, ningún problema. Lo serviré ya.

Me voy a mi dormitorio a lamerme las heridas. Hay una bolsa de lona enorme sobre mi cama, llena de cartas y paquetes. Cuando voy a llamarla para preguntarle qué es, Bree aparece en el umbral un poco sin aliento, como si hubiera venido corriendo.

—¡Ah! ¡Por cierto! Tu agente ha enviado esto hace un rato. Es correspondencia de tus fans.

Arqueo las cejas de golpe. A ver, estoy acostumbrado a recibir cartas de mis fans, pero no tantas.

—Es... mucha correspondencia —comento.

—Sí —coincide, mordiéndose el labio inferior antes de hacer una mueca—. Es algo..., bueno..., tal vez sea mejor que abras unas cuantas y lo veas.

Es extraño. Empiezo a revisar el contenido de la bolsa y lo primero que veo es un montón de lápices quitamanchas Tide To Go con notitas adjuntas. «¡Borra a todas las demás mujeres y quédate con Bree!». Las siguientes tres cartas que abro dicen algo parecido. Unas cuantas cartas más hablan y hablan sobre lo mucho que adoran a Bree, y yo estoy de acuerdo, pero es evidente que se están tomando demasiado en serio ese vídeo de ella borracha.

Echo otro vistazo al interior de la bolsa y, al darme cuenta de que habrá unos cien lápices quitamanchas ahí dentro, suelto un silbido. No tendré excusa para llevar una camisa manchada durante el resto de mi vida.

—¿Son todas así? —Miro cinco notas más y las devuelvo a la bolsa de lona.

Bree se me acerca despacio desde detrás, como si tuviera miedo de que fuera a girarme y echarle una bronca.

—Sí —gimotea—. ¡Me sabe muy, muy, muy mal! No me di cuenta de que Kara era periodista. Y, aunque lo hubiera hecho..., iba tan pedo que me temo que habría dicho igualmente todas esas locuras. —Se lamenta de nuevo al mirar la montaña de cartas de mis fans—. Te he metido en un buen lío.

Le tomo la mano y la aprieto con cariño, aunque sé que no tendría que hacerlo.

—Oye, te he dicho que no pasa nada e iba en serio. Llamaré a Nicole y a Tim después y prepararemos una declaración juntos. No me preocupa mi imagen, lo único que me preocupa un poco es... —Vuelvo la vista hacia el enorme montón de cartas.

—¿El trabajo extra? ¿Defraudar a tus fans? ¿Tener que convencer a todo el mundo de que, en realidad, no estamos juntos?

—Cómo te afecta a ti. —La miro a los ojos—. Sé que no te gusta estar en el candelero y estoy convencido de que esto te resulta incómodo. Además... probablemente querrás poner en privado tu Instagram ahora.

—Oh, ya lo he hecho —asegura, y el cansancio que se refleja en su voz me revuelve dolorosamente el estómago. Nunca ha querido esta vida—. Al despertarme, tenía diez mil nuevos seguidores. Y cuando he bajado esta mañana para irme andando a casa, había periodistas esperándome fuera. Tu amable portero me sacó a escondidas por detrás y me llevó a casa en coche.

Maldita sea. Ni siquiera he pensado que la había llevado en mi coche ayer por la noche y que no tenía su coche esta mañana. Caray, no doy una.

El asunto no pinta bien. No solo porque me preocupa mucho la seguridad de Bree, sino porque me aterra que esto conlleve que me vaya a echar de su vida. Ha dejado muy claro desde el principio lo que no iba a permitir en esta amistad, y el estrellato estaba escrito en negrita en el apartado de lo NO PERMITIDO.

—¿Cómo ha pasado tan deprisa? —pregunto mientras dejo una carta de nuevo en el montón.

—El vídeo de mí que Kara grabó a escondidas en el lavabo se ha hecho viral y, como usó mi nombre completo en el artículo, todo el mundo localizó fácilmente mi cuenta. Toda esta correspondencia ha llegado porque esta mañana circulaba una entrada animando a la gente que vive en esta zona a dejar notas en la oficina de tu agente para que tú las recibieras. ¿Puedo decir que es superescalofriante?

—Es más escalofriante aún que tantas personas lo hayan hecho. Y, además, han tenido que salir a comprar un lápiz quitamanchas Tide To Go. —Nunca he podido acostumbrarme a lo de tener fans. Es una parte que detesto de este trabajo.

—Y no creo que vaya a acabar pronto. Nos han estado etiquetando a los dos al republicar el vídeo y usando el *hashtag* #ChicaTide. Superhalagador. —Frunce la nariz—. Tiene que ver con algo que dije en el vídeo.

—¿Te refieres a cuando dijiste que te gustaría poder usar un lápiz quitamanchas Tide parar borrar a todas las demás mujeres de mi vida? —Al instante lamento haberlo sacado a colación. Es evidente que ella no quiere recordarlo.

Retira la mano de la mía para taparse las mejillas.

—Fue el tequila, Nathan. ¡El tequila me hizo decirlo!

Suelto una carcajada, esperando relajar la tensión a pesar de que, con lo abatido que estoy, lo único que quiero es hacerme un ovillo en el suelo. Mañana, cuando pueda reiniciar mi cerebro y despertarme sin la esperanza de tener una relación amorosa de verdad con Bree, me sentiré mejor.

—Muy bien, escucha, quiero que mantengas un perfil muy bajo hasta que pueda llamar a Nicole para que haga un control de daños. Nada de ir a pie a casa sola, y si tienes que ir al súper o a algún lugar público, pediré a mi guardaespaldas que te acompañe hasta que todo esto pase.

—¡¿Control de daños?! ¡Te he causado daños! Madre mía, soy la peor amiga del mundo.

—Bree..., el control de daños es para ti, no para mí. —No

soy yo quien detesta estar bajo los focos. Ni la idea de una relación romántica entre nosotros.

Relaja los hombros.

—Ah. Vale. Bueno, eso está algo mejor. —Se detiene y echa un vistazo al montón de correspondencia de mis fans como si estuviera intentando usar habilidades mágicas para enviarlo todo a otra dimensión. No funciona. Sus poderes no son lo bastante fuertes—. ¿Podemos cenar y olvidarnos de todo esto un ratito?

—Por supuesto. Voy a cambiarme de camisa porque, irónicamente, esta tiene una mancha.

Ambos reímos, lo que alivia un poco la tensión en el ambiente. Me quito la camisa y me dirijo hacia la cómoda para coger una camiseta limpia. Es entonces cuando veo la cara de Bree en el espejo. Sigue aquí, mirándome la espalda con la boca ligeramente abierta. No ha desviado la mirada. Tiene los ojos clavados en mí, y tengo que esforzarme mucho por no exhibir mis músculos. Espera, ¿tendría que exhibir mis músculos? No. Eso dejaría ridículamente claro que sé que me está mirando, ¿no?

Pero me está mirando. Tiene un brillo en los ojos que nunca había apreciado antes. Quiero decir, puede que me haya visto sin camisa unas cien veces, y siempre pensé que mi cuerpo le era indiferente. Que no le impresionaba. Ahora me pregunto si siempre me mira así cuando no la veo…

Con renovada esperanza, decido convertir esta situación en una especie de experimento.

Saco una sencilla camiseta blanca de un cajón y estiro el cuello a un lado y a otro unas cuantas veces como si tuviera los músculos, oh, muy tensos. Levanto la camiseta por encima de mi cabeza y me la pongo del modo sensual que me indicaron en esos anuncios de Jockey. Extiendo los hombros y levanto los brazos, sabiendo a la perfección que, de esta forma, se me marcan los músculos. ¿Puede alguien traerme aceite enseguida? Sería estupendo.

Y no lo lamento, porque este experimento está dando unos resultados de lo más fascinantes. Bree tiene los ojos puestos en mí y se está mordiendo el labio inferior casi hasta el punto de hacerlo sangrar. Tiene los ojos entrecerrados de un modo que indica que le gusta lo que ve.

No es la mirada de una mujer con sentimientos fraternales.

Ni-mucho-menos.

Me vuelvo y, en esa fracción de segundo, desvía la mirada como si hubiera sido un inocente corderito todo el rato, pero tiene las mejillas sonrosadas como fresas maduras.

—¿Listo? —pregunta con una voz muy animada. No puede mirarme a los ojos y, de repente, me pregunto si tal vez el tequila no le hizo soltar tonterías. Tal vez le hizo hablar sin filtros. Y tal vez los chicos tenían razón.

Algo hace clic en mi interior. Puede que no me haya hidratado lo suficiente durante el entreno de hoy o quizá esté teniendo una crisis de los cuarenta prematura, pero de pronto, me estoy planteando arriesgarme a lo grande. Lanzarme sin pensármelo.

—¿Bree? —pregunto, y mi tono indica claramente que va a pasar algo importante.

—¿Sí? —Abre mucho los ojos.

Me acerco a ella. Cabría pensar que no encontraría las palabras, pero lo he ensayado en mi cabeza tantas veces que sé qué decir palabra por palabra.

—Mira, sobre lo que decías en el vídeo...

Me interrumpe alguien que llama a la puerta. Bree parece aliviada al instante, y casi da un saltito mientras dice:

—¡Oh! ¡Alguien está llamando a la puerta! ¡Ya voy yo!

Genial. Simplemente genial.

11

Bree

Abro la puerta y la agente de Nathan, Nicole, entra luciendo un fabuloso traje de ejecutiva gris, con un gran bolso de piel colgado al hombro y una enorme lámina de cartón pluma bajo el brazo.

—Oh, estupendo. Estás aquí —me dice al pasar.

Sus zapatos de aguja negros de doce centímetros repiquetean en el suelo de madera noble, y no tengo ni idea de cómo consigue desplazarse tan deprisa con ellos. Yo me pegaría un buen batacazo en esta superficie resbaladiza si intentara moverme como ella con esas preciosidades puestas. Pero Nicole, no. Ella se desliza majestuosa. Flota. Es una mujer que te reta a que te atrevas a meterte con ella. Creo que me tiene fascinada.

Nicole ha sido la agente de Nathan desde el inicio de su carrera y es increíble. Esta mujer es la eficiencia en persona y es famosa por negociar los contratos más implacables de la NFL. Nicole ha tomado las riendas de la carrera de Nathan y la ha llevado a cotas increíbles.

A mí me gustaría tener una Nicole. Le ofrecí pagarle con muchos abrazos y palabras de afirmación para que guiara mi carrera profesional en la dirección correcta, pero curiosamente, dijo que no y siguió organizando cosas en el móvil para Nathan. Es leal, y eso lo respeto. Además, me va bien por mi cuenta. Bueno, salvo por aquello de que Nathan me ha estado manteniendo económicamente a flote todo este tiempo sin que yo lo supiera. Y sigo sin ser capaz de enviar a The Good Factory la solicitud que he rellenado ya cinco veces. Sí, me va bien.

Cuando Nicole está instalando lo que imagino que es algún tipo de presentación en cartón pluma —espero que incluya brillo—, Nathan sale de su cuarto. No quiero pensar en lo que estuviera a punto de decirme allí, en su habitación. No me he alegrado tanto de una interrupción en toda mi vida. Tenía toda la pinta de que iba a rechazarme con total naturalidad: «Mira, Bree, sobre lo que decías en el vídeo... Me siento realmente halagado, pero solo quiero asegurarme de que estamos en sintonía y ya sabes que nunca seremos nada más que amigos».

Me estremezco y me concentro en Nicole en lugar de hacerlo en Nathan.

—Hola, Nathan, disculpa que te moleste así por la noche. He intentado llamarte, pero no me has contestado. Es evidente que estabas ocupado. —Sus ojos grises se dirigen con picardía hacia mí y vuelven a fijarse en él.

Los dos empezamos a balbucear sandeces.

—Oh, solo estábamos...

—¡Lasaña!

—Y tenía una mancha en la camisa.

—¡Preparé la comida en plan disculpa y me voy directamente a casa!

Nicole levanta una mano como si estuviera haciendo callar a una clase de un jardín de infancia.

—Os lo podéis ahorrar. Me da igual. —Sonríe y se sujeta bien su perfecta cola de caballo rubia. Tiene el extremo curvado como Barbie, algo que resulta adorable—. Estoy aquí por un asunto que tengo que tratar con los dos sin demora.

—¿Con los dos? —preguntamos Nathan y yo al unísono, y me gustaría darnos un puntapié por estar tan irritantemente compenetrados.

Nathan se acerca más a mí mientras Nicole coloca la lámina de cartón pluma en posición vertical en la mesa de centro y abre ambas solapas. Esta vez, Nathan y yo soltamos un grito ahogado, horrorizados. Oh, Nicole; pobre mujer, es evidente que la presión de este trabajo ha pasado factura a su cerebro.

La presentación tiene, sin duda, mucho brillo. También incluye muchas fotos de mí y de Nathan, extraídas de las profundidades de Google. Son principalmente fotos captadas por paparazis de nosotros entrando juntos a una cafetería, o fotos individuales de cada uno de los dos recortadas y pegadas para que parezca que estamos juntos. Hay muchas robadas de mi Instagram. Es asombroso, pero lo peor de todo es la cantidad de corazones horteras que ha dibujado alrededor de las fotos…, y la lista adjunta de nombres de bebé que podemos elegir para nuestro futuro hijo inexistente.

—Nicole… —empieza a decir Nathan, pero no encuentra palabras para terminar.

Los ojos de Nicole van del uno al otro y observa nuestro horror mutuo.

—Oh, Dios mío, ¡¿creéis que esto es obra mía? Es insultante. No, esta es la razón de que haya venido a veros. Una fan lo ha hecho para vosotros dos y lo ha dejado en la agencia hace un rato. Y hay más como este.

Bueno, eso lo cambia todo al instante. Nathan piensa lo mismo que yo, y los dos nos volvemos de golpe para mirarnos y gritamos:

—¡Me lo pido!

—¡Yo lo he dicho antes! —exclamo, señalando a Nathan con un dedo.

—Ni hablar —replica entornando los ojos—, ha sido un empate.

Ni loca voy a quedarme sin este espeluznante tablero.

—¿Para qué lo necesitas? Mira a tu alrededor, hombre; no pega nada con tu decoración.

—¿Y sí con la tuya? —dice arqueando una ceja.

—No. —Entrecierro los ojos y lo mido con los dedos como si fuera un contratista—. Pero tiene el tamaño perfecto para tapar esa gran grieta en la pared de mi cuarto.

Nathan sacude la cabeza.

—Vamos a resolverlo como es debido: con una lucha de pulgares.

—¡Sí, claro! —me mofo—. No voy a volver a picar. Mira esas cosas gigantescas que tú llamas pulgares. No es justo. Lo que vamos a hacer es…

Nicole da una palmada y los dos nos erguimos de golpe.

—Estoy demasiado ocupada para esto —dice—. Decidid después quién se queda con el espeluznante trofeo. Vamos a sentarnos a la mesa y hablaremos del papeleo.

Seguimos a Nicole hasta la mesa de la cocina, y no puedo evitar sentirme un poco como si estuviera yendo al despacho del director del colegio. Nathan se sienta a mi lado, y apoya la mano en el respaldo de mi silla. Soy superconsciente de ello. No puedo concentrarme en nada que no sea la presencia de su brazo en mi espalda.

Nicole junta las manos delante de ella con los codos sobre la mesa.

—Como el tiempo de todo el mundo es oro, vayamos al grano. No sé si habéis estado muy pendientes hoy de las redes sociales. Nathan, sé que intentas mantenerte alejado de ellas todo lo posible, pero estoy segura de que, después de ver el trofeo de cartón pluma y todo el correo que te he hecho llegar antes de tus fans, habrás podido hacerte una idea de lo viral que se ha vuelto el vídeo de Bree.

Se me cae el alma al suelo. ¡Esta reunión es específicamente sobre mí! Dios mío, ¿he metido a Nathan en un lío importante? ¿Va a decirle que tendría que librarse de mí? Tengo que ofrecer una solución antes de que las cosas se descontrolen.

—Si me lo permitís —intervengo, y me levanto como si estuviera presentando un caso ante un tribunal—, me gustaría decir lo muchísimo que lo siento y que sé que todo esto es culpa mía. Asumo toda la responsabilidad y haré lo que haga falta para corregir la situación. Mi hermana se ha ofrecido a alojarme en su casa unos días para que todo el cotilleo termine...

Nicole me interrumpe con una sonora carcajada. Pestañeo y miro a Nathan, que se encoge de hombros, con aspecto de estar tan confundido como yo.

—¿Crees que te quiero fuera de escena? —Ríe de nuevo y sacude la cabeza—. Siéntate, Bree.

La obedezco enseguida, y lo hago con tanta fuerza que hasta me duele la rabadilla.

—¿Qué crees entonces que tendríamos que hacer? —pregunta Nathan, y yo tengo medio cerebro centrado todavía en la mano con la que sujeta el respaldo de mi silla. Cuando inspiro profundamente, me roza el omóplato con el pulgar. ¿Soy yo o me ha estado tocando más a menudo como si nada? ¿Son estos roces sin querer o...?

No, déjalo.

Nicole carraspea, seguramente porque la garganta le molesta de tanto reírse.

—En pocas palabras, tendríais que salir.

Mi mandíbula golpea el suelo con tanta brusquedad que todo el edificio tiembla.

—Perdona, ¿qué? No te he oído bien.

—Tendríais que salir.

Me froto enérgicamente la oreja.

—¡Vaya! Perdona. Debo de tener algo en el oído. No dejo de oírte decir que tendríamos que...

—Salir. —Nathan acaba la frase por mí, y la carne de gallina persigue esas palabras por toda mi piel—. Eso es lo que está diciendo. Pero ¿por qué tendríamos que hacerlo? —pregunta a Nicole.

Nicole suelta otra carcajada, y quiero robarle la voz como Úrsula a Ariel porque ahora me está atacando los nervios.

—Bueno... —Recoge unos papeles que tiene delante y les da unos golpecitos para dejarlos bien puestos—. Las principales marcas se están empezando a dar cuenta por fin de que las redes sociales son la mejor forma de llegar al sector más joven. Todas ellas han empezado a buscar *influencers* en Instagram y TikTok, y utilizan sus plataformas para vender más productos de modo más natural.

Y esta es la razón de que mi muro de Instagram parezca siempre un recorrido por un pasillo de un supermercado Target.

Nicole sigue hablando.

—A los de Tide, la marca de detergente para lavadora, les ha llegado la noticia de tu vídeo viral y les ha encantado. El grado de interacción con su cuenta ha aumentado el treinta por ciento desde que se publicó el vídeo ayer por la noche, y decir que están impresionados sería quedarse corto. Os han hecho una oferta —explica. Recoge el montón de papeles y los deposita delante de nosotros. Parece algún tipo de contrato, y las letras son tan pequeñas y están tan juntas que no estoy segura de que esté hecho para que lo lea un ser humano—. Tide ya tiene programada la emisión de un anuncio durante la Super Bowl, pero dada la enorme publicidad que ha recibido el lápiz quitamanchas, quieren que vosotros dos rodéis uno nuevo interpretando lo que Bree dijo en el vídeo y que está gustando tanto a todo el mundo. Sería algo cursi y gracioso con Nathan.

Los dos estamos callados unos segundos, procesando y reprocesando esta información absurda para encontrarle un sentido. Lo único en lo que puedo pensar es:

1) No estoy en ningún lío, ¡qué bien!
2) El pulgar de Nathan me sigue acariciando la piel.
3) Hincapié en el número dos.

Nathan recobra el conocimiento antes que yo.

—¿Por qué tendríamos que salir exactamente? ¿Por qué no podemos limitarnos a hacer juntos el anuncio y ya está?

—En Hollywood las parejas hacen este tipo de cosas todo el tiempo para dar publicidad a los estrenos de las películas que están promocionando. Es el mismo principio. Quieren que os convirtáis en pareja, real o ficticia, según vosotros prefiráis, para preparar el terreno para el anuncio y seguir así haciendo publicidad de la marca. Ahora bien, naturalmente, saben que ahora mismo estás jugando los playoffs, Nathan, y que tu tiempo es limitado, por lo que solo piden una aparición pública en la que os dejéis ver y fotografiar como pareja. Hay algunos puntos que tratar sobre la publicación de determinada cantidad de entradas en Instagram y los *hashtags* que les gustaría que usarais, pero, a mi entender, todo parece factible. Ah, y hay un acuerdo de confidencialidad que ambos tendríais que firmar.

—¿Y después del anuncio? —pregunta Nathan dirigiéndome una miradita de reojo.

—Romped, casaos, haced lo que queráis… Eso es cosa vuestra. —Se encoge de hombros otra vez. Nada del otro mundo, tan solo una conversación informal entre amigos en la que se usa la palabra MATRIMONIO refiriéndose a mí y a Nathan—. Tenéis que saber que, si decidís aceptar este trato, os abonarán una cantidad considerable a ambos, pero tendréis que respetar los términos del contrato. Por supuesto, yo ya lo he revisado todo para asegurarme de que son razonables, y ni siquiera os lo plantearía si no creyera que será bueno para tu carrera, Nathan. Esta clase de publicidad positiva es justo lo que necesitamos para atraer más contratos de patrocinio fuera de temporada. —Fija en mí sus ojos brillantes, penetrantes como rayos láser—. Y Bree, como he dicho, se trata realmente de una buena cantidad de dinero. Este es el importe.

Bajo la mirada hacia donde está señalando con un dedo cuidadísimo y ¡SANTO CIELO!, ¡¿cobraría todos estos ceros por un anuncio y unas cuantas citas con Nathan?!

Miro a la derecha, para intentar ver cómo se está tomando él todo esto, pero su expresión es imperturbable. Está esperando a que yo me decida primero, pero no hay duda de que quiere hacerlo. A ver, es la clase de cosa que sería extraordinaria para su imagen, y fingir salir conmigo unas semanas no tendría ninguna importancia para él porque no siente nada por mí. Además, es un montón de dinero, la clase de dinero que podría permitirme dejar mi desagradable piso para ir a un sitio que probablemente no tenga moho en las paredes. ¡Podría comprarme un coche nuevo! O también... ¡OBVIO!, puedo devolver a Nathan todos los años de alquiler que ha estado pagando por mí. Esto es cosa seria.

Sé que Nathan nunca me echaría en cara la situación del alquiler, pero, aun así, me haría sentir mejor hacer borrón y cuenta nueva. La razón de que quiera devolverle el dinero no es el orgullo ni la terquedad. Es algo más complicado. Es la confianza de saber que puedo salir adelante por mí misma, y también es una forma de cuidar de mi amigo. Soy consciente de que no necesita este dinero mío, pero desde que estábamos en el instituto, la familia y los amigos de Nathan lo han considerado siempre su salvador económico, como si su única responsabilidad fuera sacarlos de apuros. Yo me niego a tratarlo así. De modo que puede que tenga que aceptar el descuento que hace a amigos y familiares en el alquiler de mi estudio hasta que tenga claro cuál va a ser mi siguiente paso, pero le devolveré su generosidad conmigo.

Lamentablemente, esto significa tener que salir con mi mejor amigo. ¿Podré cruzar esta línea de amistad y volver a ella ilesa al final? Tengo mis dudas.

Hundo los hombros, y Nathan se da cuenta.

—¿Puedes darnos un minuto a solas para hablarlo? —pregunta a Nicole.

—Por supuesto. Estaré en la terraza haciendo unas llamadas mientras lo comentáis.

Nicole deja un inocente bolígrafo junto a los documentos antes de salir de la habitación. Al hacerlo, cierra la puerta de golpe, y hago una mueca al oír el ruido. Estoy nerviosa. No puedo tener quieto el pie. Se me mueve la rodilla arriba y abajo.

—Bree —dice Nathan en un tono tranquilizador, alargando la mano hacia abajo para parar mi pie—. No estamos obligados a hacerlo. Solo tienes que decírmelo y le pediré a Nicole que tire los documentos a la basura.

Dejo de mirar el taco de hojas del contrato para mirar a Nathan. Está relajadísimo. Ni le tiembla el pie ni se le mueve la rodilla. Sus ojos oscuros, en cambio, se muestran tan apacibles como la noche cerrada, cuando no puedes dormir y, al mirar por la ventana, todo está tranquilo y en calma.

—¿Así que estás dejando la elección totalmente en mis manos? —pregunto, incómoda al notar la carga que eso supone.

—Por supuesto. Yo ya estoy acostumbrado a esta vida. Es a ti a quien más afectaría este repentino cambio.

—Pero... ¿no te importa... lo de salir conmigo?

Algo se refleja un instante en su semblante. Desvía rápidamente la mirada y la dirige de nuevo hacia mí.

—Bueno, yo… —Da un golpecito con el pulgar en el respaldo de mi silla, con lo que me roza el omóplato, y se me erizan los pelos del brazo. Están todos ellos pendientes de la historia que su pulgar está intentando contar—. Creo que podríamos salir airosos de esto. Pero, para serte franco, el único motivo por el que dudo en hacerlo es porque sé exactamente lo que estás planeando hacer con ese dinero.

—No es verdad —me quejo levantando el mentón.

—Lo llevas escrito en la cara. Mira, justo aquí en tu frente pone: «DEVOLVERLE EL DINERO A NATHAN».

Suelto una carcajada y le doy un empujón cariñoso. No se mueve porque es fuerte como un roble.

—No sé —insisto—. Tendríamos que ser una pareja cuatro semanas enteras. —Pueden pasar muchas cosas en cuatro semanas.

—Una pareja ficticia. Solo estaríamos actuando.

Oh. Bueno, eso es cierto…

—Y, además —prosigue—, tú siempre dices que somos como hermanos. Así que no hay ningún peligro de que surjan sentimientos. A no ser que…

Abro unos ojos como platos y lo interrumpo:

—¡Tienes toda la razón! En realidad, no es nada del otro mundo ahora que lo pienso. —La inflexión de mi voz es más ligera. Todo está empezando a parecer muy práctico y sencillo. Sí. Esto es bueno. Nathan y yo podemos hacerlo sin lugar a duda. ¡Puedo hacerlo!

—Y, como ya nos sentimos a gusto el uno con el otro, no será demasiado difícil que cuele. Si acaso, podremos salir juntos a divertirnos unas cuantas noches. —Vale, Nathan ahora suena parecido al diablo que tengo en el hombro, pero estoy ya tan convencida que me da lo mismo. Y puede que esté algo ilusionada por ver cómo es salir con él sin que, de ningún modo, vaya a haber repercusiones negativas para mí.

Sonrío y asiento una vez.

—Tienes razón —digo—. ¡Hagámoslo!

Arquea las cejas y el movimiento de su pulgar cesa.

—¿Estás segura?

—Siempre y cuando me prometas que aceptarás el dinero cuando te lo devuelva.

Entorna los ojos y se queja.

—Brrreee, no necesito tu dinero.

—Nathaaannn, me da igual. Devolverte el dinero es lo correcto. Yo no gorroneo a mis amigos ricos. Así que prométemelo.

—Muy bien. —Me mira fijamente y sonríe a regañadientes—. Te lo prometo.

Contengo un estallido repentino de mariposas.

—¡Venga, pues! Hagámoslo. Va a ser coser y cantar. Puede que hasta sea divertido.

Observo, algo desazonada, cómo Nathan ladea ligerísimamente la cabeza con una sonrisa en la comisura de los labios. Es una expresión que nunca le había visto antes, como si acabara de engañarme un tahúr cuando yo creía que estaba jugando a *¡Pesca!* con un niño pequeño.

Me pasa el bolígrafo.

—Oh, desde luego que será divertido —dice—. Me aseguraré de ello.

12

Nathan

—¡No es lo bastante bueno! —grito con la boca llena de palomitas de maíz y los pies descalzos apoyados en la mesa de mi cocina. Es viernes por la noche, ya tarde, y los chicos llevan horas aquí.

Jamal vuelve la cabeza para mirarme, con un rotulador de borrado en seco apoyado en la pizarra blanca que compré hace unos meses precisamente para fines como este. La tengo guardada en un armario extra y solo la saco para las sesiones de planificación. En la parte superior de la pizarra está escrito en letras destacadas ADIÓS A LA ZONA DE AMIGOS. No es superpegadizo. Todavía nos lo estamos currando.

En cuanto le conté a Jamal la reunión de ayer por la noche con Bree y Nicole, envió un mensaje de grupo a los chicos y les dijo que vinieran a mi casa después del entreno para una sesión de planificación con la pizarra blanca. No es la primera vez que usamos esta pizarra. La última fue para planear juntos cómo hacer que la novia de Jamal lo aceptara de vuelta después de que este se hubiera pavoneado como un imbécil en la boda de su hermana.

El plan fracasó. No quiso que volviera con él.

Y antes que eso fue para pensar cómo mantener a la chica con la que Derek estaba saliendo alejada de su madre durante la prolongada visita de esta a su hijo. Las dos mujeres se detestaban. Hay que reconocer que esa vez tampoco fue demasiado bien. Esperemos que a la tercera vaya la vencida.

—¿Qué? ¿Por qué? Te aseguro que funcionará. —Jamal retrocede un paso y echa un vistazo a la carga del esquinero que acaba de exponer. Se encoge de hombros para repasarlo otra vez—. ¿De veras que no sabes esto, tío? Tienes que elegir bien el momento, te le acercas sin que te vea y zas, ya es tuya. La pillarás totalmente desprevenida. —Espero que no diga «ya es tuya» en el sentido que parece. Por lo menos, más le vale. Los chicos han aprendido a las malas que no hay que hablar así sobre Bree, ni sobre ninguna otra mujer, delante de mí.

Entrecierro los ojos para mirar la pizarra como si no comprendiera la jugada perfectamente clara en que el jugador defensivo captura al mariscal de campo, porque siempre es divertido meterse con Jamal. Aunque su aplicación en sentido metafórico sigue siendo algo confusa.

—Pero ¿quién es Bree en esta jugada? —pregunto—. ¿El mariscal de campo o el balón?

—El mariscal de campo, evidentemente.

—¿Qué representa entonces el balón? —pregunta Price, inclinándose hacia delante con los antebrazos apoyados en las rodillas, siguiéndome el juego.

Jamal nos mira como si no tuviéramos cerebro.

—La relación.

—Y Nate es...

—Es el esquinero —responde a la vez que dibuja un corazón alrededor de una de las X con las que plasma la jugada, y, al hacerlo, la nueva pulsera de diamantes que se compró centellea bajo la luz—. Esto es superfácil de entender, chicos. No tendría que explicarlo tanto.

Price levanta la cara de golpe. Es un poco melodramático, pero Jamal se lo traga igualmente.

—No lo pillo. Nate es mariscal de campo..., no va a saber defender.

Jamal parpadea unas veinte veces antes de suspirar.

—¡Es solo una metáfora! —exclama.

Sacudo la cabeza, totalmente derrotado.

—Pero tiene razón, se me da fatal defender. ¿Y si tampoco lo hago bien metafóricamente?

—¡No es lo mismo! —Está sujetando ese rotulador como si estuviera exprimiendo un limón.

—¿Quiénes son los otros dos linieros de la jugada?

—Somos Derek y yo. Es evidentemente que vas a necesitar nuestra ayuda en esto porque somos los más expertos sexualmente del grupo. Sin ánimo de ofender a Price y a Lawrence.

—Pues me he ofendido —asegura Lawrence, que pone en pie sus más de dos metros de altura. Se acerca a Jamal y le arrebata el rotulador de la mano—. Eres imbécil. Te están tomando el pelo. —Los Tres Chiflados abucheamos a Lawrence—. Bueno, vamos a ponernos serios. Para empezar, Nate no necesita experiencia sexual en esta situación. Necesita experiencia romántica. Y, desde luego, necesita algo más que una jugada muy oscura para demostrar a Bree que podría haber algo entre ellos aparte de una simple amistad. Necesita una... —Deja las palabras en suspenso mientras termina la frase escribiendo «CHULETA DE JUGADAS ROMÁNTICAS» en la pizarra.

—Oooh, eso es bueno —digo antes de lanzar una palomita al aire y atraparla con la boca. Todos los partidos llevo una chuleta llena de jugadas en la muñeca; ¿por qué no podría hacer algo parecido en esta situación para poder consultarla cuando necesite algo de inspiración? Me gusta—. Lawrence está oficialmente al mando.

Lawrence se muestra satisfecho. Jamal cruza los brazos, avanza con paso airado hacia la silla que tengo al lado y se deja caer en ella. Le ofrezco unas palomitas y lo único que hace es dirigirme una mirada resentida.

—No hagas pucheros —digo mientras mastico.

—No estoy haciendo pucheros.

—Estás haciendo pucheros —decimos todos a la vez.

Jamal entorna los ojos.

—Venga, continúa y explícanos lo de tu increíble chuleta de jugadas románticas. —Lo dice como si una chuleta para salir con alguien fuera más cursi que lo que hemos estado haciendo antes.

—Pienso hacerlo, gracias. —Lawrence arquea las cejas hacia Jamal antes de volverse hacia la pizarra blanca y borrar totalmente, sin la menor piedad, la jugada que él había dibujado—. Hablamos de romanticismo, tíos, no de fútbol americano. No podemos usar fintas y pases ni pequeñas equis y oes para plasmar una relación entera. Y nada de metáforas vagas. Lo que necesitamos son palabras.

Todos los chicos sisean. Acaba de decirles que tienen que vestirse de etiqueta y asistir a un cotillón.

Lawrence se cruje los nudillos y estira el cuello a un lado y a otro.

—Bree siempre ha dicho que te ve como a un hermano, aunque yo no me lo creo en absoluto, pero a lo largo de las próximas semanas vas a enseñarle otro lado de ti; todo bajo la seguridad de este contrato de patrocinio de citas ficticias.

Bueno, de acuerdo, me ha convencido. Me gusta cómo suena. Tengo unas semanas para mostrarle finalmente a Bree la atracción que siempre he sentido por ella y comprobar si ella siente lo mismo por mí. Es mucha presión intentar dejar atrás una zona de amigos que ha durado seis años en un breve periodo de tiempo, pero ¿qué importa un poco más de estrés en mi vida? Puedo soportarlo.

—Suena bien —aseguro—. ¿Qué tengo que hacer, gurú?

Lawrence empieza a andar de un lado para otro dándose golpecitos en la barbilla con el rotulador.

—Tenemos que abordar este asunto con cuidado. Como apenas os habéis tocado estos últimos seis años, tendrás que empezar despacio. Gestos pequeños, delicados, que vayan aumentando de intensidad a medida que la situación lo permita, y solo si ella parece corresponderte.

Creo que su verdadera vocación es la de Hitch, el especialista en ligues, porque tiene toda la razón. A Bree no le van los cambios repentinos. Lleva luciendo el mismo conjunto de pulseras desde hace un año y no le añadió una nueva hasta haberse pasado una semana comentando conmigo las ventajas de hacerlo.

—Si algo me han enseñado las películas de Hallmark, mi plataforma familiar favorita, es que a ninguna mujer le gusta que un hombre insista cuando le dice que no. De manera que, si es verdad que Bree solo te ve como a un hermano, cuando todo esto termine, tendrás que olvidarte de ella y pasar página. Afortunadamente, como solo estarás actuando según el contrato, podrás volver a la normalidad al final sin haber quemado las naves si no pareces gustarle.

Sí, a la normalidad. Por desgracia, hay algo en mi interior que no deja de decirme que no podré volver a la normalidad. No sé si seré capaz de quedarme a su lado después de todo esto y verla salir otra vez con otros chicos, o estar cerca de ella sin tocarla jamás. Es una tortura. No quiero tener que pensar en lo que haré si no quiere una relación amorosa conmigo en este momento.

—¿Cuál va a ser tu primera cita en público con Bree? —pregunta Jamal, inclinándose hacia delante ahora que no piensa que la idea de Lawrence sea una chorrada.

Saco el móvil y consulto la agenda que Nicole me mantiene actualizada.

—El miércoles tenemos que grabar el anuncio. Ah, y, por cierto, he infringido totalmente el contrato al deciros que nuestra relación amorosa va a ser ficticia, pero realmente necesitaba ayuda. —Todos acuerdan tener la boca cerrada al respecto—. Por lo que sí, no será una cita de verdad, pero ese día tenemos que fingir ser pareja delante del equipo.

—Eso es perfecto —suelta Derek desde donde está ahora, saqueando mi nevera por tercera vez—. Será un buen lugar para empezar a explorar algún ligero contacto físico y comprobar si salta alguna chispa.

Se me hace un nudo en el estómago al oír las palabras «contacto físico», y me siento al instante como un chaval de doce años al que le asusta su primera cita. Peor aún, puede que esté recibiendo consejos de los instructores peor cualificados.

—¿Qué se considera ligero? —pregunto.

Derek asoma la cabeza por encima de la puerta de la nevera y me responde con una asquerosa sonrisa de superioridad.

—Depende de la mujer.

—Vale, olvídalo —digo con una mueca—. No quiero oírlo.

Lawrence sacude la cabeza mirando a Derek.

—Seguro que tu madre está orgullosísima de cómo le has salido.

—¡Tomarse de la mano! —grita Jamal como si estuviera en *El precio justo* y estuviera haciendo su última puja.

—Tomarse de la mano está bien. —Lawrence lo apunta junto al número uno.

—Guiñarle el ojo —interviene Derek mientras se apoya como si tal cosa en la encimera pelando un plátano.

Esta no me convence. Me suena más bien a gilipollez.

—¿Qué quieres decir? ¿Guiñar el ojo al azar? No creo que sepa hacerlo.

—Sí, ya sabes, primero dices algo sensual y después… —Me

guiña el ojo de la forma más encantadora que haya visto jamás. Intento imitarlo y hace una mueca—. Tienes que practicar.

—Olvida lo de guiñar el ojo. Tienes que apartarle un mechón de pelo —afirma Price.

—Explícate —le pido.

—¿No ves películas? Tienes que esperar a que un mechón de pelo le caiga en la cara y usar los dedos para apartárselo de la sien. Así, mira. —Se inclina hacia mí y me lo demuestra, mirándome fijamente a los ojos y colocándome despacio un mechón imaginario de pelo detrás de la oreja.

—Coño —exclama Lawrence—. Lo he notado desde aquí.

—Anótalo —digo, señalando la pizarra.

Me obedece, y nos ponemos todos a aportar las ideas más románticas que se nos ocurren, además de debatir del derecho y del revés qué nivel de contacto físico corresponde a qué semana y si una guerra de comida sería, de hecho, tan sensual en la vida real como se ve siempre en las películas. También surge una idea vaga sobre el hecho de simular que se va la luz para llenar la habitación de velas. No tengo ni idea de cómo podría lograrlo.

Finalmente, cuando ya tenemos la lista llena, Lawrence escribe «darse el lote de verdad por primera vez» en el número veinte. Derek quería escribir otras palabras en esa línea, pero no se lo he permitido. No es eso lo que persigo. No estoy intentando llevarme a Bree a la cama; estoy intentando mostrarle que quiero tener una relación amorosa con ella. Quiero comprometerme con ella como nunca he hecho con nadie.

Más tarde, cuando tenemos la pizarra blanca totalmente llena de notas e ideas, oigo moverse el picaporte de la puerta principal de mi piso. La única persona que tiene llave además de mi servicio de limpieza es Bree, y es demasiado tarde para que nadie venga a limpiarme la casa.

Me levanto disparado de mi silla.

—Es Bree —digo—. ¡Esconded la pizarra!

Todos se levantan de un salto y se mueven por la cocina chocando unos con otros como pasa en los dibujos animados. Oímos cómo cierra la puerta al entrar, y la pizarra blanca sigue en medio de la cocina como una marquesina iluminada.

—¡Deshazte de este trasto! —siseo a Jamal.

Jamal gira la cabeza en todas direcciones con los ojos desorbitados.

—¿Y dónde la pongo? ¿En el cajón de los cubiertos? ¿Debajo de mi camisa? ¡No cabe en ningún sitio! ¡Es inmensa!

—¡SOY YO! —grita Bree desde la entrada. El ruido que hacen sus zapatillas de tenis cuando se las quita de un puntapié retumba por la habitación, y yo tengo el corazón en la boca.

Su nombre está escrito por toda esa pizarra blanca junto con frases como «primer beso... que sea suave», «tomarse de las manos con los dedos entrelazados» y «decir guarrerías sobre su cabello». Sí, no estoy seguro de esta última, pero ya veremos. Básicamente, está todo ahí expuesto; es la pizarra más incriminatoria del mundo. Si Bree la ve, estoy acabado.

—¡Borradlo todo! —susurra Price frenéticamente.

—¡No, no lo hemos anotado en ningún otro sitio! Perderemos todas las ideas.

Oigo que los pasos de Bree se acercan.

—¿Nathan? ¿Estás en casa?

—Esto..., ¡sí! En la cocina.

Jamal me mira como si fuera idiota por anunciar nuestra ubicación, pero ¿qué se supone que tengo que hacer?, ¿quedarme muy quieto y fingir que no estamos todos aquí apiñados representando *El club de las niñeras*? Acabaría encontrándonos, y parecería todavía peor después de haber guardado silencio.

—¡Dale la vuelta! —digo a cualquiera que no esté corriendo en círculos sin ningún sentido.

Mientras Lawrence da la vuelta a la pizarra blanca, Price nos dice a todos que actuemos con naturalidad. Así que, por supuesto, en cuanto Bree aparece, yo me subo a la mesa de un salto, Jamal apoya el codo en la pared y recuesta la cabeza en su mano, y Lawrence se deja caer al suelo para simular hacer estiramientos. Como Derek no acaba de decidirse, Bree lo pilla a medio círculo. Todos esbozamos sonrisas postizas. Una interpretación penosa.

Bree se queda petrificada, parpadeando al vernos actuar sin la menor naturalidad.

—¿Qué estáis haciendo?

Su pelo forma un precioso moño alborotado de rizos en lo alto de la cabeza y lleva sus pantalones deportivos favoritos con una de mis viejas sudaderas de Los Angeles Sharks, que me robó del armario hace mucho tiempo. La tapa por completo, pero como viene del estudio, sé que lleva un maillot ajustado debajo. Aunque apenas puedo encontrarla bajo toda esa ropa, sigue siendo la mujer más sexy que he visto nunca. Su mera presencia en esta habitación hace que me sienta como si me conectaran a una bombona de oxígeno después de haber estado días sin poder respirar profundamente.

Todos contestamos a la pregunta de Bree al mismo tiempo, pero con respuestas distintas. Resulta de lo más sospechoso y es seguramente lo que hace que dirija la mirada hacia la pizarra blanca. Me baja el sudor por la espalda.

—¿Para qué es la pizarra blanca? —pregunta a la vez que da un paso hacia ella.

Salto de la mesa y me interpongo en su camino.

—¿Qué? Ah, no es… nada.

Suelta una carcajada y trata de esquivarme para verla. Yo finjo estirarme para impedírselo.

—A mí no me parece «nada». ¿Qué pasa? ¿Estáis dibujando tetas en esa pizarra o algo así? Parecéis muy culpables.

—Uf, ¡nos has pillado! Hay muchas tetas explícitas dibujadas en esa pizarra. No querrás verlo.

Se detiene con una sonrisa que se le desvanece en los labios y alza los ojos para fijarlos en los míos.

—En serio, ¿qué está pasando? ¿Por qué no puedo verlo?

—No se ha creído mi explicación de las tetas. ¿Supongo que tendría que tomármelo como un cumplido?

Por encima del hombro de Bree veo que Price sale de su línea de visión y empieza a hacer el gesto de sacar el móvil y tomar una foto de la pizarra blanca. Este pequeño espectáculo está dirigido a Derek, que está situado detrás de mí.

Bree me ve mirando a Price y gira la cabeza de golpe para pillarlo. Él se queda inmóvil con las manos extendidas como si estuviera sujetando una cámara imaginaria. Y transforma esa postura en un estiramiento de los antebrazos.

—¡Qué tenso estoy hoy después del entreno!

—Se acabó —suelta Bree con los ojos entrecerrados—. Dejadme ver el otro lado de la pizarra.

—No. —Me planto delante de ella.

—¿Por qué no? ¿Es algo sobre mí? —Trata de esquivarme rápidamente, pero le sujeto el abdomen con el antebrazo y le doy la vuelta hacia mí hasta dejarla apretujada contra mi pecho como si estuviéramos bailando algún tipo de salsa. Sin embargo, es una luchadora. Relaja todos los músculos del cuerpo y se escabulle de mis brazos como una anguila. Más rápida que nuestro mejor corredor, pasa junto a Price esprintando y se dirige como una flecha hacia el salón. Hay una pequeña pared divisoria en la que está el frigorífico y que separa las dos habitaciones, de modo que, si la rodea, volverá a la cocina entrando por el otro lado.

—¡Va por el lado derecho!

Lawrence se dirige hacia la derecha y yo hacia la izquierda.

Nos encontramos al otro lado de la pared divisoria, mirándonos extrañados el uno al otro porque Bree no está ahí. Un movimiento brusco capta nuestra atención: Bree sale de un salto tras el espaldar del sofá y pasa corriendo detrás de mí, rodea a toda velocidad a Price, que no se entera, y entra en la cocina.

Llego justo a tiempo de verla mirando la pizarra blanca. Derek se separa de ella. Yo estoy sin aliento y tengo las palmas de las manos totalmente sudadas. Se acabó. Bree está mirando ojiplática la prueba irrefutable, y quiero lanzarme por la ventana. ¿Cómo voy a explicar esto? Toda esta planificación. Tantos años esperando pacientemente, y es ASÍ como Bree se entera de que siento algo por ella.

—Bree..., puedo explicártelo.

Suelta una carcajada fuerte, incrédula, mientras señala con un dedo relajado la pizarra. Sus ojos, desorbitados, se clavan en los míos.

—Tetas —suelta.

Abro la boca, pero no digo nada, porque de repente me preocupa que mi cerebro se lo haya inventado.

—¿Qué?

Arquea las cejas y parece horrorizada y divertida a la vez.

—Realmente hay tetas dibujadas en la pizarra. Muchísimas... tetas.

Trago saliva y miro discretamente a Derek, que me está levantando los pulgares desde detrás de Bree. Me asusta un poco lo rápido que las ha dibujado.

Suelto el aire con fuerza y sacudo la cabeza.

—Sí —digo con una sonrisa de alivio en los labios—. Bueno, he intentado decírtelo.

—¿Por qué hay tetas en la pizarra? —pregunta riéndose—. ¿Qué sois, un puñado de críos?

Derek se ofrece como víctima propiciatoria.

—He sido yo. Estaba intentando describir a los chicos…

Bree lo interrumpe agitando una mano en el aire.

—NO. ¡LA, LA, LA! No quiero oír lo que va a salir de tus labios. —Se marcha como si quisiera arrancarse los ojos y avanza hacia mí mientras señala la pizarra—. ¡Bórralo, Derck! Es asqueroso.

—Sí, enseguida.

Se detiene delante de mí y me hunde el dedo directamente en el pecho.

—Aquí está pasando algo sospechoso y voy a averiguarlo. Pero antes, tengo que usar tu lavadora porque la de mi edificio huele otra vez a mostaza. —Resulta perturbador que no sea ni la primera ni la segunda vez que huele así.

Una hora después, los chicos se han ido y yo estoy pasando la colada de Bree de la lavadora a la secadora porque se ha acostado en mi sofá y se ha quedado dormida sin querer. No voy a despertarla. En lugar de eso, la llevo a la habitación que ella me recuerda agresivamente que es solo la habitación de invitados para que pase aquí esta noche. La habitación de invitados que no usa nadie más que ella. La habitación en la que le cabrearía encontrar a un invitado de verdad porque todas las cosas que ha ido dejando en ella a lo largo de los años le han dado realmente un toque personal y han creado un verdadero dormitorio.

Justo antes de acostarme, recibo un mensaje de texto de Derek. Es la foto de la pizarra blanca antes de que la borrara.

Derek

> Esto va a funcionar.

Espero que tenga razón…

13

Nathan

El estadio ruge.

Es día de partido y estamos todos uniformados, hombro con hombro en el túnel, reunidos justo donde los espectadores no nos ven, esperando la señal para salir al terreno de juego. Es un partido importante, todos los partidos de los playoffs lo son, de modo que los aficionados están más ruidosos que de costumbre. Hay una mezcla de aclamaciones y de abucheos.

Jamal está a mi lado, pasándoselo en grande. Esto le encanta. Tiene un medidor de energía sobre la cabeza que sube con cada decibelio que aumenta el ambiente. El mío baja. Tengo que desconectarlo por completo.

Me golpea sin querer el brazo al describir círculos con los hombros para intentar ponerse a tono y, por alguna razón, eso me molesta irracionalmente. El resto del equipo está detrás de nosotros dando saltitos, cerrando y abriendo los puños, estirando el cuello a un lado y a otro. Somos un puñado de toros esperando salir como una exhalación al ruedo.

Una niebla empieza a cubrirlo todo, y nos indican que vamos a salir al campo en cualquier momento. Intento mantener la cabeza despejada, concentrarme solamente en este partido y no preocuparme por lo que significa para nosotros. Pero es difícil no sentir la presión. Últimamente yo siempre la siento, y se está arremolinando a mi alrededor en este instante. Por más que lo intento, no puedo alejarla de mí.

Cierro los ojos con fuerza, tratando de borrarlo todo de mi mente, pero las protecciones me aprietan. Más de lo normal. Me constriñen.

—¡Preparados! —grita un cámara apuntándonos con el objetivo.

¡Qué cantidad de ruido! El clamor de la multitud, la música, el palmoteo en los asientos del estadio; antes me encantaba, pero últimamente me dan ganas de salir pitando. No sé por qué. Parece haber algo fuera de lugar, y mal, y estoy sudando a pesar de que ahí fuera no llegamos a los cero grados.

Sacudo la cabeza.

Jamal se vuelve hacia mí y me grita por encima del ruido excesivo:

—¿Estás bien, chico? Paredes desencajado.

El corazón me late en los oídos. Tengo la sensación de que voy a desmayarme, pero sé que no puedo hacerlo. Debo mantenerme en pie. No hay tiempo para lo que sea que me está pasando. No voy a ponerme nervioso. Voy a ayudar a nuestro equipo a llegar a la Super Bowl, nada de desmayarme en el túnel antes de un partido. Aunque ¿tal vez podría sentarme en el suelo muy rápido y tomarme un respiro?

—Sí, estoy bien —miento, porque Jamal no puede saber que me siento como si tuviera un tornado en mi interior. Él depende de mí. Todos ellos dependen de mí. Todo el mundo depende de mí.

Para intentar recuperar un poco la compostura antes de salir, cierro otra vez los ojos y pienso en Bree. Veo su amplia sonrisa y oigo su risa llena de vida. Me digo a mí mismo que en unas cinco horas, estaré volando a casa, y me apostaría toda mi fortuna a que ella estará ahí, esperándome. Me rodeará la cintura con las manos y me apretujará. Allí estará todo en calma.

Se me relaja un poco el pecho.

—¡Venga, todo el mundo listo! —grita de nuevo el cámara. El locutor habla por megafonía para decir al abarrotado estadio que estamos a punto de salir al terreno de juego. La multitud suena como una fuerte tormenta golpeando un tejado de zinc. Me estoy asfixiando. En este momento, el único pensamiento que me mantiene cuerdo es Bree. ¿Qué diría si estuviera aquí conmigo ahora mismo? Sería perfecto. Siempre dice las palabras perfectas.

—¡Tres, dos, uno! ¡Vamos, vamos, vamos!

Salimos corriendo del túnel, a través de la densa niebla y directamente hacia el caos. La única forma en que consigo evitar marcarme un Forest Gump e irme corriendo hasta casa es imaginarme a Bree: la nariz fruncida, la lengua fuera hacia un lado y los pulgares levantados como hizo la primera vez que salté al campo en sustitución de Daren hace cuatro años. Elijo oírla como un susurro en el oído en lugar de escuchar el clamor de la multitud. «Puedes hacerlo, Nathan».

Bree

¡¿Cómo es posible?! Solo las personas de una altura gigantesca guardan sus fuentes de horno de 23 x 33 en el estante de arriba del todo de sus armarios de cocina. Nathan hizo reformas en su piso hace un año para adaptarlo a su estatura verticalmente envidiable, lo que significa encimeras más altas de lo normal y armarios de cocina que llegan al cielo. Lo pillamos, Nathan, ¡eres alto!

Evidentemente, ¡no pensó que su mejor amiga se colaría en su piso para hornearle unos brownies mientras él vuelve a casa en avión después de ganar un partido de los playoffs! Sí, han ganado, pero ha costado. Creo que ya no me quedan uñas. Pero el resultado no ha sido lo único que me ha puesto los nervios de punta. Nathan no parecía estar bien del todo durante el primer cuarto. Finalmente se ha repuesto y ha lanzado cuatro pases de anotación, pero, aun así, no parecía él mismo.

He visto el partido desde su sofá y he gritado tan fuerte la mayoría del tiempo que no me sorprendería que me dijera que podía oírme desde el estadio. Ha habido una jugada en que lo han capturado, con un golpe brutal en una cuarta oportunidad, y he contenido el aliento hasta que lo he visto levantarse y caminar sin ayuda hacia el banquillo. Aparte de ese momento, ha jugado bien. Dudo que nadie más haya podido notar la diferencia en él, pero yo, sí. Cada vez que la cámara lo enfocaba de cerca, podía ver algo en sus ojos que me ponía nerviosa. Era algo más que su habitual mirada de concentración; parecía triste. ¿O tal vez estaba cansado? ¿O preocupado?

No lo sé, pero le estoy preparando brownies para celebrar la victoria y animarlo. No querrá comérselos para no saltarse su régimen nutricional, pero estoy dispuesta a hacer lo que sea necesario para recordarle que hay vida, diversión y cosas agradables al margen del fútbol y del brócoli.

Francamente, yo antes era exactamente como él. Hacía lo que fuera para ser la mejor, para rendir al máximo. No me di cuenta de lo quemada que estaba hasta que tuve que tomarme un año curativo en el que solo hacía fisioterapia básica para recuperar el uso de mi rodilla después de la operación. No fue hasta que me vi obligada a reposar y a buscar nuevas formas de entretenerme en la vida que no me di cuenta de que, en realidad, ya no estaba disfrutando del ballet. Me había convertido en un robot dedicado por completo al trabajo y obsesionado con acceder al siguiente nivel, costara lo que costara.

Ahora procuro no tomarme la vida demasiado en serio. Creo

en trabajar duro, pero con pausas, descansando, holgazaneando y comiendo deliciosos hidratos de carbono de vez en cuando. Sí, casi siempre se me van a las caderas, pero decido creer que eso las hace más apetecibles todavía.

El horno pita, lo que me indica que está precalentado, y ya tengo la masa preparada y aguardando pacientemente en la encimera. Ahora solo necesito esa bonita bandejita de cristal que está taaan arriba. «Oye, Dios, soy yo, Bree, ¿te importaría pasarme esa fuente de horno de 23 x 33 que tienes ahí al lado?».

No pasa nada. Me encaramaré hasta las alturas como hemos aprendido a hacer todas las personas bajas cuando dejamos de crecer a los doce años. Apuntalo el talón en la encimera y uso todos los músculos de mi cuerpo para trepar a ella. Resulta que era más fácil hacerlo cuando tenía doce años. Por aquel entonces, el cuerpo no me chasqueaba, crujía y rechinaba tanto como ahora.

Cuando estoy aquí subida, a punto de sujetar la fuente, oigo abrir y cerrar la puerta principal.

—¡NO! —grito melodramáticamente mientras intento separar con rapidez las bandejas de cristal más pequeñas de la que necesito con la esperanza de poder bajar con mi botín antes de que Nathan me vea aquí encaramada y se burle de mí.

No soy lo bastante rápida.

Llega a la cocina y giro la cabeza para mirarlo, con los brazos extendidos hacia arriba, sujetando con los dedos la fuente de horno. Lleva unos pantalones deportivos negros de Nike, una sudadera a juego y una gorra de los Sharks con la visera hacia atrás en su hermosa y maravillosa cabeza. Nathan siempre luce sus mejores trajes a medida para ir a los partidos, pero se decanta por la comodidad al volver en avión a casa. Y créeme, la comodidad le sienta bien. Un hombre que no lo intenta en absoluto pero que, aun así, rezuma fuerza y seguridad tiene algo innegablemente sensual. Es la forma en que deja caer con naturalidad la bolsa de lona al suelo, lanza las llaves a la encimera de mármol con un movimiento suave de muñeca, me mira y ladea la cabeza mientras sus ojos se deslizan hacia la estrecha franja de torso que me ha quedado al descubierto cuando se me ha subido la camiseta.

Caray, estoy más acalorada que una duquesa viuda en una romanticona novela de amor histórica.

Arquea una ceja y sonríe.

—Hola. ¿Qué haces ahí arriba? —suelta.

—Admirando un poco las vistas.

Su sonrisa se acentúa.

—¿Te subes siempre a mis encimeras cuando yo no estoy? —Cruza la cocina para situarse a mi lado.

El aire vibra como siempre que se acerca a mí. ¡He de ignorarlo! El problema es que, como no nos hemos visto demasiado desde que aceptamos el contrato de patrocinio, he podido quitarme de la cabeza que vamos a tener que salir las próximas semanas. Pero ahora, al verlo después de un fin de semana entero separados, mi cabeza me grita: «AHORA ES BÁSICAMENTE TU NOVIO… ¡A POR ÉL!».

Me vuelvo para seguir intentando hacerme con la fuente de horno.

—¡Solo cuando quiero sorprenderte con unos brownies por ganar un partido de los playoffs! ¡Pero has llegado pronto! Iba a tenerlos listos y oliendo deliciosamente cuando entraras por la puerta. Hasta te he preparado una canción y un baile de celebración. Iba a ser algo grande, de verdad —explico en tono quejoso.

Ahora está detrás de mí. Le paso la bandeja y él la deja en la isla que tiene detrás, justo al lado de la masa.

—No he llegado pronto. Son las nueve.

—¡QUÉ! —exclamo con los ojos desorbitados—. No puede ser verdad. —Miro el reloj y, efectivamente, son las nueve. ¿Cómo es posible?

Nathan me sonríe satisfecho y se recuesta en la encimera. Me alivia ver que su rostro vuelve a parecer normal; su mirada ya no tiene ese algo extraño que le veía en el campo.

—Ummm… —murmura con una sonrisa pícara—. ¿Tal vez alguien se ha echado un sueñecito?

—¡No!

Sí. Mi intención era echarme solo unos minutos, pero, no sé cómo, esos minutos han pasado a ser cuatro años y me he despertado sintiéndome como si me hubieran teletransportado a otra dimensión. Creo que el sofá de Nathan está impregnado de alguna sustancia que favorece el sueño, porque esto parece pasarme mucho aquí.

Se vuelve para mirar el salón, donde hay pruebas esparcidas por todas partes, tan evidentes como si se tratara de la espantosa escena de un crimen: una manta polar arrugada en el sofá; una almohada de mi…, perdón, de LA HABITACIÓN DE INVITADOS, apoyada en el brazo; uno de los cargadores del móvil de Nathan enchufado de modo que el cable llegue debajo de la almohada.

Doy una sonora palmada.

—¡Eh, mírame!

Mi distracción no funciona. Nathan ya se está riendo entre dientes y cruzando esos brazos enormes con suficiencia.

—Ya lo creo que sí. Te quedaste frita y perdiste la noción del tiempo porque estabas comodísima en mi sofá.

Me llevo una mano a la cadera. Me siento poderosa aquí arriba. ¿Es esta la razón de que las personas altas emanen esa sensación de autoridad? Ahora lo entiendo.

—Tú no me conoces —digo haciendo mi mejor imitación de una de mis descaradas bailarinas adolescentes.

—Has sobado a pierna suelta.

—Cállate. —Me gusta echarme un sueñecito y siempre se me va de las manos, ¿qué pasa?

Avanza un paso de modo que está justo delante de mí.

—Y dime, ¿por qué cada vez que me voy de la ciudad, al llegar a casa me encuentro con que has pasado todo el tiempo aquí, echando sueñecitos y… —echa un vistazo al fregadero y ve la sartén que he usado esta mañana para hacerme unos huevos revueltos para desayunar después de dormir ocho horas seguidas en la habitación de invitados— viviendo?

Sé qué quiere de mí. Pero no va a obtenerlo.

—¿Porque, como me preocupa que alguien te entre en casa y te robe todas las cosas mientras estás fuera, necesito protegerla?

Emite el sonido de un odioso timbrazo.

—Error. ¿Quieres volver a intentarlo?

Suelto un grito ahogado cuando me rodea los muslos con un brazo y me levanta fácilmente de la encimera. Se gira sin dejar de sujetarme y deja que mi cuerpo baje despacio hacia el suelo. Mi poder se desvanece por segundos. Durante este descenso, cada centímetro de mí se desliza por cada centímetro de él, y creo que voy a morirme. Es como un muro de ladrillos este hombre. Nunca me había estrechado tan fuerte entre sus brazos hasta ahora, y el corazón me tartamudea, me da saltos en la garganta; es demasiado para mí.

Este es el viaje favorito de la historia de mis viajes. A lo largo del camino, tomo fotografías mentales de todas las vistas. Paso por sus cabellos, que le sobresalen adorablemente de la gorra. Sus ojos color negro azabache, tan aterradores como reconfortantes. La curva carnosa de su labio inferior. La insinuación no demasiado sutil de sus hombros musculosos bajo la sudadera. Y, finalmente, termino con un suave aterrizaje en su ancho y fuerte pecho. Haré un álbum de recortes con todas estas fabulosas instantáneas.

Quiero inspirar hondo y añadir una fuerte fragancia a estos recuerdos, pero me temo que mi respiración sonará temblorosa si lo hago. Tengo que ir con cuidado. Debido al Tequilagate ya estoy andando por terreno resbaladizo. Si quiero que todo siga siendo normal entre nosotros, debo actuar con normalidad.

Alzo la cara y lo miro a los ojos.

Es un GRAN error.

Estamos muy cerca el uno del otro y todavía me sujeta entre sus brazos. Sonríe y noto un hormigueo en el estómago.

—Estás siempre aquí porque detestas vivir en tu piso de mierda. Admítelo, quieres mudarte aquí.

Levanto el mentón.

—Nunca —digo. Porque no es cierto. Me quedo aquí cuando él no está porque lo extraño y porque todo lo que hay aquí huele a él. Bueno, y sí, quiero vivir aquí, pero solo porque él vive también aquí. Me importan un pito sus objetos de lujo o sus sábanas suaves o la bañera realmente grande o…, bueno, vale. También me gustan estas cosas. Así que la verdadera razón por la que quiero vivir aquí es porque la combinación de todo esto provoca euforia.

Y hablando de euforia, ¿por qué siguen sus brazos rodeándome con fuerza? ¿Debería intentar zafarme? Mi cuerpo jamás me obedecerá. Ya está acurrucado y ha encontrado un nuevo hogar aquí. Madre mía, su barba incipiente es muy sexy. Seguro que me haría cosquillas en el cuello.

Nathan lanza una mirada por encima de mi hombro, y su sonrisa se vuelve pícara. Para cuando me he dado cuenta tiene el dedo cubierto de masa de brownie y me está manchando con ella los pómulos, despacio y con cuidado.

—Admítelo —dice con esa sonrisa malévola.

Inspiro lentamente, de modo audible, parpadeando como para decir: «¡Oh, no; no acabas de hacer esto!».

Está de lo más satisfecho de sí mismo en este momento.

—Pareces un jugador de fútbol americano en miniatura —suelta.

Bueno, está claro que los brownies quedan descartados del menú de esta noche porque ¡acabamos de empezar UNA GUERRA!

Alargo la mano hacia atrás, hundo los dedos en la masa y se los estampo en medio de la cara. A conciencia y despacio.

—Eso jamás —susurro delante de sus labios como hacen siempre los malos en las películas.

Pestañea, con masa de brownie colgándole de las pestañas. No puedo tragar saliva mientras le veo fruncir los labios, asintiendo despacio. Me suelta para poner las manos delante de él en la encimera, encorvándose como un animal que está preparando su plan de ataque.

Yo no soy ninguna aficionada, de manera que sujeto el cuenco lleno de masa de brownie y salgo pitando. Solo que... no me muevo. Mis calcetines se deslizan por la madera noble, pero no voy a ninguna parte. ¡¿Quién ha puesto una cinta de correr en el suelo?!

Vuelvo la cabeza y veo que Nathan está sujetando la parte posterior de mi camiseta con los dedos. Y ahora me deslizo hacia tras, hacia él. Veo pasar esa mano grande por encima de mi hombro y hundirse, por completo, en el cuenco con masa de brownie que llevo aferrado delante de mí. Lo único que puedo hacer es cerrar los ojos mientras me aprieta un pedazo de masa pegajosa en el lado derecho de la cara. Cabello incluido. Va a ser divertido quitármela.

¿Puedo decir que es la guerra de comida más rara y más lenta que se haya visto jamás? Y, curiosamente, me está poniendo supercaliente y me hace estremecer.

Me giro hacia él, y ahora me toca a mí. Hundo los dedos en

la masa y le cubro con ella ambas cejas. Ahora me recuerda a Eugene Levy, y tengo que ponerme el puño en la boca para evitar reírme. Con una sutil sonrisa, toma un montón de masa con un dedo y la usa para pintarme los labios con ella..., realmente... muy... despacio.

¡Oh!

Bueno, ahora tengo la piel ardiendo. Está bien. Estoy bien. Todo está bien. Solo que yo no estoy bien porque ¡no sé qué diantres tengo que pensar de todo esto! ¿He perdido por completo la chaveta o está el ambiente algo sensual ahora mismo? Trato de no fijarme en la forma en que su dedo remolonea en mis labios como si no tuviera nada más que hacer. ¿Está más cerca de mí que hace un minuto? Deja caer la mano y yo alzo los ojos. Me está contemplando los labios. Se está acercando poco a poco. Está agachando la cabeza.

Me quedo sin aire.

Se agacha y dice en voz baja delante de mis labios:

—Gracias por hacerme brownies. Lástima que no haya podido saborearlos.

Alguien me ha apretado la tráquea con una pinza de tender. ¿De verdad ha dicho eso? ¿Sigo durmiendo y me lo estoy imaginando todo? Porque se parece mucho a algunos sueños especialmente maravillosos que he tenido con Nathan.

Como él y yo hemos sido siempre totalmente sinceros el uno con el otro —excepto cuando miento como una bellaca sobre lo que siento por él—, la pregunta me sale de los labios antes de poder detenerla.

—Nathan, ¿estás flirteando conmigo?

—Sí —responde sin que le haya sorprendido mi franqueza.

—¿Por qué? —No quiero que parezca que estoy asqueada, pero creo que ha sonado así. Simplemente estoy aterrada. Mantengo mi corazón a raya. Sin excepciones.

—Estoy... practicando.

—Practicando —repito y, en un momento de debilidad, bajo la mirada hacia sus labios carnosos entreabiertos antes de volver a fijarla en sus ojos. Ojalá el hecho de estar cubierto de masa de brownie me sirviera de disuasión. Pero no lo hace. Me encantan los brownies.

—¿No te parece buena idea? —Está hablando en voz muy baja, muy grave. Oírle decir así estas palabras me aturde—. Vamos a tener que flirtear en público, por lo que debemos acostumbrarnos para que resulte convincente.

Doy a esta lógica contestación la brillante respuesta que se merece.

—Ajá.

Se ríe entre dientes.

—¿Estás bien, Bree? —Ahora suena extraligón. Risueño. Y tiene la boca peligrosamente cerca de mi lápiz de labios de brownie. ¡Aaah! ¡Tengo su mano en mi cadera! ¡¿Cuándo ha pasado eso?! Espera un momento, ¿vamos a besarnos? ¿Están dos amigos a punto de darse el lote en esta cocina cubiertos de masa de brownie?

Y es cuando caigo en la cuenta: está teniendo un arrebato ególatra. Está eufórico después de ganar otro partido de los playoffs, y yo no soy nada más que un ratoncito para que el gato grande juegue con él en la cocina. No tenemos que practicar. Solo está siendo un ligón de mierda y se está divirtiendo conmigo durante su subidón de masculinidad. NO. Eso no va a pasar. Del mismo modo que no quiero que salga conmigo por lástima, no quiero que tenga un lío de una noche conmigo porque, bueno, estaba ahí y le resultaba cómodo. Tal vez él podría manejar algo así, pero yo no. Amigos con derecho a roce no formará nunca parte de nuestra descripción, porque no soportaría que al final me dejara. Para mí es todo o nada.

Nathan continúa con su juego.

—Finjamos que ahora estamos en público y que todo el mundo nos está observando. —Me sigue mirando los labios—. Tenemos que ser realmente convincentes. Si dijera «Es una pena que no llegara a saborearlos», ¿qué me dirías?

Tengo la mayor fuerza de voluntad del mundo. Tengo carta blanca para dejar que Nathan Donelson saboree los brownies directamente de mis labios, y en lugar de eso, hundo la mano en la masa, tomo una buena porción y le mancho con ella toda la cara hasta que le tapa totalmente los rasgos. Listo. Ahora es Mudman, el hombre de barro.

Retrocedo, me limpio las manos en un paño de cocina y sonrío, orgullosa.

—¡Te diría que ahora tienes mucho que saborear! ¡Que aproveche!

Creo que está frunciendo el ceño bajo toda esa masa, pero es difícil saberlo.

Me vuelvo y salgo pitando de la cocina, girándome para decir:

—¡Pasaré la noche en la habitación de invitados porque es demasiado tarde para irme a casa a pie y por ninguna otra razón!

Toma. *Statu quo* restablecido. Amistad salvada.

14

Bree

Completamente normal. Todo es absoluta y completamente normal. Aquí estamos, Nathan, mi amigo normal, y mi yo normal pasando el rato juntos un día normal en el que todo va bien.

Salvo que, noticia de última hora: NO VA BIEN.

—¿Te vas a subir? —pregunta Nathan, junto a la puerta abierta del SUV enorme con las ventanillas tintadas que va a llevarnos al plató donde vamos a rodar el anuncio hoy. Nunca me he subido en este coche con él. Nathan solo lo usa para ir a eventos y lugares especiales en los que podría necesitar más privacidad y seguridad, lugares a los que me niego a ir con él porque estas son cosas que hacen con él las novias, no las mejores amigas.

Además del hombre simpático que va a llevarme arriba y abajo como si fuera la reina de Inglaterra, el corpulento guardaespaldas de Nathan está sentado en el asiento del copiloto a punto de bajar como una bala y…, qué se yo, ¿despegar a un seguidor fanático de Nathan si se diera el caso? Se trata de un aspecto de la vida de Nathan al que no estoy acostumbrada.

Trato de convencerme a mí misma de que es un día soleado corriente y que simplemente voy a dar un paseo en coche con mi mejor amigo para siempre, pero esta calabaza se parece muchísimo a una carroza, y me están entrando ganas de poner pies en polvorosa. Casi puedo ver mentalmente el lápiz gigante que se da la vuelta y pasa la goma de borrar del extremo superior por esas líneas tan bien dibujadas que definen nuestra amistad.

—¿Bree? —insiste Nathan, frunciendo el ceño con una sonrisa desconcertada—. ¿Estás bien?

—¿Ummm...? —Parpadeo—. ¡Sí! Claro, sí. Totalmente. Por supuesto que voy a subirme. Solo estaba pensando si limpian esos asientos corridos o no.

Suelta una risita, mirándome como si se me hubiera ido la pinza.

—Sí —dice—, supongo que lo harán de vez en cuando. ¿Por qué?

—Es que... no quería subirme sin saberlo con certeza —digo encogiéndome de hombros—. Como son tan espaciosos, la gente podría haber hecho quién sabe qué aquí detrás y...

Nathan avanza hacia mí y empieza a empujarme por la zona lumbar para que me suba al SUV.

—Es mi vehículo particular, Bree. Es de mi propiedad. No hay nada dudoso en estos asientos, no te preocupes. Venga, súbete, por favor, o llegaremos tarde. Y sonríe, hay un paparazi en esa esquina captando hasta el último detalle de tu indecisión.

Dirijo una sonrisa realmente amplia y aterradora a Nathan para hacerle reír y mostrarle lo poco que me importa el paparazi.

Me dedica su carcajada con la boca abierta y los hoyuelos marcados que me acelera el corazón diez veces y sacude la cabeza.

—Te lo estás tomando a broma hasta que te des cuenta de que ese fotógrafo te ha enfocado peligrosamente cerca con el zum la cara de tonta que has puesto y mañana la publicarán a toda plana en los quioscos, afirmando: «¡Bree Camden se desmorona bajo la presión de su reciente fama!».

—Creo que no se equivocarían demasiado —digo antes de subirme al SUV, instalarme junto a la puerta opuesta y pegar la cara a la ventanilla. Cielos, este vehículo no tiene nada de normal. La tapicería es de lo más suave y hay un asiento corrido adyacente orientado hacia este lado con un televisor de pantalla plana detrás. Deslizo los dedos por un panel de botones que hay en mi apoyabrazos y, al pulsar uno, unas cálidas luces llenan el espacio —luces de ambiente— y mi asiento empieza a reclinarse a la vez que se eleva un reposapiés.

Con los ojos desorbitados, me vuelvo hacia Nathan y veo que se está riendo en silencio.

—Aquí dentro eres como una niña.

—¡Aquí dentro me siento como una niña! No tendrían que permitirme entrar en sitios lujosos como este. Voy a derramar algo en estos carísimos asientos, Nathan. —Vuelvo a poner recto mi asiento y cruzo las manos remilgadamente en mi regazo.

—No tienes ninguna bebida.

—Da igual. Pasará de algún modo. Ya me conoces, no se me pueden confiar objetos lujosos.

—Solo son cosas, Bree. No podría importarme menos. Derrama lo que quieras. —Tiene arruguitas en los rabillos de los ojos, pero lo que más me llama la atención es ver unos círculos oscuros bajo esos profundos pozos color negro azabache.

Ladeo la cabeza y alargo la mano para tocarle con suavidad la parte inferior de cada ojo.

—Estás cansado.

Todavía lleva el pelo algo mojado porque acaba de entrenar. Nathan ha tenido que despertarse a las cinco de la madrugada, pasarse todo el día trabajando, con su entreno y sus reuniones habituales, lo que supone pegarse una auténtica paliza, y ahora, al final del día, tiene que rodar un anuncio durante varias horas cuando tendría que estar descansando y recuperándose.

Me rodea la muñeca con sus dedos. Es como si me estuviera rodeando el corazón con ellos.

—Estoy bien —asegura.

—Te estás forzando demasiado. No teníamos que haber aceptado lo de este anuncio.

El SUV comienza a moverse. Nathan me mira la muñeca y me la baja hacia el asiento, pero no me la suelta. Estamos a un paso de tomarnos de la mano.

—Quería hacer el anuncio. Será bueno para los dos.

Para mí. Lo que quiere decir es que será bueno para mí. Porque sí, es bueno para la imagen de Nathan, pero seamos sinceros, él no necesita el dinero. Yo sí. Yo quiero este dinero para poder devolvérselo.

Pero ahora me viene otra idea a la cabeza: ¿y después qué?, ¿cuál será mi siguiente paso después de devolverle el dinero a Nathan? Hay algo en el hecho de que haya comprado el estudio y de que yo me haya enterado de que ha estado pagando parte de mi alquiler todos estos años que ha despertado cierta inquietud en mí. Me ha puesto un poco nerviosa y ha hecho que ambicione más para mi estudio. Lo que me aterra por completo. No me gusta ambicionar más, porque no me gusta cómo era tiempo atrás, cuando lo único que hacía era esforzarme por conseguir más. Lo que necesito es estar satisfecha con lo que tengo. Si hubiera estado tan solo un poco más satisfecha conmigo misma en el instituto, no habría dedicado todo mi tiempo y toda mi energía a intentar entrar en la Juilliard. Habría ido a fiestas, habría hecho amigos, puede que hasta hubiera tenido aficiones o deseos fuera de la danza que habrían impedido que cayera en un precipicio tan profundo cuando me fue arrebatado mi único sueño.

Tendría que sentir gratitud por la ayuda que mi amigo me ha prestado y encontrar modos tangibles de mejorar el estudio que actualmente tengo. Pero, en lugar de eso, cuando trato de encontrar nuevas maneras para no tener que depender totalmente de su generosidad, me tropiezo, sin querer, con un nuevo sueño. Uno en el que mi estudio no huele a pepperoni, y en el que podría funcionar oficialmente como una organización sin ánimo de lucro, capaz de aceptar más alumnos que normalmente no podrían permitirse clases de danza.

La única forma de hacer todo esto posible sería que me concedieran el espacio en The Good Factory. El problema es que ya me lo he jugado todo a una carta antes y no me salió bien. Me aterra volver a querer tanto algo otra vez.

Suena el móvil de Nathan, que me suelta para poder contestar la llamada.

—Es mi madre —anuncia con aspecto de estar algo cansado antes de esbozar una sonrisa tensa y decir—: Hola, mamá, ¿cómo est…? —Se interrumpe para escuchar y suelta unos cuantos «ummm…» y «claro». Cierra con fuerza los ojos un momento, como si estuviera sufriendo, y vuelve a abrirlos. Me imagino que le estará pidiendo algo que exige demasiado de él.

A Nathan le cuesta decir que no, especialmente a sus padres. Ellos siempre han esperado mucho de él y jamás han dudado en pedirle mucho también —y solamente se han dedicado a criticarlo a cambio—. Se comprometen siempre en su nombre para que asista a sus actos benéficos sin realmente pedírselo, lo manipulan para que se presente en sus fiestas para que la gente lo vea y firme autógrafos, e incluso le piden que se haga cargo de sus espléndidas vacaciones porque saben que cuando el famoso mariscal de campo de la NFL paga algo con su tarjeta negra, acceden a un mundo de lujo que ni siquiera sus infladas cuentas bancarias pueden alcanzar. Lo exhiben como si fuera el tigre de un circo, y lo fustigan cuando se cansa para que rinda más y eso les permita conservar el estatus social que tienen gracias a él.

Otro motivo por el que no quiero que Nathan crea nunca que tiene que cuidar de mí económicamente o llevarme del brazo a eventos especiales. Esto no es lo que quiero de él.

Me gustaría arrancarle el móvil de la mano y decirle a esa mujer: «Perdone, ya no va a poder seguir chupándole la sangre constantemente a Nathan. Mejor dedíquese a bordar o algo así». Pero yo no soy quién para protegerlo de su madre.

Pasado un minuto, cuelga y suspira.

—¿Una charla divertida? —pregunto sarcásticamente.

—Nada del otro mundo —responde encogiéndose de hombros—. Solo quería saber si podría ir a casa poco después de terminar la temporada para acudir a un acto benéfico que han montado en su club de campo.

—¿Y le has dicho que te tomarás algo de tiempo para recuperar energías? —pregunto, aunque ya sé la respuesta.

Baja la mirada hacia sus manos inquietas.

—Le he dicho que sí —explica—. Como de todos modos tengo que ir a verlos en algún momento, podría aprovechar para hacer algo por una buena causa mientras estoy allí.

Detesto que haga eso. Nathan está convencido de que es Superman y…, bueno, no estoy del todo segura de lo contrario, pero sé que es de carne y hueso como el resto de nosotros, y la carga que lleva no puede sostenerse mucho tiempo. No quiero ver que termina destrozado. Me gustaría retenerlo y obligarlo a descansar.

—¿Cómo te va en el trabajo? —me pregunta en voz baja.

—No creas que no sé que estás escurriendo el bulto.

Sonríe y apoya la cabeza en el reposacabezas para mirarme.

—Esperaba hacerlo. ¿Qué tal en el estudio? ¿Cómo están las chicas?

Me recuesto en el asiento, agradecida de que algo de nuestra normalidad se haya colado en la novedad de este entorno lujoso. Esto es más propio de nosotros. Si cierro los ojos, casi puedo imaginar que estamos en el sofá de su casa.

—Todo va bien. Imani tiene un nuevo novio del que todo el mundo se da cuenta que Sierra está celosa, y... —Me quedo un momento sin aliento al ver su sonrisa sincera. Realmente le importa, como a mí, lo que les pasa a las chicas de mi clase; el corazón me da un vuelco—. Han vuelto a despedir al padre de Hannah, pero puedo permitirme no cobrarle las cuotas para que siga asistiendo a las clases porque cierto benefactor generoso ha comprado el edificio y me ha reducido el alquiler.

Miro por la ventanilla y veo un coche lleno de adolescentes que circula junto al nuestro a la misma velocidad que nosotros. La que está en el asiento del copiloto nos pide que bajemos la ventanilla para poder ver quién va dentro. Hay que tener agallas. Puede que sea un viejo senador calvo. Dirijo una mirada a Nathan. No, no es un viejo senador calvo.

—Gracias a ti, esas chicas pueden continuar persiguiendo sus sueños. Y sabiendo lo que sé ahora sobre cómo me has estado ayudando todo este tiempo con el alquiler, me doy cuenta de que jamás habría podido tener las puertas abiertas para ellas sin ti. Así que gracias.

Ahora está frunciendo el ceño. No es la expresión que esperaba después de estas palabras.

—Esto me mata, ¿sabes?

—¿Qué? ¿Lo atractiva que soy? —Le dedico una espléndida sonrisa de debutante.

No se ríe de mi broma.

—Me mata que no veas lo que vales. Bree, esas puertas solo están abiertas gracias a ti. Esas chicas están consiguiendo cumplir sus sueños gracias en su totalidad a ti y al trabajo que dedicas a sus vidas. Si yo no hubiera comprado el edificio, no tengo ninguna duda de que habrías encontrado por tu cuenta otro modo de hacerlo. ¡Seguramente habrías buscado un segundo empleo para poder seguir con el primero! Así que no, no me atribuyas ese mérito. Lo único que yo he hecho ha sido usar un dinero que habría estado acumulando polvo.

Trago saliva y carraspeo, porque no me gusta la seriedad repentina que ha adoptado esta conversación. Más aún, no me gusta que sus palabras coloquen brasas en mi corazón, que resplandece con calidez. Nadie más logra que me vea como lo hace Nathan.

Pero, aun así, esta conversación es demasiado íntima para nuestras vibraciones normales, por lo que suelto una carcajada y quito hierro.

—Eres mi mejor amigo. Tienes que decirme cosas así.

—Bree…

Lo interrumpo.

—Oye, hay algo que debo darte antes de llegar al plató.

—¿Quién es la esquiva ahora?

Lo ignoro, saco el papel de mi bolso y se lo doy. Se queda mirando el papel doblado como si lo hubiera usado para sonarme mil mocos. Lo agito delante de él con una carcajada.

—¡Ten! Ábrelo.

—¿Qué es?

—Una lista.

Me dirige una mirada y coge el papel. Se ve minúsculo en su mano. Lo desdobla con cuidado, como si fuera un copo de nieve, pero se mofa antes de leerlo en voz alta:

—Reglas de supervivencia. —Sus ojos reflejan enfado al fijarse en los míos—. Un poco melodramático, ¿no te parece?

—¡Sigue leyendo! Es importante —pido señalando el papel con la cabeza—. Si queremos acabar esta relación ficticia con nuestra amistad intacta, tenemos que disponer de algunas reglas básicas. —Garabateé esta lista después del pequeño ejercicio práctico de Nathan de la otra noche. No puedo manejar más situaciones como esa, de modo que ha llegado el momento de establecer algunos parámetros para asegurarnos de que no se repita.

Observo atentamente cómo los ojos oscuros de Nathan recorren lo que escribí. Tensa la mandíbula y carraspea.

—Nada de besarnos. Nada de tocarnos cuando no estemos en público. Nada de achucharnos jamás para nada. —Vocalizo las palabras sin decirlas a medida que él las va leyendo—. Nada de flirtear cuando estamos solos. Nada de... —Se le va apagando la voz al llegar a esta última, y junta los labios para humedecérselos antes de proseguir—. Nada de hacer ñaca ñaca. —Me mira, y veo que está tratando de dominar su expresión para no sonreír—. ¿Qué es exactamente «hacer ñaca ñaca»?

—Ya sabes qué significa —respondo entornando los ojos—. Hasta mi abuela sabe lo que significa.

Se encoge ligeramente de hombros. Muy inocente.

—¿Es un juego? O..., no sé..., ¿un paso de baile? Tendrás que informarme al respecto. Y sé lo más específica posible, por favor.

Le doy una bofetada amistosa en el fuerte bíceps.

—¡Para! Sabes muy bien lo que significa. —Por alguna razón, me estoy sonrojando.

—Bueno —dice arqueando una ceja—, alguna idea tengo, pero deja muchas cosas abiertas a la interpretación, ¿sabes? Hacer ñaca ñaca es muy vago. Podría pensar que se refiere al sexo de toda la vida, pero si eso es cierto..., significa que está totalmente permitido todo por encima de la cintura. Puede que incluso...

—¡NATHAN! —El estómago me da tal vuelco que sale despedido del SUV porque no quiero oír lo que va a salir de sus labios a continuación. Nosotros no hablamos así. Nunca. De repente, ya no tengo la sensación de estar en su sofá y necesito que volvamos a la tierra—. ¡Nada… de nada… sexual! —Tengo que esforzarme por decir cada una de estas palabras—. Y no te tomes todo esto a cachondeo. Hablo en serio.

No me malinterpretes, nada me gustaría más que hacer ñaca ñaca con Nathan, pero sé que no significaría lo mismo para los dos. Yo jamás sería capaz de separar mis sentimientos del acto.

Oye la brusquedad de mi tono y su diversión se apaga un poco.

—Ya lo sé. Solo estoy bromeando. Nada de hacer ñaca ñaca… Entendido. Pero lo demás… —Repasa la hoja una vez más antes negar con la cabeza y ¡ROMPERLA! Mis reglas ya no son nada más que confeti que cae al suelo.

—¡¿Por qué has hecho eso?! —pregunto boquiabierta.

—Porque es ridículo. Vamos a tocarnos. Vamos a besarnos, Bree.

Se me para el corazón. Ha dicho estas palabras como si tal cosa. Sin titubear ni cuestionárselo. Algo así como: «Estos labios tocarán esos labios, no tiene importancia». Para mí, tendría importancia.

—No. Nada de besarnos.

—Las parejas se besan. Si queremos que esta relación sea convincente, tendremos que besarnos en público en algún momento.

Suspiro porque, en el fondo, sé que tiene razón.

—Muy bien, solo si es absolutamente necesario, podemos darnos un beso con la boca cerrada. Un piquito para las cámaras. —No sé muy bien qué implicaría para nuestro contrato que se descubriera que nuestra relación es ficticia, y no quiero averiguarlo. Necesito ese dinero.

No está de acuerdo conmigo, simplemente recoge los pedacitos de mi tranquilidad de espíritu y los deposita en un posavasos. Saca el móvil.

—De hecho, todo esto me recuerda que tenemos que hacernos una foto juntos y subirla. Una foto oficial de «somos pareja» para que las redes sociales digan *oooh* y *aaah*.

Ah, sí, claro. Esto estaba en el contrato: abundantes apariciones acarameladas en las redes sociales. Activa la cámara del móvil y la pone delante de nuestras caras para sacarnos un selfi. Me inclino hacia él para que nuestras cabezas estén casi juntas y esbozo mi mejor sonrisa.

—¿Por qué no sacas la foto? —pregunto sin dejar de sonreír.

—Porque esta pose nos hace parecer mejores amigos.

Obvio. Es lo que somos.

Me pongo seria y me vuelvo hacia él.

—Valeee. Bueno, ¿qué deberíamos hacer entonces?

Se muerde el labio inferior mientras se plantea algo y, acto seguido, me desabrocha el cinturón de seguridad.

—¡Oye! ¡Es peligroso! —exclamo.

Me rodea la cintura con un brazo y, antes de que pueda protestar, me coloca en su regazo. ¡SU REGAZO! Supongo que eso lanza mi regla de «nada de tocarnos cuando no estemos en público» por la ventanilla. Noto su fuerte pecho contra mi espalda y sus firmes muslos bajo los míos. Se agacha hacia mí, y percibo su cálido aliento en el cuello. Mi cuerpo no sabe cómo reaccionar, de modo que se limita a arder en llamas.

—¿Qué…, qué estás haciendo?

—Relájate. Finge que te gusto.

¡Oh, qué ironía!

Apoya la nariz en mi mandíbula y me roza la piel con las pestañas cuando cierra los ojos. Sujeta la cámara delante de nosotros, y veo reflejada mi expresión aterrada. Los ojos desorbitados. Soy un cervatillo ante los faros de un coche. Pero Nathan está de lo más natural, como un hombre que está disfrutando del contacto con una mujer, no con su mejor amiga. Le oigo respirar hondo, y la comisura de sus labios insinúa una sonrisa. Es un gran actor. Antes de que me dé cuenta, mi cabeza se está ladeando hacia él, mis ojos se están cerrando y mis labios se elevan con voluntad propia.

Huele bien.

Superbién.

Quiero llenar una laguna con esa fragancia para poder nadar en ella todo el día mientras me bebo a sorbos un margarita.

Sentada en su regazo, me siento menuda, como si él pudiera envolverme con los brazos y protegerme de un huracán. Un sinfín de sensaciones me recorre el cuerpo cuando el aliento de Nathan me acaricia la piel y su brazo me sujeta con más fuerza por la cintura. Sus labios no hacen el menor intento de entrar en contacto con los míos. Está simplemente aquí, lo más cerca que hemos estado nunca, con la frente y la nariz apoyadas en mí de modo cariñoso.

Tengo la piel chamuscada, y antes de que tenga tiempo de preocuparme por estar permitiéndome disfrutar demasiado de su contacto, el SUV se detiene poco a poco. Nathan aparta su cara de la mía y me llega una ráfaga de aire frío. Actuación terminada.

—Creo que tenemos algunas buenas. ¿Qué te parece? —pregunta sin apenas emoción en la voz. Sin la menor insinuación de que estuviera sintiendo nada cercano a lo que yo estaba sintiendo.

Acurrucada todavía en su regazo como si fuera mi nuevo trono, tomo su móvil y miro atentamente las fotos. No puedo pronunciar palabra alguna porque casi no puedo creerme lo que estoy viendo. No somos Nathan y yo los que salimos en esta foto. Es una pareja que está locamente enamorada.

Sé por qué veo esa expresión de felicidad en mi semblante, pero ¿por qué aparece también en el suyo?

Carraspeo antes de hablar.

—Sí. Perfecto —digo.

Me bajo de su regazo y tiro del dobladillo de mi blusa para intentar recobrar la compostura antes de apearnos del SUV.

El conductor viene para abrirnos la puerta, y justo cuando Nathan está saliendo, me suena una alerta del móvil. Es la notificación de una nueva foto etiquetada en Instagram. Al abrirla, veo que Nathan ya ha subido la foto junto con un título que reza: LA ÚNICA MUJER QUE QUIERO.

Nathan se baja primero y alarga la mano para que se la tome. Lo miro a los ojos, intentando desesperadamente no darle demasiada importancia a todo esto, pero ya noto que mi corazón está intentado tomarse libertades que juré que jamás le permitiría.

—¿Sigues conmigo, Quesito Bree?

No lo sé… ¿Sigo?

15

Bree

Nathan me toma de la mano. ¡Me toma de la mano! Con los dedos entrelazados, vamos juntos de la mano al estilo de «llévame la mochila de camino a la clase de ciencias». Noto una risita resonando en mi interior mientras mis pies procuran seguir sus largos pasos hacia el estudio de sonido donde vamos a rodar el anuncio. Es ridículo. Su piel está encallecida y caliente. ¿Es así como se siente un balón de fútbol cuando Nathan lo sostiene? Genial, ahora compararé a futuros hombres y sus manos poco idóneas con Nathan y sus grandes manos.

Es hora de asumir la realidad. El trayecto con la cara de Nathan apoyada en la mía me ha desorientado y es natural que esté un poco alterada. Pero ha llegado el momento de centrarme y de prepararme para ser la novia ficticia de Nathan. ¡Haz énfasis en lo de ficticia, Bree! Puedo hacerlo. Puedo tomarlo de la mano todo el día sin que se me suba a la cabeza. Además, seguramente detestaré ser hoy el centro de atención con él. Dejaré que la experiencia me sirva de ejemplo perfecto del motivo por el que jamás seremos una pareja de verdad.

—¿Estás bien? —pregunta Nathan, que ha captado telepáticamente mi espiral de pensamientos.

—Muuuy bien.

Esboza una sonrisita. Sabe que es mentira. Se vuelve hacia mí.

—Podría resultarte abrumador lo de ahí dentro. Habrá muchas instrucciones que seguir y personas que querrán que les dediques tu atención. Recuerda que todos ellos están aquí para ti.

—Querrás decir que están todas aquí para ti.

—No soy yo quien lo petó en internet —aduce sacudiendo la cabeza—. Querían que saliera contigo. Por eso estamos aquí, porque el mundo se enamoró de Bree Camden. Nada de esto estaría pasando si se hubiera tratado de otra persona.

Dios mío. Cuando lo dice de esta forma, toda esta situación parece distinta. No estoy segura de que me guste. Trato de deshacerme de las partes de mí que se están aferrando a sus palabras como si les fuera la vida en ello. Mi corazón es como un helado de vainilla que se derrite sobre un brownie de chocolate a la taza ante la idea de que la gente quiera que Nathan y yo estemos juntos. Quiero llamar a Kelsey enseguida y gritarle algo odioso como «SI TE DUERMES, PIERDES».

Las puertas del estudio de sonido se abren y Tim, el alto y desgarbado asesor personal de Nathan, sale con pinta de estar frenético. Aunque lo cierto es que siempre tiene esta pinta.

—¡Oh, estáis los dos aquí! Excelente. —Consulta su reloj y nos hace señas para que entremos—. Casi hemos terminado de preparar la iluminación, por lo que vais con el tiempo justo para pasar por peluquería y maquillaje.

Lo seguimos por un frío pasillo mientras sigue hablando a mil por hora. Nathan me aprieta la mano.

—Le he explicado al equipo que tienes una agenda muy apretada y que disponen de tres horas como mucho contigo. Ni un minuto más, porque tienes entreno por la mañana. Además, en el camerino encontrarás una ensalada de kale y salmón a la plancha para cenar, Nathan. Ya he avisado a los de peluquería y maquillaje que tienes que comer mientras te estén arreglando.

¿No hay cena para mí? Lo ves, ya está pasando; ya estoy viendo lo deprimente que sería salir con Nathan. Todo el mundo lo adularía y yo quedaría eclipsada. La cosa va bien. Sigue así, mundo.

Tim continúa hablando casi sin respirar:

—Tenéis el guion completo en vuestros camerinos, pero en líneas generales es muy sencillo. Los dos estáis cruzando el comedor de un restaurante y las mujeres se acercan corriendo a Nathan y le escriben su nombre y su teléfono en la camisa. Él tira de ti hacia un pasillo para huir de ellas, se saca un lápiz quitamanchas Tide To Go del bolsillo trasero y te lo da. Intercambiáis una mirada coqueta y Bree borra los nombres agitando el lápiz, al estilo de *Mi bella genio*.

Caramba. Es cursi, pero me doy cuenta de por qué encantará a los fans. Es la referencia perfecta a las palabras que dije estando borracha. Las palabras que van a perseguirme el resto de mi vida.

Un momento después, Tim se detiene ante un camerino con el nombre de Nathan en el exterior. Todavía vamos de la mano, y me doy cuenta de que me estoy aferrando a Nathan como si fuera una boya en medio del océano.

—Sonreíd —dice Tim para sacarnos una foto rápida con el móvil—. Lo publicaré en tus historias, Nathan.

Al abrir la puerta, vemos a una rubia preciosa y sonriente con un generoso escote del que tengo que admitir que estoy cien por cien celosa.

Tim parece aburrido, el pobre.

—Nathan, esta es Aubrey. Ella te peinará y te maquillará.

—Hola, Aubrey —dice Nathan con una sonrisa y un gesto con la cabeza que sé que son falsos, pero es evidente que Aubrey se los cree porque sus poros empiezan a irradiar luz. Y, de veras, lo pillo. Nathan es muy corpulento e increíblemente sexy, y su voz grave y ronca es embriagadora si te va este tipo de cosas, pero, en serio, Aubrey, recoge tu corazón del suelo y ponte a trabajar. ¡Es mi novio! Espera, ¿qué? No.

Es mi novio ficticio.

Ficticio, ficticio, ficticio, ficticio, ficticio. No auténtico. Si nuestra relación fuera un bolso, sería un Proda y lo estaría vendiendo alguien desde el maletero de un coche.

Aubrey se mueve con ligereza. Se muere de ganas de tener a Nathan en sus manos.

—Si quieres entrar y tomar asiento, podemos empezar. —Ese brillo en sus ojos me lleva a pensar que va a empezar a bailarle en el regazo en lugar de peinarlo y maquillarlo, y me planteo alargar el pie para hacerle la zancadilla. Sí, soy celosa. La pobre no ha hecho nada mal y yo estoy tramando su final. Tengo la sensación de que tendría que disculparme ante esta profesional por degradar sus actos. Últimamente, mi cavernícola territorial interior se está descontrolando y tengo que ponerle freno.

Tim me saca de mi actitud tormentosa.

—¿Bree? Sigamos andando. Tu camerino está por aquí.

En cuanto tengo que soltarle la mano a Nathan, se me encoge el estómago. No había previsto estar tan nerviosa al dejarlo. Es solo que no tengo ni idea de lo que estoy haciendo, y ni siquiera tengo la oportunidad de mirar a Nathan antes de que Tim me lleve prácticamente a la carrera pasillo abajo.

—Sé que no tienes asesor personal, pero Nathan quiere que hoy actúe como tal para ti, si eso te parece bien. —Lo cierto es que no me da ocasión de responder—. También tienes la cena en tu camerino, pero Nathan me ha encargado que te pidiera tacos de pollo al chipotle, con extra de guacamole. ¿Es correcto? —Abre de golpe la puerta de un camerino, y me sorprende un delicioso olor a tacos. Mis labios esbozan una pequeña sonrisa porque… no se han olvidado de mí. Nathan lo organizó todo de antemano para que me proporcionaran mi comida favorita.

—Es perfecto.

—Estupendo. Este es Dylan —dice señalando a un chico sonriente que aparenta mi edad y está disponiendo brochas de maquillaje en un tocador—. Él va a peinarte y maquillarte. Joy vendrá en un rato para traerte el vestuario. Come deprisa; tenemos una hora hasta que os necesiten en el plató. Harrison, el director, y Cindy, la productora, vendrán en algún momento a hablarte sobre el guion. No publiques ninguna foto de nada de lo que pase hoy, déjame eso a mí. Y si necesitas algo, pídemelo a mí y a nadie más. ¿Necesitas algo?

Sacudo rápidamente la cabeza, algo aturdida después de este vertiginoso discurso.

—Muy bien. Volveré en veinte minutos. Es toda tuya, Dylan. —Antes de salir del todo de la habitación, Tim se para y se vuelve hacia mí—. Ah, y Bree, me alegra que tú y Nathan estéis juntos. Es mejor cuando está contigo. —Supongo que nadie ha informado a Tim de los términos reales de nuestra relación y del hecho de que somos un Proda.

Tim desaparece por la puerta y espiro hondo.

Dylan suelta una risita.

—¿Estás preparada para el test de los nombres? Di todos los que acaba de mencionar en el orden correcto o te echarán a patadas del plató. —El brillo de sus ojos lo delata.

—Ummm…, ¿era Sam, Brittney y Tina? —respondo mal aposta.

Ríe de nuevo y avanza para alargar la mano.

—¡Ding, ding, ding! Correcto. ¡Has ganado unos deliciosos tacos para cenar!

—Esperaba que fuera un coche —suelto con una expresión de desánimo mientras me lleva hacia la silla de maquillaje.

—Bueno, ¡tienes suerte! El extra de guacamole que tu novio ha pedido para ti vale lo mismo que un coche. ¿Tal vez podrías empeñarlo para conseguir algo de dinero o algo así?

Me encanta. El mejor modo de ganarse mi corazón es seguirme el juego cuando hago bromas malas. Casi me está ayudando a olvidar que ahora mismo estoy en un plató y que todo mi mundo, tal como lo conozco, se está poniendo patas arriba.

—Me llamo Bree, por cierto —digo mientras él deposita en mis manos una caja con un chipotle que huele a gloria.

—Oh, ya lo sé. Aunque tu nombre no estuviera puesto en la puerta y no me hubieran dado antes una foto de ti, reconocería esos hoyuelos en cualquier parte. Últimamente has estado por todos lados en mi muro de Instagram y de Twitter. —Empieza de inmediato a pasarme los dedos por el cabello para examinarlo y evaluarlo—. No voy a fingir no estar algo obsesionado contigo y con tus rizos y tus hoyuelos. Casi me da algo cuando me contrataron para peinarte y maquillarte. Cuando se lo conté a mi novio, se puso tan celoso que su piel adquirió un tono verde.

Suelto una carcajada y hago una mueca porque:

A) No sé aceptar cumplidos.

B) No puede hablar en serio. Soy la persona más corriente que haya pisado la faz de la tierra.

—¿Estos? —Doy unos golpecitos a mis rizos con la mano—. Bah. Cuesta lo que no está escrito dominarlos.

Se lleva una mano al corazón como si se hubiera ofendido.

—¡¿Quién ha dicho nada de dominarlos?! ¿Por qué iba a querer nadie someter estos preciosos rizos? No, tengo la intención de realzarlos. —Dylan se mueve detrás de mí, mirando mis rizos desde todos los ángulos de esa forma intensa que solo tienen los estilistas cuando están imaginando qué podrían hacer. Es un poco aterrador.

Entrecierra los ojos y ladea la cabeza mientras yo doy un enorme mordisco a mi taco.

—¿Sabes qué? Creo que nos decantaremos por el aspecto de chica corriente. El país te adora, así que haremos que sigas destilando dulzura y encanto. —Se agacha hacia mí con ojos centelleantes—. Aunque, si estás saliendo con Nathan Donelson, no creo que nadie espere que seas demasiado ingenua.

Casi escupo el taco. Para evitarlo, me atraganto con él y tengo un ataque de tos tremebundo. Dylan me da palmaditas en la espalda, y me pongo colorada.

Una vez controlado mi ataque de tos, Dylan sonríe como el gato de Cheshire.

—Lo sabía —anuncia, y se pone manos a la obra rociándome el pelo con agua y sacando algunos productos de su gigantesco maletín profesional—. Esa ex suya trató de hacerle quedar mal con ese artículo, pero nadie la creyó. Hay demasiados rumores que sugieren otra cosa. Así que, sé sincera, ahórrate mentirme porque sé leer una cara de póquer a un kilómetro de distancia; es un fenómeno en la cama, ¿verdad?

Mi estómago salta de un avión en marcha. No sé nada sobre Nathan en ese aspecto. Ni siquiera somos la clase de amigos que bromean al respecto. Mantenemos esa conversación cerrada bajo llave porque creo que ambos sabemos de modo subconsciente que hay aguas que no hay que agitar en una amistad. Por lo tanto, no tengo ni idea de lo mucho que Nathan agita las aguas por la noche.

Pero soy su «novia» y se supone que tengo que saberlo.

Abro mucho los ojos y esbozo lo que espero que sea una sonrisa que pueda considerarse sensual. Como si estuviera evocando una imagen del cuerpo musculoso y bronceado de Nathan envuelto en sábanas blancas con el sol iluminándole los hombros. De hecho…, no me cuesta nada imaginármelo.

—Oh, sí —respondo—, es todo un fenómeno en la cama. Un auténtico tigre con todas sus rayas. Nadie me ha hecho vibrar jamás como Nathan Donelson.

—Bueno, me alegra saberlo.

¡NO! Esa voz no es la de Dylan. Es la de mi mejor amigo, apoyado en la puerta abierta del camerino, con aspecto de estar muy pagado de sí mismo.

Se me vuelve a ir el taco por el otro lado y, de repente, Dylan me ha levantado las manos por encima de la cabeza para intentar impedir que me muera en este camerino. Pero quiero morirme. «¡Déjame partir, Dylan! ¡Puedo ver la luz!».

Nathan entra enseguida, se pone en cuclillas y se ríe entre dientes mientras me da palmaditas en la espalda.

—¿Estás bien? —pregunta—. Perdona, no quería sobresaltarte.

Me aclaro una última vez la garganta con un carraspeo épico y me obligo a mirar a Nathan a los ojos. Ahora lleva el cabello perfectamente despeinado y reluciente, y viste un pantalón de traje negro con una camisa metida por dentro. Los botones de arriba están desabrochados, y voy a atragantarme de nuevo.

—¡Sí! Estupendamente. Dylan está cuidando muy bien de mí.

—No demasiado bien, espero —dice Nathan con un destello en sus ojos oscuros—. Eso es cosa mía y, por lo que acabo de oír, lo estoy haciendo realmente bien.

Dylan emite una especie de chillido contenido y se vuelve para darnos algo de privacidad mientras se pone a hurgar de nuevo en su maletín profesional.

Aprovecho la ocasión para señalar severamente con un dedo a Nathan.

—¡No saques nunca más este tema! He entrado en pánico, ¿vale? Dylan estaba intentado sonsacarme algún cotilleo y no quería que averiguara la verdad. ¿Hubieras preferido que dijera que eres un amante penoso como hizo Kelsey?, ¿y POR QUÉ pones esa cara?

—Por nada —contesta encogiéndose de hombros—. Estás muy a la defensiva.

Noto un calorcillo en las mejillas y me niego a sonrojarme. ME NIEGO.

—¿Qué haces aquí, si puede saberse? ¿No tendrías que estar allí para que Aubrey te arregle o te baile en el regazo o algo?

—¿Ahora estamos celosos? —Arquea una ceja.

—Claro que no —gimo—. No seas absurdo.

—Bueno, mejor. Porque el baile en el regazo no ha sido nada del otro mundo, la verdad.

Le doy un puñetazo amistoso en el hombro justo cuando Dylan vuelve a situarse detrás de mí para terminar su trabajo. Pone la cara de alguien que está intentando dar la impresión de no estar escuchando, pero que va clarísimamente a memorizar cada palabra que digamos para poder repetirla después. Por extraño que parezca, no me importa. No sé por qué, pero espero que lo haga.

—Es broma. —Nathan alza la vista hacia Dylan y, después, vuelve a mirarme a mí. Sus ojos ya no bromean. Son simplemente los de Nathan devolviéndome la mirada. Los dirige hacia uno de los rizos que cuelgan junto a mi cara, y tira de él con suavidad—. Tim te sacó tan rápido de allí... Solo he venido para asegurarme de que estás bien. ¿Necesitas algo?

Trago saliva, consciente de lo distinto que es esto a lo que había previsto. Sus ojos no son distantes como cuando lo he visto mirar a sus novias anteriores en público. No está demasiado ocupado para comprobar cómo estoy. Hace girar mi rizo entre su índice y su pulgar. ¡No flipes!, seguramente es todo de cara a la galería.

—Sí, estoy bien. Un poco desorientada, pero ya me acostumbraré. —Lamento estas palabras en cuanto las digo. No voy a acostumbrarme porque no voy a permitírmelo. Nada de llegar a sentirme cómoda con esta vida. Nada de disfrutarla.

Nathan sonríe más abiertamente y se inclina despacio hacia mí para rozarme la mejilla con un beso.

Una vez regresa a su camerino, veo por el espejo que Dylan sacude la cabeza hacia mí.

—¿Dónde está ese asesor tuyo? Necesito un cubo de hielo para hundir la cabeza en él.

Río en voz baja y vuelvo a concentrarme en mis tacos, intentando ignorar la sensación que me oprime el corazón.

Esa noche, después de parar delante de mi piso, bajar corriendo del SUV y dejar a Nathan diciéndole que no me encuentro bien, llamo inmediatamente a la única persona que conozco que me ayudará a aclarar mis volubles sentimientos, la única persona a la que nunca le oculto nada.

—¿Sí?

—¡Lily, algo va mal! —digo, cerrando de golpe la puerta principal y apoyando en ella la espalda.

—¿Qué? ¡¿Qué ha pasado?!

—He pasado un día fantástico.

—La próxima vez que te vea te mato. Casi me da un infarto —refunfuña.

—¡ES A MÍ A QUIEN LE VA A DAR UN INFARTO! —replico, presionándome con fuerza el pecho con la mano como si ella pudiera ver mi teatral actuación.

En palabras de la señora Bennet: «¡No se compadece de mis pobres nervios!».

—De acuerdo, espera. Voy a buscar un poco de helado y me cuentas lo que ha pasado. DOUG, SALGO AL PORCHE A HABLAR CON BREE.

Una vez Lily se ha acomodado, le cuento todo lo relativo al rodaje del anuncio. Le explico que se suponía que tenía que detestarlo, sentirme como un pez fuera del agua y estar contando los minutos que faltaban para poder volver a casa a ponerme el pijama. Pero nada de eso ha pasado. Me ha encantado hasta el último segundo. En cuanto me he acostumbrado, me ha encantado lo frenético que era todo. Me ha encantado el modo en que todas las personas importantes que había allí me han hecho sentir realmente como en casa. Creía que el mundo de Nathan sería como en *Chicas malas* y no me dejarían sentarme en la mesa guay porque no era uno de ellos, pero toda la gente ha sido increíblemente simpática y amable, y el equipo era divertidísimo. Todo el mundo bromeaba y se lo pasaba bien entre las tomas, y todo me ha parecido de lo más natural.

Pero estar al lado de Nathan todo el rato... ha sido algo que no puedo expresar con palabras. Lo he visto en su elemento un sinfín de veces, pero siempre ha sido desde la barrera, muuuy alejada de donde él está. Hoy me encontraba con él en el centro de toda la actividad, y estábamos concentrados el uno en el otro.

—No sé, Lily, pero mientras estábamos rodando, todo era fácil. Hemos trabajado juntos a la perfección, y hasta el director ha comentado lo bien que ha ido cada toma. Todo parecía extrañamente... normal. Y divertido.

—¿Y cuál es el problema?

—El problema es que durante todo esto, en algún momento ¡se me olvidó que fingíamos ser pareja! ¡Se me olvidó, Lily! Y Nathan estaba... —Suspiro al recordar la sensación de todas las caricias que me hacía sin cesar. Al recordar la forma en que me ponía la mano con firmeza en la zona lumbar. Al recordar cómo todo mi sistema nervioso cobraba vida cuando me sonreía como si fuera la única mujer en el mundo para él—. No ha sido como había esperado que fuera. No sé, ha sido casi como si él estuviera sintiendo lo que yo sentía.

Se queda callada por completo un instante antes de echarse a reír. Muy fuerte. Tanto que tengo que separarme el móvil de la oreja.

—PUES CLARO QUE SÍ, TONTA, ¡PORQUE TÚ TAMBIÉN LE GUSTAS!

—Bueno, oye, no está nada bien insultar.

—Bree, ahora mismo me gustaría zarandearte. ¿De verdad no has pensado nunca que Nathan siente algo por ti?

—¡Nunca! Pero deja de ser tan dura conmigo un segundo, si puedes, porque estoy flipando y tú no me estás ayudando.

Suspira profundamente.

—¿Y si nos saltamos la parte en que flipas, y vuelves corriendo a su casa, te lías con él y mañana por la mañana me llamas para decirme que tengo razón y que me harás caso a partir de ahora?

—No —digo con firmeza—. No voy a ir a su casa y nadie se va a liar con nadie. No voy a tener un rollo con Nathan.

—Ummm, detesto tener que decírtelo, pero es como si ahora estuvieras teniendo uno.

—¡PERO ES FICTICIO!

—Me estás gritando. Cálmate un poco. ¿No quieres tener un rollo? Muy bien. Pero eso no significa que te tenga que dar un ataque solo porque crees que él también puede sentir algo por ti. Tal vez podrías usar esta oportunidad con Nathan para explorar algunos de los límites que has establecido en el pasado. Trátalo como una relación real empezando desde cero, a ver si surge algo nuevo entre vosotros dos de forma natural.

Suspiro, recitando mentalmente mil motivos por los que eso podría salir mal.

—Si lo hiciera, le estaría abriendo mi corazón a la esperanza, y eso es algo que prometí no permitirme durante todo esto. Podría acabar mal, y entonces me quedaría sin amigo.

—Bree, la esperanza es saludable. Que te prepares para lo peor en la vida no hará que la caída duela menos. ¿Por qué no te permites querer real y verdaderamente esto? Y luego, si las cosas terminan mal, yo te ayudaré a consolarte comiendo.

Pienso en el día de hoy con Nathan y mi piel se ilumina como una placa base, rebosando de energía en cada lugar que él me ha tocado. Quiero sucumbir a esa esperanza de la que habla Lily, pero tengo demasiado miedo. Preferiría esperar a que sea algo seguro. Y me refiero a seguro en el sentido de que Nathan hinque la rodilla y me ofrezca un anillo.

—Yo creo que tengo hacer justo lo contrario. Tengo que establecer MÁS reglas hasta que todo esto termine.

Lily gime, muy desanimada.

—¿Por qué me llamas para este tipo de cosas? La próxima vez habla con una pared, si no vas a escuchar mis consejos.

—¿Estás muy malhumorada?

—¡Sí! Porque crees que ahora mismo estás muy bien. Me dices todo el tiempo lo feliz que eres porque el rumbo de tu vida cambió y estás trabajando en el estudio en lugar de bailando en una compañía, pero tú no ves lo que yo veo. —No me gusta este cambio. Lily ya no está bromeando.

—Soy feliz, Lily. Me encanta ser profesora, y mi vida es más plena que antes.

—Sé que eres feliz en el estudio y que estás sacando el máximo partido a la forma en que resultaron las cosas, pero veo más que eso. Después del accidente, dejaste de permitirte soñar por completo. —Hurga en una vieja herida que yo no sabía que seguía ahí—. Fuiste a terapia y aprendiste a llorar la pérdida del futuro que habías planeado, y eso fue excelente y positivo, pero es como si hubieras aprendido a llevarlo tan bien que dejaste de tener esperanza por completo. Ahora se te da de fábula aprovechar al máximo lo que tienes, pero no estoy segura de que eso sea del todo saludable. No si significa no soñar ni esforzarte nunca por conseguir más.

Mi reacción instantánea es defenderme. Después del accidente en coche y de mi operación me encerré en mí misma. La depresión y la ansiedad me golpearon con fuerza, y me resultaba difícil simplemente levantarme de la cama. Alejé por completo a Nathan de mí, y después de que se fuera a la universidad y todo me pareciera todavía peor, mi madre y mi padre me llevaron a hacer terapia. Fue lo mejor que podían haber hecho por mí. Aprendí a llorar como es debido la pérdida del ballet tal como lo conocía, y, poco a poco, mi vida mejoró. Un día me di cuenta de que volvía a sentirme feliz. Estaba haciendo el trabajo emocional y el trabajo físico para que mi cuerpo volviera a moverse de otra forma. Tenía limitaciones, desde luego, pero aprendí a trabajar con ellas y a valorar lo que mi cuerpo podía hacer en lugar de concentrarme en lo que no podía.

En resumen, hasta hace diez segundos, cuando mi hermana ha soltado una bomba en mi corazón, yo creía que las heridas de mi accidente estaban curadas. Creía que el trabajo mental estaba hecho. Pero ¿tiene razón? ¿No me permito esperar más de la vida?

Pienso no solo en Nathan, sino también en el estudio. He estado poco dispuesta a hacer realidad cualquier sueño relacionado con él. Ahora que Lily me lo ha hecho ver, es casi como si pudiera oír a mi esperanza gritando desde un armario cerrado con llave en mi corazón. Quiero un espacio sin ánimo de lucro más que nada en el mundo, pero me ha aterrado albergar la esperanza de obtenerlo. Quiero a Nathan, pero me horroriza perderlo.

Veo que mi hermana tiene razón, pero no sé cómo chasquear los dedos y cambiar cómo me siento. Mis cicatrices me recuerdan la terrible decepción que sentí a los diecisiete años y lo mucho que me costó recomponerme después. No quiero volver a pasar por ello. De modo que sí, puede que me falte un poco de esperanza, pero para mí, es un pequeño precio que hay pagar para evitar volver a acabar hecha pedazos.

En lo que a Nathan y a mí se refiere, solo tengo que aguantar hasta que termine esta relación ficticia y volvamos a ser mejores amigos que no se tocan. Y, después, podré comenzar una nueva relación con alguien con quien no tenga tanto que perder.

16

Nathan

—¡Señor Donelson! —me grita una voz cuando salgo de la camioneta. Me vuelvo hacia el estudio de danza de Bree y veo a un adolescente plantado delante de la puerta que da a la cocina de la pizzería que hay debajo del estudio.

—¿Quién es? ¿Quién está gritando tu nombre? —pregunta mi madre, con la que llevo hablando quince minutos por teléfono. No me importaría hablar con ella si ella quisiera realmente hablar conmigo, pero lo que hace es soltarme un discurso largo y monótono sobre todas las formas en las que cree que podría mejorar mi imagen (te daré una pista, ha mencionado un día de golf infantil en su club de campo), y también sobre los fallos de todas las jugadas de mi último partido. En las contadas ocasiones en que me pregunta cómo me ha ido la semana, siempre tengo la sensación de que solo está intentando encontrar maneras de comentar lo que estoy haciendo mal. En resumen, he aprendido a tener la boca cerrada sobre mi vida privada, y ahora voy a darle diez segundos más antes de colgar y evitar sus otros intentos de comunicarse conmigo durante otra semana.

—Creo que es un fan —respondo, entrecerrando los ojos para mirar al adolescente, que está a unos veinte metros de distancia.

—¿Ha entrado un fan en las instalaciones del club? —Su voz es irritantemente alta. Está tomando impulso para soltar un comentario crítico.

Cierro la puerta de la camioneta, levanto la mano y saludo al muchacho.

—No, ahora no estoy en las instalaciones. El entreno ha acabado hoy un poco antes porque nuestros entrenadores tenían que asistir a una reunión, así que me voy a pasar por el estudio de Bree.

Se produce un silencio, seguido de un ligero carraspeo.

—¿De verdad te parece inteligente restar tiempo adicional a tu entrenamiento cuando falta tan poco para otro partido de los playoffs este fin de semana? Tal vez tendrías que pasar ese tiempo adicional con tu fisioterapeuta o…

—Soy un hombre adulto además de un deportista profesional. Puedo llevar mi propio calendario de entreno. —Vaya, qué bien me ha sentado decir eso. También tengo la impresión de que es algo que no debería haber dicho en voz alta.

Suelta una expresión ofendida.

—Bueno, perdóname por intentar ayudarte a triunfar.

—No puede decirse que terminar una hora antes un día durante la temporada para pasar tiempo con Bree vaya a interferir en mi éxito. —Desde que Bree y yo hemos empezado a «salir» (no sabe que es una relación ficticia), mi madre ha estado haciendo muchos comentarios pasivo-agresivos sobre Bree. Puede lanzarme todas las pullas que quiera sobre mi juego, mi nutrición o sobre si se me ve regordete en las páginas centrales de una revista, pero no voy a tolerar ni una sola palabra en contra de Bree.

—Oh, cielo, no te engañes. Esa chica ha estado interfiriendo en tu éxito desde que estabas en el instituto. Te vi estar a punto de tirarlo todo por la borda por ella entonces, y no voy a quedarme mirando cómo lo haces una segunda vez.

Dejo de hablar y me vuelvo de espaldas al adolescente, que está listo para interceptarme con una servilleta de papel y un bolígrafo, para que no oiga lo que le digo a mi madre a continuación:

—En primer lugar, es una mujer, no una chica. En segundo lugar, sí, si me lo hubiera permitido, me habría quedado entonces en casa para estar con ella sin pensármelo ni un segundo. Todavía lo haría. El fútbol americano nunca será tan importante como ella para mí, de modo que puedes apoyar mi relación con Bree o perder tu relación conmigo. Tú decides, pero tienes que saber que no voy a ceder en esto.

Mi madre emite unos cuantos sonidos de incredulidad y después… cuelga. Sí, termina la llamada sin decir otra palabra porque Vivian Donelson no sabe cómo reaccionar cuando alguien la pone en su sitio. Estoy seguro de que en una hora más o menos recibiré una llamada de mi padre exigiéndome que me disculpe con mi madre y contándome que desde que hablamos no ha salido de su cuarto de lo dolida que está, ¡al fin y al cabo, ella me trajo al mundo!, ¡ha hecho todo lo que ha podido para que mis sueños se hagan realidad!, ¿cómo oso no permitirle microdirigir toda mi vida? Es por esto por lo que suelo evitar los conflictos con ellos. Es más fácil seguirle la corriente y dejar que me pase por encima que enzarzarme con ellos en algo que consuma toda mi energía. Pero si se trata de cualquier cosa relacionada con Bree, libraré todas las peleas que sean necesarias.

Me giro hacia el estudio de baile y veo que el adolescente me sonríe de oreja a oreja. El bolígrafo le tiembla en la mano. Esbozo una sonrisa agradable a pesar de que en este momento nada me parece agradable. Esta máscara que tengo que llevar forma parte de mi trabajo. No puedes defraudar a los fans. No puedes defraudar al equipo. No puedes defraudar a nadie.

—Hola —digo, acercándome a él—. Perdona la espera. ¿Quieres un autógrafo?

Se estremece como una hoja todo el rato que estoy firmando la servilleta, me da las gracias efusivamente, se la guarda en el delantal de lona y vuelve a entrar como una bala en la cocina de la pizzería. Corro a toda velocidad los escarpados peldaños del estudio antes de que el chaval pueda decir a todos los de dentro que estoy aquí fuera.

En cuanto abro la puerta del estudio, oigo la voz de Bree contando los tiempos en la sala principal. Hace calor porque sube el que emiten los hornos de la pizzería, y huele a levadura y a sudor de bailarina. No es una combinación excelente. Mi cabeza empieza a pensar al instante en todas las modificaciones con las que podría mejorar este local para ella, pero incluso en mi imaginación, Bree me impedirá salirme con la mía. Noto que un fantasma me pellizca el costado y la veo fulminándome con la mirada. «¡Ni se te ocurra pensarlo, Donelson!».

El estudio tiene la forma de una larga caja horizontal. Una vez cruzada la puerta principal, estoy en el pasillo de metro veinte de ancho que recorre longitudinalmente todo el estudio. Si sigo andando, la siguiente puerta da al estudio en sí. A mi izquierda hay un pasillo de dos metros y medio que termina en un aseo, y a mi derecha hay dos metros y medio más de pasillo que termina en el despacho de Bree.

Sigo la música y el sonido de los pies de las bailarinas al golpear el suelo hasta que asomo la cabeza por la sala. Veo a doce bailarinas adolescentes haciendo algún tipo de cruzado de piernas en pleno salto y a Bree en pie delante de ellas, de espaldas a mí. Hoy lleva mi maillot de tirantes favorito, el que enseña kilómetros y kilómetros de su tonificada espalda. Justo cuando mis ojos están recorriendo las curvas que más me gustan en este mundo, las bailarinas empiezan a fijarse en mí una a una. Como una fila de fichas de dominó que caen, tropiezan unas con otras y acaban en el suelo.

Bree grita al verlo y apaga la música con un mando a distancia.

—¡Imani! ¡Hannah! ¿Os habéis hecho da…?

Una de las chicas la interrumpe al señalar impetuosamente en mi dirección.

—¡Es ÉL! —exclama.

Juro que el ruido que hace la cabeza de Bree al volverse hacia mí es como el de un túnel de viento. Sus ojos se posan en mí y ZAS, su atención me da una patada en el corazón. Su mirada de asombro se desvanece poco a poco y en su rostro aparece una sonrisa. Quiero rodearle la cintura con los brazos. Quiero ponerle los labios en el cuello y besárselo arriba y abajo. Está peligrosamente sexy con su maillot y sus pantalones cortos de danza. Me encanta cuando lleva ese cuidado moño de ballet, porque hay algo en el hecho de saber el aspecto que tiene su cabello cuando no está así sujeto que resulta muy placentero. Al acabar el día siempre hay un momento en el que se quita las horquillas y todos esos rizos indomables le caen sobre los hombros…, cada vez que ocurre me mata.

Ayer, en el plató, noté algo entre nosotros. No era solo por mi parte. Bree reaccionaba ante mí, y cada vez que la tocaba, se ruborizaba o se inclinaba un poco más hacia mí. Aunque todo era en pro de nuestra relación ficticia, hubo un serio flirteo mutuo que no parecía ficticio. Fue perfecto.

Hasta que se marchó corriendo.

Antes de que el SUV estuviera aparcado del todo, se bajó y me dijo que no fuera con ella porque no se encontraba bien.

—¿Qué te pasa? —le pregunté.

—Tengo… ¡EL PERIODO! —contestó, y salió pitando como si eso fuera una respuesta. Solo que, al parecer, se le olvidó que es famosa por contarlo todo y ya me había dicho hacía una semana y media que tenía el periodo.

Por lo que, sí, es evidente que estaba alucinada después de nuestro primer día como pareja. Hoy he venido aquí para asegurarme de que todo está bien entre nosotros, y también para llevar a cabo el número 18 de la chuleta de jugadas: «Sorprenderla en su lugar de trabajo y mostrarle que te preocupas por ella».

—¿Nathan? ¿Qué haces aquí? ¿Va todo bien? —pregunta, algo nerviosa mientras dirige la mirada de las chicas a mí y de mí a las chicas, que están en fila mirándome boquiabiertas. Rara vez tengo ocasión de visitarla en el estudio, por lo que comprendo que pueda estar preocupada.

Una de las bailarinas se tapa los ojos teatralmente con el antebrazo.

—Que alguien me traiga rápido unas gafas de sol; la belleza de este hombre me quema las pupilas.

Toda la clase se ríe al oír a su evidente cabecilla, y Bree la fulmina con la mirada.

—¡Para ya! Y no vuelvas a decir pupilas de ese modo. Es extraño. —Naturalmente, todas empiezan a corear la palabra «pupilas», y tengo que esforzarme por no reír.

Bree lo ve y avanza despacio hacia mí. Sus líneas esbeltas son tan gráciles y mortíferas como las de una pantera. Se detiene justo delante de mí y entrecierra sus grandes ojos castaños al mirarme.

—¿Te parece divertido interrumpir mi clase y provocar un ataque de histeria a estas adolescentes con las hormonas por las nubes?

—No, en absoluto —le respondo con una sonrisa.

—Me parece que no te creo —suelta arqueando una ceja.

Me clava la mirada en la boca y mi sonrisa desaparece lentamente. Nos quedamos así unos segundos, balanceándonos en esta cuerda floja de tensión, sin saber muy bien qué decir o hacer a continuación.

—OOOH —chilla una de las alumnas—. ¡Llamad al departamento de bomberos! ¡Este par va a hacer que el estudio arda en llamas!

Bree se gira de golpe.

—¡Ni una palabra más, chicas! —exclama—. Tengo que ir al despacho para hablar con el señor Donelson un momento. Seguid con los saltos mientras no estoy.

Miro a Bree con una sonrisa contrariada y las cejas arqueadas mientras vocalizo en silencio: «¿Señor Donelson?».

Bree entorna los ojos y susurra:

—No las animes. Estas chicas son despiadadas. Llevan meses dándome la lata para que salga contigo, y yo no paro de recordarles que solo somos amigos. Desde que finalmente se hizo pública la noticia de nuestra… relación, sus pullas se han vuelto casi imposibles de controlar.

¿Han estado intentando convencer a Bree de que saliera conmigo? Esta información valida mi idea instintiva de que Bree y yo seríamos una pareja perfecta, lo que me da más ganas aún de coquetear.

—¿Tendría que pellizcarte el trasero delante de ellas? —sugiero.

—¡NATHAN! —Me encanta el modo en que se le sonrojan las mejillas últimamente. Bree me lanza una mirada para pedirme que me comporte antes de girarse para dirigirse de nuevo a la clase—. Muy bien, poneos en fila y adoptad la posición. Será mejor que oiga el sonido de saltos gráciles todo el rato que esté hablando con el señor Donelson.

—Ummm, va a «hablar» con el señor Donelson —suelta otra chica, haciendo en el aire el gesto de poner entre comillas la palabra «hablar» al decirla. Estas chicas tienen peligro, y ahora comprendo muy bien por qué Bree las quiere tanto. Son igual que ella.

—¡Saltos! —vocifera Bree a la vez que vuelve a poner la música clásica.

Todas las chicas pestañean y dicen con voz cantarina:

—Adiós, señor Donelson. —Vale, eso me da escalofríos.

Nota para mí mismo: puede que sorprender a Bree en el trabajo cuando tiene una habitación llena de chicas adolescentes no sea la mejor idea del mundo.

Bree me lee los pensamientos.

—Sí. ¡Y tendrías que dejar de salir sin camisa en tantos anuncios! Tendrías que ver todas las fotos que se han guardado de ti en el móvil. —Esto resulta perturbador y no necesitaba saberlo.

Bree me toma de repente la mano y tira de mí hacia el pasillo; no estaba preparado para este contacto piel con piel y activa todo mi cuerpo de cero al máximo en ese punto de contacto. Bree se detiene cuando estamos en el otro lado de la pared del estudio, justo fuera de la vista de las chicas. Me suelta la mano para mirarme a los ojos, y quiero volver a sujetarla. Me meto las manos en los bolsillos para evitar seguir el impulso.

—¿Qué pasa? —pregunta mientras la música clásica nos envuelve.

Trago saliva con fuerza, nervioso de golpe al tener que admitir que he venido hasta aquí solo para verla. Esto es lo que los chicos dijeron que había que hacer, pero… no sé si puedo arriesgarme tanto. Nunca antes le he dicho algo así y no estoy seguro de cómo va a reaccionar.

Cambio el peso de un pie al otro.

—Bueno, es que… había algo que quería…

—Oh, Dios mío, ¡¿está este hombre tan corpulento tartamudeando?! Es adorable.

Bree mira por encima de mi hombro hacia el lugar de donde procedía este comentario susurrado.

—¡Volved al estudio o vais a hacer diez minutos de flexiones antes de acabar la clase! —Es una auténtica sargento instructora. Me pregunto si a las chicas les parecerá amenazadora. Yo solo quiero besarla.

Bree se vuelve y me hace gestos para que camine. Según parece, ahora vamos a meternos en su pequeño despacho. Estoy tan acostumbrado a que Bree no quiera estar conmigo en ningún tipo de sitio que nos obligue a estar cerca que, cuando veo los sesenta centímetros de espacio disponible, la miro, sin querer, indeciso.

Abre los ojos como platos y me indica, impaciente, que entre.

—Vamos, date prisa. Este es el único lugar en el que podemos hablar en privado, y tengo que volver pronto con ellas.

Cuando entro en su diminuto despacho, me viene a la cabeza esa sensación de ser finalmente legal. Ya sabes, la sensación que tienes cuando pides tu primera cerveza el día de tu veintiún cumpleaños, el camarero examina tu documento de identidad y, por un segundo, te pones a sudar porque estás acostumbrado a tener que colar siempre el falso. Pero este es real, el camarero te sirve la cerveza y tú te la puedes beber sin miedo a ningún castigo. Es esta la sensación que tengo cuando Bree me invita a entrar en esta minúscula habitación con ella.

Su escritorio ocupa la mayor parte del espacio, y Bree aprieta la parte posterior de las piernas contra él para que yo pueda cerrar la puerta. Pero no puedo hacerlo sin más; no me queda otra que aproximarme a Bree hasta que estamos en contacto. ¡NO ME QUEDA OTRA!, ¿TE LO PUEDES CREER? Mi barbilla descansa sobre su cabeza. Y esa dulce fragancia de coco supera a todas las demás. Cuando nuestros pechos se tocan, puedo cerrar la puerta detrás de mí; me araña la espalda al pasar y espero que me deje marca para poder recordar siempre este momento.

La puerta se cierra y, por algún motivo, no me separo de Bree. Ella tampoco me aparta de un empujón, sino que alza la mirada buscando mis ojos con los suyos. Un mechón de pelo se le ha soltado del moño y le cuelga a un lado de la cara. Sin pensarlo, levanto la mano y le rozo con la punta de los dedos el pómulo para pasarle con cuidado el pelo por detrás de la oreja. Ella inspira rápidamente y separa los labios. Es preciosa. Delicada y dulce, pero vibrante y fuerte. ¿Es así como sabrían sus besos?

Aparto la mano de su oreja y la hago descender por su brazo. Sus pestañas se doblegan para observar el recorrido que sigue mi mano hasta que se detiene junto a la de ella, con los nudillos tocándose ligeramente entre sí. Sus profundos ojos castaños vuelven a fijarse en los míos y es como si el tiempo se detuviera. Estamos paralizados juntos. Hay algo en su modo de mirarme que me dice que, si ahora mismo me agachara para besarla, me dejaría hacerlo. No sé quién da el primer paso, pero nuestros dedos se mueven hasta quedarse entrelazados.

Tengo el corazón en la garganta. No, lo tengo en las manos. Se lo estoy ofreciendo para que se lo quede.

De repente, nos llegan las notas iniciales de *Let's Get It On* de Marvin Gaye, y al otro lado de la pared se oyen unas risitas mientras él va cantando «Hagámoslo».

Bree suelta un gemido agudo y se acerca a la pared para poder golpearla con el costado del puño. Nuestras manos se separan.

—¡Eh! ¡Apagad eso!

No obedecen. Más risitas.

Me muerdo el labio inferior para evitar sonreír, y a Bree eso no le gusta.

—¡No hace gracia! —dice en un tono triste de derrota.

—¿Perdona? Hace mucha gracia —digo, dedicándole una amplia sonrisa.

Bree se ablanda y sacude la cabeza con una sonrisa.

—Está bien, hace un poco de gracia.

No estoy dispuesto a dejar que nuestro momento acabe todavía. Y si esas chicas me echan una mano, no seré yo quien haga ascos a su gesto. Alargo la mano hacia Bree.

—Ven aquí, bailemos.

Frunce el ceño y me contempla la mano como si estuviera recubierta de moho.

—¿Qué? —suelta una carcajada nerviosa, entrecortada, y mira a su alrededor como si esperara encontrar cámaras ocultas—. ¿Aquí? Ni hablar. Es ridículo.

Busco su mano y tiro de ella hacia mí. Ven aquí. No se resiste. Al contrario, se sitúa entre mis brazos y yo la acerco más a mí, con una mano al final de su espalda y la otra sujetándole la mano a mi lado, palma contra palma, pecho contra pecho. Parpadea unas cuantas veces y me pone tímidamente la mano libre en el hombro.

—Estás raro —asegura, a pesar de que está moviendo arriba y abajo el pulgar de modo que me acaricia suavemente la base del cuello.

—Sí, muy raro. —Ejerzo un poco más de presión en su espalda y hago que nos balanceemos de un lado a otro. Estando así de cerca, estoy impregnado de su champú, y gracias a la forma del escote de su maillot en la espalda, noto la textura suave y aterciopelada de su piel en mi mano. Es una delicia tenerla entre mis brazos. Nada existe fuera de estas paredes para mí.

—¿A qué has venido, Nathan? Tengo una clase que dar. —Lo dice mientras se arrima un poco más a mí. Estoy teniendo una gran revelación al ver que sus palabras y sus actos se contradicen. ¿Cuál de las dos cosas es falsa?

—Quería preguntarte si estarás libre mañana por la noche.

—Podrías haberlo hecho con un mensaje de texto —afirma, buscando una respuesta más clara.

—Es verdad.

Baja los ojos brevemente, como si no quisiera que viera su expresión, su leve sonrisa, y un lado de su cara me roza el pecho.

—Sí, estoy libre.

—Excelente. *Pro Sports Magazine* va a celebrar su décimo aniversario. Es un evento de alfombra roja, y esperaba que fueras conmigo. —En el pasado, Bree siempre se ha negado a asistir conmigo a ningún evento relacionado con mi carrera. Siempre me dice que lleve a una cita. «No se lleva a los amigos a eventos elegantes de este tipo».

Mantiene baja la mirada.

—Bueno, supongo que tengo que hacerlo, ¿no? Como tu novia ficticia oficial.

—No. Si no quieres ir, organizaré algo un poco más discreto para una de las salidas que tenemos que hacer por contrato.

—Oh —dice, y oigo un poco de decepción en su voz. Creo que quiere que le diga que tiene que ir conmigo. Quiere que le quite de encima la decisión, pero yo necesito saber si está dispuesta a venir conmigo por voluntad propia o no.

—¿Qué te parece, entonces? —pregunto, dejando de balancearnos para que alce los ojos hacia mí. Describo un círculo con el pulgar en la piel de su espalda.

—Muy bien —dice, levantando las pestañas—. Iré contigo. Pero no tengo nada que ponerme.

El corazón me golpea el esternón. Quiero rodearla totalmente con los brazos y apretarla contra mi cuerpo. Pero me conformo con una presión sutil con los dedos.

—Déjamelo a mí, y asegúrate de estar en casa mañana a las cinco.

—Estoy nerviosa por lo que eso pueda significar.

Alargo la mano hacia atrás para abrir la puerta, reacio a dejar de tenerla entre mis brazos, pero sé que tiene que volver a su clase con sus diablillas. Cuando me marcho, trato de comprobar algo más de mi chuleta de jugadas.

Con la cabeza vuelta hacia ella, le sonrío y le guiño el ojo.

—Deberías estarlo —aseguro.

Al ver que se queda petrificada un instante, pienso: «Derek, eres magnífico, ha funcionado». Pero entonces abre los ojos como platos y se echa a reír.

—¡¿Me has GUIÑADO un ojo?!

Vale, parece que guiñar el ojo se incluye en la categoría de cosas que no son sensuales para Bree; me toma el pelo todo el camino hasta la puerta principal. Mañana voy a matar a Derek en el entreno.

17

Bree

Son algo más de las cinco y estoy subiendo a la carrera los pegajosos peldaños de mi edificio, sin aliento y puede que resollando un poco. Seguramente son los efectos de vivir en un piso con moho durante demasiado tiempo.

Cuando llego a mi rellano, me detengo y frunzo el ceño al ver lo que tengo delante. Dylan está sentado en el suelo rodeado de lo que parece un equipaje lo bastante grande como para un crucero de una semana de duración. Tiene cinco maletas a su alrededor junto con un montón de fundas para ropa depositadas encima. ¿Cómo ha subido todo eso hasta aquí? Miro detrás de mí, preguntándome si hay algún ascensor secreto que todo el mundo me haya ocultado. Pero cuando veo que el pecho se le mueve arriba y abajo tanto como el mío, me doy cuenta de que lo ha subido todo él solo. Pobre hombre.

—¿Dylan? —digo, acercándome a él. Me pregunto si voy a tener que reanimarlo.

Levanta la cabeza de golpe y esboza una enorme sonrisa a pesar de su respiración trabajosa.

—¡Hola, Hoyuelos! ¡Llegas tarde!

—Lo siento —me disculpo, todavía aturdida por verlo aquí. Supongo que esto es a lo que Nathan se refería al decirme «Déjamelo a mí»—. Hoy el tráfico era de locos. Espera, deja que te ayude a levantarte. Además, no quiero alarmarte, pero es muy probable que hayas pillado una ETS sentado en este suelo.

Chilla y se levanta sin mi ayuda.

—¿Voy a tener que quemar mi ropa?

—Puede que sea lo mejor.

—Madre mía. ¿Por qué vives aquí? —Mira a su alrededor como si hubiera cucarachas pululando. De hecho, no sería ninguna sorpresa que las hubiera.

Suelto una carcajada y abro la puerta de mi piso.

—Por una cosita llamada dinero. No tengo demasiado, ¿sabes?

—Ummm. Básicamente estás saliendo con un banco. Puede que, en realidad, tenga más dinero que un banco. ¡Vete a vivir con él! Mira, te ayudaré. Cogeremos tus cosas y te mudarás ahora mismo.

Tengo en la punta de la lengua que Nathan es solo mi amigo y que no quiero su ayuda económica, pero me interrumpo al ver el interior de mi piso. Dylan se coloca a mi lado con dos de sus maletas y suelta un grito ahogado.

—¡Caramba, Batman! Imagino, señorita Notengodinero, que no has salido a comprarte a ti misma estos maravillosos ramos.

Sacudo la cabeza lentamente, sin habla. Un montón de ramos llena mi salón. Por todas partes hay magníficas flores rosas y verdes. No tengo una flor favorita porque es muy difícil limitarse a una sola, pero tengo una combinación favorita de colores de flores. Al parecer, se lo he dicho a Nathan en algún momento. Y él lo ha recordado. Rosa y verde. Se me hace un nudo en el estómago.

—Aquí hay una nota. —Dylan ya la ha cogido y está abriendo la tarjeta como si fuéramos grandes amigos desde hace veinte años y no tuviéramos secretos el uno con el otro. Se la arrebato de su mano entrometida con una expresión de reprimenda y me vuelvo para leerla en privado.

Espero que no te importe, pero he encontrado una forma de hacer que tu piso huela mejor. Iré a recogerte a las siete.

NATHAN

El corazón me late con fuerza, y a duras penas puedo contener un chillido como el de un cerdito nervioso en mi salón. ¿Qué me está pasando? ¿Qué nos está pasando? Hace un millón de años que Nathan y yo somos amigos, y nunca, ni una sola vez, me ha regalado flores, y, desde luego, nunca me ha regalado una floristería entera hasta ahora. La cabeza me da vueltas preguntándose qué es esto. ¿Qué significa? Esa esperanza de la que Lily me hablaba florece en mi interior de forma espontánea.

Pero estoy demasiado asustada para aceptarlo del todo. Es probable que solo intente que esté de humor para fingir una cita esta noche, para poner corazones en mis ojos. Lamentablemente, ya estaban ahí antes incluso de esto, y está haciendo que me cueste mucho más impedir que esos sentimientos se intensifiquen. Y ayer en mi despacho...

—Enciérralos bajo llave, Bree.

—¿Has dicho algo? —pregunta Dylan.

—Nada. Olvídalo.

De repente suelta un grito ahogado.

—¡Tengo una especie de pegote en el trasero! ¿Qué crees que es? De hecho, no, no quiero saberlo. Quiero que te mudes de piso. Ya.

Suelto una carcajada y lo llevo a mi cuarto, donde saco un pantalón de chándal y se lo tiro.

—Ten, ponte esto.

—¡Uf, gracias!

Salgo del cuarto para que Dylan pueda cambiarse y, cuando

vuelve al salón con mi pantalón de chándal gris puesto, se señala el trasero.

—Ummm… Pone «Sabroso» en el culete.

Reprimo una carcajada con una flor cerca de la nariz para csnifarla como si fuera una adicta.

—Ya lo sé.

—¿No tenías nada más que pudiera irme bien?

—Oh, ya lo creo que sí.

Frunce la nariz y me lanza un cojín que ha cogido del sofá.

—Y pensar que me he pasado toda la mañana comprando para encontrarte el vestido perfecto. Tendría que haberte traído una camiseta en la que pusiera «Zorra» en la parte delantera.

—¿Has ido a comprarme cosas? —pregunto con los ojos ávidos de un cachorrillo.

Vuelve la cabeza para dirigirme una mirada mientras abre la cremallera de la funda que está sobre mi sofá y que contiene varios vestidos MARAVILLOSOS.

—¿Qué creías que eran? ¿Bolsas para cadáver? ¿Como si llevara a mis víctimas dondequiera que voy?

—¿Tendría que asustarme que hayas pensado en eso tan deprisa?

Su única respuesta es sacar un vestido largo y sostenerlo con ojos llenos de orgullo.

—Bueno, no sabía tu talla exacta, y tenía ciertas dudas de que tu chico la supiera bien…, pero ¡parece que tenía razón! Te va a sentar como un guante.

Tomo el vestido de las manos de Dylan y miro la etiqueta. Efectivamente, es de la talla correcta. Me aterra que Nathan la supiera, porque yo, desde luego, nunca se la he dicho. Otra cosa que encuentro es la etiqueta con el precio, y me deja sin respiración.

—Por favor, ¡dime que este no es el verdadero precio de este vestido!

Se encoge de hombros y se dedica a sacar cosas de esas maletas, que resultan estar llenas de productos exclusivos de belleza. Sephora se ha adueñado de mi salón, y da gusto verlo. Lily se moriría de envidia. Le envío una fotografía para regodearme como la enojosa hermana pequeña que soy.

—Cree lo que quieras. Solo sé que Nathan me dijo que te comprara quince vestidos para que eligieras, y que todos ellos ascienden a lo que cuesta mi casa. Además de todo eso, me ha pagado un día completo de plató, ¿yporquéteponesasí?

Me tapo la cara con las manos porque esto es malo. Es muy, muy malo. Todo lo que siempre he evitado hacer con Nathan está ocurriendo con la velocidad de una avalancha. Una cita elegante en público. Grandes gestos. Mi propio séquito. Regalos caros. Es demasiado, y va a acabar todo igual de deprisa que para sus demás novias. Salvo que, a diferencia de esas otras mujeres, yo no voy a echar de menos todas estas cosas; yo voy a echarlo de menos a él.

Dylan se acerca y me pone la mano en la espalda, describiendo círculos como haría Lily.

—¿Qué pasa? No es la reacción que había esperado ver al decirte que tu novio te había comprado vestidos por valor de miles de dólares y había contratado al mejor en el sector para encargarse de tu estilismo esta noche. —Dice esto último con una sonrisa.

Quiero contarle a Dylan la verdad, quiero contarle que nada de esto es real, que lo estamos fingiendo, y que llevo seis años intentando eludir esta vida con Nathan porque nunca he querido vivirla; nunca he querido disfrutarla o acostumbrarme a ella porque me dolerá muchísimo cuando solo sea un recuerdo. Y sí, disfruto de ese aspecto de él también. Soy un ser humano de carne y hueso, de modo que me gusta, por supuesto, que una celebridad me consienta, ¿a quién no le gustaría? Pero no puedo decir nada de esto a Dylan porque he firmado un acuerdo de confidencialidad, que da mucho miedo, prometiendo que no se lo contaría a nadie. Ya se lo he explicado a Lily, por lo que no puedo permitirme ningún desliz más.

Me decido por una parte de la verdad:

—Me cuesta recibir cosas así de Nathan. Me parece demasiado.

—¡Pues que no te cueste! Es evidente que tiene dinero de sobra y quiere consentirte un poquito. Déjale. Y si te hace sentir mejor, devolveré todos los vestidos que no quieras.

—Eso me hace sentir mejor, la verdad. Gracias —digo bajando las manos.

—Estupendo. Y ahora, ¡intenta disfrutar del momento! Admira mis increíbles dotes de estilismo y elige un vestido para esta noche. Tampoco es que vayas a tener que llevarlo puesto el resto de tu vida o convertirte en una auténtica ama de casa de Long Beach. Solo es una noche de diversión. Limítate a poner un rutilante tacón delante del otro.

Inspiro hondo. Tiene razón. Solo es una noche. Me estoy precipitando. Nada tiene que cambiar; solo tengo que pensar que se trata de un divertido juego de fantasía. De simulación. No pasa nada por disfrutar de algo cuando sabes que solo es un juego. Está chupado. Puedo hacerlo.

Los siguientes diez minutos, Dylan y yo miramos cada uno de los vestidos que ha seleccionado y me cuesta muchísimo elegir cuál me gusta más porque todos son preciosos. Al final, me decanto por uno que me recuerda el burbujeante champán. Esta noche no es tan elegante como una entrega de premios, pero tampoco es lo bastante informal como para que vaya con mi pantalón de chándal luciendo la palabra «Sabroso». Es un vestido ceñido de manga larga, a media pierna, con una fina y reluciente capa superior y una capa inferior de seda color champán. La parte más espectacular es la espalda. La capa inferior de seda tiene un escote bajo y la reluciente capa superior salpicada de lentejuelas que parecen diamantes me cubre la espalda. Es sensual y elegante a la vez. Mi madre no exclamará horrorizada si lo ve en los tabloides mañana, lo que siempre es una ventaja.

En cuanto a mi peinado, Dylan quiere dejarme el cabello suelto. Le añade todo tipo de productos hasta que mis rizos quedan lustrosos, brillantes y flexibles. Me hace la raya en el lado derecho y me aparta la otra mitad de pelo de la cara con un clip cubierto de diamantes. Espero de verdad que esos diamantes sean falsos. Me aplica una sombra de ojos suave con un marcado delineado de gato y me pinta los labios color rosa pálido.

Al mirarme en el espejo, luciendo un vestido sofisticado, maquillaje profesional y el cabello peinado de forma espectacular, me sigo viendo a mí misma, y eso me llena de satisfacción. Por lo menos, no tengo la sensación de estar adoptando una personalidad totalmente distinta para acudir con Nathan a este evento. Todo lo demás puede ser falso, pero yo, no.

Dylan asoma la cabeza por encima de mi hombro, y una enorme sonrisa de oreja a oreja ilumina su rostro.

—Te he metido el lápiz de labios en el bolso para que, cuando Nathan lo arruine, tengas más.

—Nathan no va a... —Me detengo, porque sí, cualquier novio que me viera así, sin lugar a duda, me arruinaría el lápiz de labios— poder quitarme las manos de encima. Buena idea.

—¡Pero no dejes que te toque el peinado! Está perfecto y si lo desbarata, lo mataré.

Me viene a la cabeza la imagen del delgado Dylan, vestido con mi pantalón de chándal en el que pone «Sabroso», desafiando al gigantesco Nathan a un combate de boxeo, y con sinceridad, es exactamente la clase de distracción que necesito en este momento. Me tiemblan las manos y tengo ganas de vomitar.

—Gracias por todo esto, Dylan. Has hecho un trabajo increíble.

—Contigo ha sido fácil —asegura con un gesto de la mano—. Y tendría que ser yo quien te diera las gracias. Tu novio me está pagando más de lo que debería. De hecho, me siento un poco mal aceptándolo. —Frunce los labios, pensativo, antes de esbozar una sonrisa malvada—. Bueno, ya se me ha pasado. Voy a marcharme antes de que llegue para que podáis tener un momento para vosotros dos antes de la locura de esta noche. ¡Mensajéame después para decirme cómo ha ido! —Me da un beso en la mejilla y desaparece para recoger sus maletas y marcharse.

Oigo a Dylan cerrar la puerta al salir mientras me sigo mirando en el espejo procurando no tener un ataque de pánico. Y un momento después, la puerta se abre otra vez. El corazón me late el doble de rápido porque sé quién acaba de entrar. No me llama, pero oigo el repiqueteo de sus zapatos de vestir en el suelo de madera noble acercarse a mi cuarto. No consigo desviar la mirada del espejo; no es un momento de lucha o huye, es paralizante. Deseo con todas mis fuerzas ver reflejado a alguien que se siente totalmente mal y fuera de lugar, pero no. Todo me parece bien, agradable y apasionante. Tengo miedo.

Tengo miedo porque quiero ir más que nada en el mundo.

Tengo miedo porque tengo muchas ganas de caminar junto a Nathan esta noche y tomarle la mano.

Tengo miedo porque todos estos sentimientos que he mantenido tanto tiempo a raya me golpean como granizo.

El repiqueteo se acerca, y ya puedo ver a Nathan con mi visión periférica, en pie ante la puerta de mi cuarto de baño, mirándome. No dice nada, ni yo tampoco.

El ambiente se vuelve cálido y denso cuando entra en el cuarto de baño y ocupa el espacio detrás de mí. Ahora él también se refleja en el espejo, con un traje gris claro que le queda muy bien, ajustado sobre los bíceps y los hombros. Va perfectamente afeitado, y quiero beber la colonia que lleva puesta. Sus ojos negros sostienen mi mirada en el espejo y puedo notar su calor irradiando a través de la reluciente espalda de mi vestido.

Sonríe.

Sonrío.

Y, entonces, se agacha para darme un beso tierno en la mejilla. Igual que siempre, pero totalmente diferente esta vez. Sigue teniendo las manos pegadas a los costados, pero sus ojos recorren cada centímetro de mi cuerpo. Me quedo muy quieta, procurando seguir respirando a pesar de la falta de oxígeno en la habitación.

—Preciosa —me susurra al oído, y un dulce escalofrío me recorre la espalda—. ¿Sigues conmigo?

Asiento con la cabeza.

18

Nathan

Me he pasado colgado del móvil todo el trayecto hacia la fiesta de la revista. Yo solo quiero concentrarme en Bree, pero mi agente tenía que comentarme un contrato de patrocinio que está negociando para el periodo fuera de temporada, y después he pasado a escuchar a Tim parloteando sobre a quién tengo que hacerle la pelota esta noche en cuanto crucemos la puerta. Ha sido una llamada de teléfono tras otra.

Aunque Bree me conoce desde hace el tiempo suficiente como para que verme hablando por teléfono durante un buen rato ya no la sorprenda, lo sigo detestando. Es de mala educación pasarse todo un trayecto en coche con el móvil pegado a la oreja. La mayoría de mujeres no soportan esta parte de mi vida, lo que contribuye a que rompamos pronto. Hay días en los que puedo decirles a mi asesor personal y a mi agente que lo dejen y me den algo de espacio, pero en días como hoy, que he ido de una reunión programada al entreno, y después a una sesión de fisioterapia sin parar ni un minuto, en mis ratos libres tengo que ponerme al día con las personas que dirigen mi vida.

—Seguro que Paul estará ahí esta noche, así que asegúrate de verlo y de mantener una conversación en público con él —indica Tim, como si tal vez no supiera, tras años de experiencia, que tengo que ser simpático con el propietario de nuestro equipo.

—Sí, entendido.

—Además, puede que Jacob Nelson trate de abordarte. Se ha puesto en contacto conmigo para programar una entrevista contigo, y le he dicho que no. Nunca he visto un artículo positivo suyo y no te quiero cerca de él. Sonríe y recuérdale que dejas toda tu agenda en manos de tu asesor personal.

—Ajá, suena bien.

—¿Me estás escuchando? —pregunta Tim en tono enojado.

No, nada. Ni un poquito. Estoy contemplando las largas piernas de Bree.

No quiero hacerlo, pero, maldita sea, esta noche está despampanante. Está despampanante cada noche, pero ahora mismo, destaca con este reluciente vestido ceñido, su cabello largo y revuelto, aunque, de algún modo, perfectamente peinado. Y sus ojos…, ¡caray! Creo que nunca le había visto llevar delineador de ojos hasta ahora, y hace que sus ojos, ya de por sí vibrantes, prácticamente me sujeten por el cuello de la chaqueta y me exijan que me vacíe los bolsillos y le dé todo lo que tengo. Puedes quedártelo todo, Bree. No tiene ni idea de que tengo los ojos clavados en ella porque está totalmente concentrada en su móvil. Creo que no la he visto pestañear en dos minutos.

—No, ya no te estoy escuchando, Tim. ¿Podrías enviarme una lista de las personas con las que quieres que charle y a las que tengo que evitar?

Suspira, porque sabe que ya no lo sigo. Francamente, aunque Bree no estuviera captando toda mi atención, creo que seguiría escuchando solo a medias a Tim. Estoy cansado. No, estoy exhausto. Si cerrara los ojos en este instante, me quedaría traspuesto. Y a pesar de que Bree parece una verdadera diosa dorada, preferiría estar en casa en el sofá con ella con el chándal puesto viendo algo divertido en la tele.

—Muy bien, una última cosa y te dejo —comenta Tim.

—Tienes quince segundos.

—Nicole me ha pedido que te diga que beses a Bree en la alfombra roja esta noche. Algo casto y dulce para los medios para que vuestra relación siga estando bajo los focos y siendo tendencia.

Dirijo una mirada a Bree y el pulso se me acelera. Acabo de recibir permiso oficial para besar a Bree. De hecho, acaban de decirme que no tengo más remedio que besarla. Nuestros labios se rozarán solamente unos breves instantes, y no puedo hacerme a la idea. De repente, estoy sudando. Me siento desentrenado. De este beso dependen muchas cosas. ¿Y si la fastidio? Por lo general, he recibido valoraciones positivas en ese aspecto, pero se trata de Bree. Debo darlo todo para que la palabra «hermano» jamás vuelva a aparecer en su cabeza para referirse a mí.

—Tomo nota. Lo haremos. —Y cuelgo antes de que Tim pueda asignarme alguna tarea más.

Bree debe de haber captado la resolución en mi voz porque levanta la cabeza del móvil por primera vez y fija en mí sus inquietantes ojos.

—¿Qué haremos?

Como todavía no estoy preparado para decírselo, esquivo la pregunta.

—Oye, perdona que haya estado tanto rato al teléfono. No es siempre así, pero estar en medio de los playoffs significa que mi tiempo es…

Suelta una carcajada y alza una mano.

—Nathan, por favor —dice—. Soy yo; no tienes que explicarme lo ocupado que estás durante los playoffs. De hecho, he agradecido tener tiempo para mí misma en este trayecto.

—Ah, ¿sí? —Sonrío y señalo su móvil con la cabeza—. ¿Qué has estado haciendo?

Se muerde el carnoso labio inferior y me pregunto si sería demasiado que yo lo hiciera durante nuestro primer beso.

—Nada —responde, ruborizada.

Me río al ver que inclina al instante el móvil para que no pueda ver la pantalla.

—Lo que significa que, sin lugar a duda, estás tramando algo. Venga, dámelo.

—¡No! —Sus largas pestañas castañas casi le tocan las cejas de lo mucho que abre los ojos—. Te vas a reír de mí.

—Pues claro que sí —suelto con una sonrisa—. Pero eso no es nada nuevo, así que déjamelo ver.

Suelta un suspiro contrariado y me pasa su móvil. Y lo que veo es una página de búsqueda de Google llena de imágenes de «famosos en la alfombra roja».

No me río porque veo que está avergonzada de verdad.

—¿Por qué estás mirando esto?

—¡Porque sí! Tengo que obtener ideas sobre cómo posar. Tú estás acostumbrado a todo esto, pero... yo estoy aquí intentando que no me dé un ataque porque en unos dos minutos ¡voy a estar EN UNA ALFOMBRA ROJA POR PRIMERA VEZ EN MI VIDA!

Ahora me siento mal. Se me ha olvidado por completo comentarle cómo es la alfombra roja. Claro que está nerviosa. Recuerdo estar totalmente seguro de que iba a caerme de bruces durante mi primer *photocall*, y eso que no llevaba tacones de diez centímetros como ella. Puede que no sea el mejor momento para decirle que también tenemos que besarnos en público por primera vez en esa misma alfombra roja.

—No hay nada de lo que debas preocuparte. Yo estaré ahí todo el rato, y me aseguraré de que no tropieces o te caigas. En cuanto al posado, querrás que todo el mundo tenga la oportunidad de captar tu lado bueno. Mantén la espalda erguida y la cabeza alta, y actúa como si estuvieras intentando configurar el reconocimiento facial en tu iPhone.

Suelta una carcajada y sus hombros se relajan.

—¿Qué significa eso? —pregunta.

—Ya sabes, cuando giras la cara hacia todos los lados de modo que pueda captar todos los detalles de tu cara para desbloquearlo. Haz lo mismo con las cámaras. Mira a la izquierda, a la derecha, levanta el mentón ligeramente hacia un lado y repite, después, hacia el otro.

Asiente, concentrada en mis instrucciones.

—Muy bien, ¿y qué hago con las manos?

—Me estarás tomando la mía con la izquierda, y puedes ponerte la otra mano en la cadera. No te preocupes por cuándo tienes que andar y cuándo tienes que parar. Yo te guiaré todo el camino.

Inspira hondo, y no permito que mis ojos desciendan hacia la parte del escote que se ve bajo esa capa de tela reluciente. Pero quiero hacerlo.

—Gracias. ¿Está…, está mal que me haga un poco de ilusión?

Algo en estas palabras relaja un poco la opresión que siento en el pecho. ¿Está ilusionada? Bree siempre se ha encargado de decirme lo mucho que detestaría participar en esta parte de mi vida. Me humedezco los labios en lugar de señalarle la contradicción.

—Me alegra que te la haga, porque me gusta que estés aquí conmigo.

Fija en mí sus brillantes ojos y, de golpe, este SUV parece pequeño. Como una magnífica cajita de cerillas.

—Tenemos que besarnos —anuncio sin el menor tacto.

—¿Perdona? —Se le ha transformado la cara.

Carraspeo y me doy mentalmente puñetazos a mí mismo por ser tan poco delicado.

—En la alfombra roja. Esto es lo que Tim me estaba diciendo por teléfono. Nicole cree que sería positivo para nuestra «imagen de pareja» besarnos brevemente mientras nos están haciendo fotos.

Bree tiene los ojos tan desorbitados que tengo miedo de que se le salgan de la cabeza. Se retuerce las manos en el regazo. Si estuviera en pie, andaría de un lado para otro.

—¡No puedo besarte ahí fuera! ¡Ya estoy bastante preocupada por el mero hecho de sonreír! Un beso va a... Nathan... ¡Oh, Dios mío! ¡No podemos darnos nuestro primer beso delante de los paparazis!

El estómago me da un vuelco al oír sus palabras: «primer beso». Como si tuviera la certeza de que habrá más.

—¿Quieres... que te bese ahora? —NO SOPORTO lo nervioso que estoy en este instante. No puedo permitir que me tiemble la voz como a un perfecto idiota.

—¡No! ¡Rotundamente no! —Hace una pausa, mira por la ventanilla unos segundos y se vuelve para mirarme—. Bueno, quizá. En realidad, sí. —Otra pausa en la que sacude definitivamente la cabeza—. Espera, no. Es mejor que nos besemos solo en público para que no nos parezca que es real.

—Será real.

—No-lo-será —asegura, fulminándome con la mirada.

—Mis labios muy reales tocarán tus labios muy reales, Bree. Esta es la definición misma de real. No será algo que imaginemos.

Va a taparse la cara con las manos, pero se detiene cuando recuerda que no puede estropearse el maquillaje. Así que se limita a gemir.

—Uf, Nathan. —Me mira, y parece asustada—. Es... demasiado. Todo esto. Tú y yo.

—Lo sé —digo. Quiero ponerle la mano en el muslo para consolarla, pero sé que eso empeoraría las cosas. En lugar de ello, creo que tendría que sentarme sobre las manos para que no se les ocurra hacer nada. Tendría que estar ayudando a Bree a hacer poco a poco este cambio en nuestra relación, no arrojándola por la borda sin chaleco salvavidas—. Mírame, Bree.

Lo hace, y sus ojos están llenos de muchas emociones que no sé interpretar.

—Solo soy yo. Solo somos tú y yo. Quesito Bree y Nathan. Besarnos no va a cambiar eso. —Hará que todo sea mejor.

Su expresión refleja alivio y sonríe.

—Tienes razón —dice—. Es solo un beso. No tiene importancia.

Bueno, eso no es exactamente lo que yo he querido decir.

No tengo ocasión de explicarme, y no tenemos tiempo para practicar nuestro beso, aunque quisiéramos hacerlo. El SUV se detiene, y los ojos frenéticos y aterrados de Bree se dirigen hacia mí. Oh, no, parece que vaya a potar. Bueno, ahora sí que alargo la mano y le aprieto suavemente el muslo. Su piel es cálida y suave bajo las puntas de mis dedos. No dejo que mi cerebro registre lo bien que me hace sentir. Si lo hace, perderé la cabeza.

Bree traga saliva con fuerza y la puerta se abre. Al instante hay una explosión de vítores de los fans situados detrás del cordón y de flashes de cámaras que quieren captar el momento exacto en que ponemos el pie en la alfombra roja.

Asiento con la cabeza hacia Bree. Ella asiente con la cabeza hacia mí y realmente vamos a hacerlo. Juntos. Es mi sueño hecho realidad y solo espero que no termine siendo una pesadilla para Bree.

Inmediatamente, el acto de esta noche es diferente a todos los que he tenido que soportar sin ella a mi lado. Toda la energía es distinta con Bree sujetándome la mano y pegada a mí como una lapa mientras recorremos la alfombra roja. No paro de volverme hacia ella para asegurarme de que no esté vomitando mientras camina, pero después de unos diez pasos, su sonrisa deja de ser tensa y aterrada para volverse más dulce y más segura.

Conozco esa sensación. Es la misma que cuando saltas desde un trampolín por primera vez. Ese primer segundo tras el salto es el peor, y a partir de ahí, es fácil. Lo único que puede hacerse es disfrutar de la caída libre.

La mano de Bree aprieta la mía y, cuando me vuelvo, veo que está frunciendo la nariz hacia mí con esa preciosa sonrisa tan suya. Es su expresión de «¿Te lo puedes creer?». El corazón me estalla. Lo tengo abierto de par en par, totalmente a su disposición. Siempre ha sido así.

—¡Nathan! ¡Aquí!

—¡¡Nathan!! ¡Bree!

Los paparazis son ruidosos y los flashes brillantes, pero apenas los capto cuando Bree y yo nos paramos delante del telón que luce el logotipo de la revista *Pro Sports Magazine*, porque ha llegado el momento de besar a Bree.

Le suelto la mano para ponerle la mía en la cadera y me inclino un poco más hacia ella para asegurarme de que la mayor parte de nuestros cuerpos siga de cara a los fotógrafos. De repente, detesto que este tenga que ser nuestro primer beso. Es lo peor. Es frío. Calculado. Dista tanto de ser romántico que podríamos estar en medio de un vertedero con una piel de plátano colgándome de la cabeza. Es imposible que esto vaya a hacerle temblar las rodillas, y no quiero conformarme con menos.

Noto que Bree inspira hondo mientras levanta su cabeza sonriente hacia mí. Hay más fotógrafos gritando. Uno chilla: «¡Daos un beso!». Bree abre más los ojos con una expresión de «Adelante». Y ahora todos canturrean lo mismo. Nicole tenía razón: todos se mueren de ganas de que nos demos un beso. Yo me muero de ganas de que nos demos un beso. Solo que quiero que sea en la intimidad de nuestra casa, donde puedo prestar a Bree la atención que se merece. Donde puedo apretujarla contra la pared. Donde puedo adorar su boca como llevo años soñando.

Esta es mi oportunidad y voy a arruinarla. ¿Tendría que darle un beso contundente? ¿Tendría que dejar que sea suave y lento? ¿Tendría que ser un piquito? Maldita sea. No puedo. El corazón me late dolorosamente, me sudan las manos, y llevamos aquí clavados demasiado rato. La mujer con un portapapeles y un *walkie-talkie* nos está diciendo que tenemos que seguir adelante. Estamos monopolizando la alfombra roja y quiere que desaparezcamos para que los ocupantes del siguiente SUV que acaba de llegar puedan bajar. Pero yo no puedo moverme. Siento un dolorcillo y un hormigueo en las manos, y calor en la cara. Las luces centelleantes me resultan dolorosas y los gritos bruscos se ciernen sobre mí. ¿Qué me está pasando? Es la misma sensación que tuve en el túnel de vestuarios antes del último partido. Creo que voy a desmayarme.

La sonrisa de Bree se desvanece solo un segundo. Debe de haberme visto algo en la cara que yo no tenía intención de mostrar. Me toca la mandíbula con su delicada mano y sonríe de verdad. Es suave. Envolvente. Una sonrisa de Bree y Nathan.

—¿Sigues conmigo? —pregunta en voz baja, lo que hace que me concentre solamente en ella.

Dejo que su presencia me embriague y se me tranquiliza un poco el pulso. Asiento y trago saliva con fuerza. Bree se pone de puntillas y deposita un beso suave y rápido en mis labios. Le aprieto la cadera, con ganas de mantenerla donde está, ansioso de absorber cada instante de su boca en la mía, pero se separa de mí demasiado deprisa. Se vuelve de nuevo hacia los fotógrafos y orienta la cara en dos direcciones más como si hubiera estado haciendo esto toda la vida. Satisfecha, al parecer, con la cantidad de fotos que nos han hecho, se pone delante de mí, me toma de la mano y me lleva tras ella, sonriéndome como una reina de la seducción. Todo el mundo tendría que hacerle reverencias al pasar. La sigo, como un cachorro perdido. Me aprieta unas cuantas veces los dedos mientras andamos como he hecho yo con ella al entrar. Sigo aturdido, sin registrar del todo lo que pasa a nuestro alrededor, pero estoy seguro de que después, cuando esté solo, voy a darme puntapiés a mí mismo por arruinar nuestro primer beso.

19

Bree

Conduzco a Nathan al interior de la carpa y lo aparto rápidamente a un lado. Pero no es la clase de hombre que sea fácil de ocultar. Estoy, básicamente, colando a un oso grande en una merienda infantil. «¡Toma, oso, ponte este sombrerito tan bonito y nadie se fijará en ti!». Pero todo el mundo se fija en él. Un montón de cabezas se vuelven cuando entramos, lo que significa que tenemos unos treinta segundos antes de que alguien decida ponerse pesado y acaparar su tiempo. Hay ya muchas personas congregadas aquí, deportistas profesionales y un sinfín de celebridades. Es una barra libre de personas a las que me gustaría seguir en las redes sociales. Pero no puedo concentrarme en esto ahora.

Entrelazo mi brazo con el de Nathan y me lo llevo diez pasos hacia un lado de la entrada de la carpa antes de hacernos girar de modo que él queda de espaldas a la gente y de cara a mí. Espero poder mantenerlo alejado al menos unos segundos de las miradas indiscretas. Sus ojos siguen estando algo vidriosos y esos círculos oscuros que observé el otro día han empeorado. No puedo evitar tener la sensación de que no tendríamos que estar aquí esta noche. Nathan está exhausto.

—Ey. —Me acerco más y le pongo la mano en el pecho para que todo el mundo sepa que se trata de una conversación íntima que no hay que interrumpir. Y también porque me gusta tocarlo, oye. Noto lo fuerte que está—. ¿Estás bien? ¿Quieres que nos vayamos a casa? No hay problema si dices que sí.

Baja los ojos hacia la palma de mi mano apoyada en su firme pecho y la cubre con la suya. El contacto me zarandea por dentro. Me recuerda que acabo de besarlo en la alfombra roja. Delante de todo el mundo.

Ha sido tan breve y con tantos mirones que apenas lo he registrado. Y, en cuanto me he separado de él, me he sentido decepcionada. No porque le faltaran chispas, sino porque no he tenido la oportunidad de prestar atención a las chispas. Estaba demasiado preocupada por el ataque de pánico que creo que Nathan estaba teniendo ahí fuera y concentrada en lograr que dejáramos esa alfombra roja antes de que todas las fotos de las revistas de cotilleos de mañana mostraran a Nathan con el aspecto de un ciervo bajo la luz de los faros. Los tabloides se lo pasarían en grande inventándose mentiras para explicar su expresión: «¡Nathan Donelson pierde la batalla contra los narcóticos!».

Respira hondo y noto que su tórax se expande bajo la palma de mi mano.

—Siento lo de antes. Ahora estoy bien.

Es muy propio de Nathan quitarle hierro al asunto.

—¿Estás seguro? Me ha dado la impresión de que estabas teniendo un ataque de pánico.

Hace una mueca y mira hacia la izquierda, lo que realza su marcada mandíbula cuadrada.

—No, eso a mí no me pasa.

Suelto una carcajada porque está hablando totalmente en serio. Como si perteneciera a una superraza humana que no tiene problemas de salud mental de vez en cuando. ¡Atención, científicos, hemos encontrado un hombre que jamás está estresado!

—No hace falta que padezcas un trastorno de ansiedad para tener un ataque de pánico. A veces puede deberse a sufrir demasiado estrés o a asumir demasiadas obligaciones o...

—Bree, te digo que estoy bien. —Nathan me interrumpe con voz de súplica. Realmente no quiere hablar de esto ahora, y a juzgar por la forma en que se ha sonrojado, creo que se siente avergonzado—. Venga, vamos a pasárnoslo bien.

Asiento, apiadándome de él y de su vergüenza. Podemos hablar de todo esto después, cuando estemos a solas.

—Muy bien, vamos allá.

Nathan me toma la mano y nos giramos hacia la habitación. Es entonces cuando veo por primera vez de verdad la gente que hay, y ahora me toca a mí quedarme petrificada. Esta sofisticada y ostentosa carpa está llena de personas famosas e importantes: deportistas de todos los ámbitos, actores y cantantes. Dudo que haya una sola persona normal y corriente aquí. Corrección: hay exactamente UNA persona normal y corriente, y esa soy yo.

—He cambiado de opinión, quiero irme a casa. —Suelto el brazo de Nathan y retrocedo cinco pasos a la derecha, hacia un cartel gigantesco.

Ojalá pudiera decir que doy un pequeño traspié y ya está, pero no. Ocurre a cámara lenta. Noto el fino papel en la espalda, y el tacón alto se me queda enganchado en el soporte que lo mantiene en pie. Noto que caigo hacia atrás y veo cómo a Nathan se le abren mucho los ojos y cómo sus labios forman mi nombre. Alarga las manos para sujetarme, pero no es lo bastante rápido. Me escoro hacia atrás a través del cartel y oigo que se rasga por la mitad. El aspecto positivo es que no me caigo al suelo. De algún modo logro recuperar el equilibrio. El aspecto negativo es que me he quedado plantada en medio de un cartel de casi tres metros de altura rasgado, y todos los ojos de la fiesta están puestos en mí.

Sí, voy a vomitar. Me vuelvo para sujetar rápidamente cada lado del cartel roto y juntarlo. Y me doy cuenta, demasiado tarde, de que el cartel que me he cargado es una imagen de tamaño descomunal de Nathan Donelson en pelotas, y que mis manos están sujetando directamente las suyas; es decir, las manos con las que él está sujetando el balón situado a la perfección delante de él para que su foto sea apta para menores de trece años. Lo comprendo todo cuando miro a mi alrededor y veo una buena cantidad de carteles parecidos de otros deportistas con una de las fotos que aparecían en el número especial. Y entonces veo un pequeño escenario en el rincón con un telón de fondo que reza: «¡CELEBRACIÓN DEL DÉCIMO ANIVERSARIO DEL NÚMERO ESPECIAL!». Hay unos músculos falsos ilustrados que se pueden usar como accesorio. Ingenioso.

Pues bien. Estoy con la cara a la altura de los muslos de la figura ampliada de Nathan desnudo, con pinta de ser la mayor pervertida de la fiesta. El tiempo se acelera. Chillo y suelto el cartel. El Nathan desnudo flota en el aire al separarse, y cada parte cae lentamente por su lado, lo que muestra que he arruinado por completo lo que debía de ser un cartel de un par de cientos de dólares. Oigo varias risas detrás de mí y unos cuantos «oh, no», pero, sobre todo, un silencio profundo. Tengo la cara tan acalorada que se me va a derretir y separar de los huesos.

Nathan se sitúa a mi lado, me rodea el bíceps con la mano y presiona su pecho contra mi espalda para poder agacharse hacia mí y susurrarme:

—¿Estás bien?

Sacudo la cabeza con unos cuantos movimientos rápidos.

—¿Cuánto tardarías en llevarme a otro continente?

Nathan se sigue riendo de mí mientras subimos en ascensor a su piso. Lleva carcajeándose desde que nos fuimos de la fiesta, y cada vez que creo que va a hablar, levanto un dedo. «No te atrevas».

Al final, lo de romper el cartel no ha tenido demasiada importancia. Nathan, como alma enigmática y sexy de la fiesta que es, le ha dado fácilmente la vuelta a toda la situación para transformarla en una imagen entrañable. Se ha vuelto hacia los presentes y ha dejado que su voz llegara a todos los rincones con una de sus sonrisas marca de la casa:

—Bueno, creo que mi novia quiere embalar este cartel y llevárselo a casa, ¿puede alguien echarnos una mano?

Todo el mundo ha estallado en carcajadas y yo he hecho una pequeña reverencia como si fuera una actriz en un escenario. No sé cómo, pero eso nos ha convertido en lo mejor del evento. Nathan y yo hemos posado incluso junto a la foto rota, y cuando he publicado esa imagen, he añadido un título que decía: «Ojalá los lápices quitamanchas Tide To Go pudieran borrar las situaciones embarazosas». He obtenido cuatro mil me gusta la primera hora.

Durante toda la noche, apenas hemos podido estar un momento a solas porque absolutamente todo el mundo quería hablar con Nathan y desearle suerte en los playoffs. No me ha importado. Me sentía bien tomándole de la mano y dejando que me presentaran como su novia a tantas personas. Había algo que me satisfacía mucho al ver que Nathan dedicaba a todo el mundo su sonrisa profesional. Nunca le llega a los ojos, y la única que podía saberlo era yo, porque ahora me está dedicando su sonrisa. La que le llevo viendo desde el instituto.

Nathan se arranca la corbata del cuello y se desabrocha el botón superior de la camisa mientras recorremos el recibidor de su piso. Yo me quito los zapatos de un puntapié y él tira la chaqueta y la corbata a la mesa de la entrada, y ahora estamos solo nosotros y las olas que golpean la orilla al otro lado de su ventana. Puedo respirar. Un escalofrío me recorre el cuerpo cuando me doy cuenta de que esta vez soy yo la que cruza la puerta con Nathan después de asistir a un evento. Yo. He salido con él delante de todo el mundo y... me ha encantado. Lo que es malo, muy malo.

¿Cómo vuelvo a meter a ese genio en su lámpara?

Me quedo paralizada junto a la puerta, y Nathan sigue andando. Tarda unos segundos en percatarse de que ya no estoy con él, y entonces vuelve la cabeza para mirarme con una sonrisa que se desvanece.

—¿Qué pasa?

Oh, poca cosa. Acabo de flipar en mi fuero interno porque me he dado cuenta de hasta qué punto he querido llevar esta vida contigo. Nada del otro mundo.

—No pasa nada. —Mis pies descalzos retroceden.

Nathan me lanza una mirada de soslayo llena de escepticismo.

—Bree...

Mis zapatos están en el rincón, junto a la puerta, pero no tengo tiempo de recogerlos. Si voy a salir huyendo, tengo que moverme deprisa. Me giro para echarme a correr, pero Nathan me alcanza en dos segundos, me levanta las piernas del suelo y me carga en sus brazos.

—Ni hablar. No vas a largarte de aquí así de deprisa. —Me lleva hasta el sofá y me deposita sobre un cojín. Me señala con un dedo en actitud severa—. Quédate. No ha cambiado nada. Estamos como siempre. —Y se va a la cocina a buscar algo.

Cuando vuelve, la luz sigue siendo tenue, y necesito que alguien ponga las largas porque se le ve demasiado encantador, demasiado parecido a James Bond en esta iluminación tan romántica con el océano oscuro rugiendo de fondo. Y el modo en que me mira... Tengo la sensación de que nuestra amistad es una bomba de relojería. Sé que, de algún modo, voy a perder a mi mejor amigo.

Nathan lleva ahora la camisa por fuera de los pantalones. Se para justo delante de mí y me tira un caramelo Starburst al regazo.

—Lo guardo para emergencias. Creo que este momento lo es.

Sonrío al ver mi chuche favorita y mis hombros se relajan un poco. ¿Cómo sabe siempre qué es lo que hay que hacer para cuidar de mí?

—Voy a ir pitando al cuarto de baño. Por favor, sigue aquí cuando vuelva. —Sus palabras son dulces y tiernas, lo que, por alguna razón, me hace evocar la sensación de sus labios en los míos.

Mientras Nathan no está, cierro los ojos y procuro recordar todos los detalles, pero es demasiado confuso. Como un sueño delicioso del que te despiertas y notas que se te escapa entre los dedos. ¿Sucedió ese beso? Nathan no lo ha mencionado ni una vez, por lo que no tiene que haber significado demasiado para él. Aunque, en realidad, ¿cómo iba a hacerlo? Duró tal vez dos segundos.

Significó algo para mí.

Nathan regresa a la habitación justo cuando me estoy metiendo un cuadrado rosa en la boca. Está increíble con sus pantalones del traje y la camisa de vestir por fuera. Se me hace la boca agua, pero no por el caramelo.

Nathan se sienta en la otra punta del sofá y sonríe.

—¿Mejor?

Asiento y me paso el caramelo a la mejilla derecha. Soy una ardilla listada que acumula Starburst rosa.

—Mejor —respondo.

—¿Quieres ver un rato la tele? ¿Seguir aquel especial de la comedia donde lo dejamos? —Ya ha alargado la mano hacia el mando a distancia, y mi mirada se fija en su musculoso antebrazo al descubierto. Soy hiperconsciente de él de una manera en la que jamás me he permitido pensar antes.

El televisor se pone en marcha y un cómico suelta un chiste sobre panqueques. Entonces, como si nada en el mundo hubiera cambiado, la mano de Nathan me sujeta el pie descalzo y hace girar todo mi cuerpo para poder ponerse mis pies en su regazo. Contemplo boquiabierta cómo hunde los pulgares en la planta y los desliza por mis arcos. Sus dedos fuertes, callosos, tratan mis doloridos pies con cuidados expertos, llegando incluso más allá de mi tobillo para masajearme las pantorrillas. Por más caliente que me note la piel, sus manos están más calientes todavía. Como piedras recién salidas de una hoguera que derriten mi piel.

No puedo hacer otra cosa que mirarlo fijamente, pestañear, saborearlo. Nunca antes, como amigos, me había tocado de una forma así de íntima. Pero, a pesar de ser un tamal caliente con patas en este momento, Nathan ni siquiera está concentrado en el masaje transcendental que me está dando. Está mirando el especial de la comedia, tranquilo y relajado. Sí, nada del otro mundo. ¿Somos esta clase de amigos ahora? ¿Amigos que salen de vez en cuando? ¿Amigos que se achuchan? ¿Amigos que…?

—Nathan, esta noche nos hemos besado —suelto. Calma, Bree. Calma. Con suavidad.

Las manos de Nathan se quedan inmóviles sobre mi piel y arquea las cejas de golpe. Pone la tele en pausa y dirige los ojos hacia mí. Casi preferiría que la hubiera dejado en marcha para que llenara el incómodo silencio, pero ahora estamos solos, con mis palabras suspendidas entre nosotros, llamando nuestra atención.

—Me sorprende que quieras reconocerlo —dice, y su respuesta me confunde.

—¿Acaso tú no quieres?

Esboza media sonrisa.

—Hablaré de lo que quieras cuando quieras. Hasta podemos hablar sobre cómo te cargaste mi foto desnudo porque te pone muy celosa que nadie más la vea.

Suelto un grito ahogado y le tiro un Starburst naranja. Suelta una carcajada cuando le rebota en el bíceps.

—¡No es verdad! ¡No me cargué ese cartel a propósito! ¡Ni siquiera lo había visto antes de rasgarlo con el trasero! De hecho, ¡podrías haberme advertido de que íbamos a celebrar el aniversario del NÚMERO ESPECIAL!

Se ríe entre dientes mientras recuesta la cabeza en el sofá y me golpea suavemente la pantorrilla dos veces, lo mismo que hace con su muslo cuando se carcajea a gusto.

—¡Tu cara ha sido para morirse de risa! Colorada como un tomate.

Me llevo las manos a las mejillas, temerosa de que sigan sonrojadas.

—¡PARA! —pido—. No seas malo.

—No tenía ni idea de que mi desnudez te afectaría tanto —comenta riendo todavía a mandíbula batiente—. No es que no hayas visto antes esa imagen. Y no es nada comparada con el resto de las que salen en ese número.

Le dirijo una mirada elocuente, con la sensación de que estamos acercándonos de puntillas a algo a lo que no deberíamos, pero muriéndome de ganas de hacerlo.

—No…, no puedo saberlo. —Me dedico a intentar tirar del vestido hacia abajo para añadir algo de clase a esta escena.

Cuando alzo los ojos, la sonrisa de Nathan refleja curiosidad.

—¿Qué quiere decir que no puedes saberlo?

—Nunca he mirado en las páginas interiores —respondo levantando un hombro.

—¿Nunca?

—Bueno, vale, no tienes que parecer tan incrédulo. Es verdad, algunas mujeres pueden resistirse a mirar fotos tuyas en pelotas. —Aunque a duras penas.

—¿No has sentido curiosidad? —Su voz está haciendo algo nuevo. Algo grave. Algo que me hace sentir un cosquilleo en el estómago.

—No. —Es una mentira descarada—. Los amigos no se ven desnudos. Es la regla más básica de la humanidad.

Las largas piernas de Nathan se mantienen en un ángulo de noventa grados; unos macizos troncos de árbol echando raíces. Extiende su brazo por el respaldo del sofá, de modo que me roza ligerísimamente el hombro con las puntas de los dedos mientras su otra mano se desplaza hacia mi tobillo, donde mueve el pulgar arriba y abajo. Arriba y abajo. Arriba y abajo. Pero lo más curioso es la forma en que lanza la mirada hacia delante y se muerde el labio inferior.

—¿Qué? —pregunto, sintiendo que la tierra se abre bajo mis pies—. ¿Por qué pones esa cara? —Le pincho la mejilla con un dedo.

—¿Ummm…? Por nada.

—Mientes de pena, Nathan. En serio, espero que nunca juegues al póquer porque perderías todo tu dinero. Suéltalo.

Mueve sus ojos oscuros hacia mí.

—Si te lo cuento, desearás que no lo hubiera hecho.

—Muy bien, ahora sí que tienes que decírmelo. De hecho, te lo exijo —aseguro con el corazón acelerado.

Suelta el aire que le hinchaba las mejillas a la vez que gira la cabeza de un lado a otro como si se estuviera armando de valor.

—Yo…, yo te he visto desnuda. Ya está, ya lo he dicho.

Por alguna razón, mi instinto natural al oír estas palabras es ponerme en pie de golpe y lanzarle un cojín.

—¡No es verdad!

La risa de Nathan parece irreal. Como si estuviera soñando.

—Es verdad. Fue sin querer. Tú salías de la ducha y... ¡oye! ¿Estás bien? Siéntate, Bree. Parece que vas a desmayarte.

Pues sí. Estoy cien por cien segura de que voy a desmayarme. ¡Nathan Donelson me ha visto desnuda y yo no tenía ni idea! Esto no está bien. ¿Qué estaría haciendo yo? Oh, Dios mío, por favor, dime que no estaba bailando o algo horrible. Puede que esta sea la razón por la que nunca ha intentado nada conmigo. ¡Me vio desnuda y no sintió nada!

Nathan me toma del brazo y tira de mí para que me siente a su lado en el sofá. Y ahí radica el problema de toda esta situación: él es mi mejor amigo, la persona a la que siempre recurro en situaciones como esta, por lo que, a pesar de que es él quien me hace sentir tan violenta, también es él la persona en cuyo pecho hundo la cara para consolarme. Sus largos brazos me rodean y me estrechan con fuerza contra él. Estoy anclada. Su colonia me embriaga y ahora sé que ha sido un error. No va a soltarme.

—¿Lo ves? Esta es exactamente la razón por la que no te lo dije. Sabía que te daría un ataque y tenía miedo de que me quitaras la llave de tu piso.

—Buena idea. ¡Devuélveme la llave!

—Ni hablar. Podemos tomarnos este asunto como personas adultas, Bree.

—¡No podemos! No somos personas adultas para ningún asunto; ¿por qué íbamos a serlo ahora? Me siento tan humillada... ¿Tardaste en irte? ¿Me estuviste contemplando? ¿Cuánto viste? Y... ¿desde qué... ángulo? —No quiero saber ninguna de estas cosas, pero también me muero por saberlas. Como un tren que descarrila. No puedes dejar de mirar algo así.

Nathan suelta una especie de gruñido y noto que echa la cabeza hacia atrás como si estuviera mirando al techo.

—Muy bien. No, me marché enseguida porque no soy ningún pervertido. Y… el ángulo de visión fue de unos trescientos sesenta grados porque saliste del cuarto de baño y entonces…, no sé, te habías dejado algo que necesitabas en él y te giraste para volver a entrar.

Bueno, ya podemos anunciarlo, amigos. «Hora de la muerte de Bree Camden: 10.30 p. m. Murió de una sobredosis de humillación».

Gruño y gimoteo consecutivamente, hundiendo todavía más mi cara en su pecho. Me haré aquí una madriguera de la que nunca saldré. Estaré unida a él para siempre, claro, pero por lo menos él nunca podrá volver a mirarme.

Me acaricia suavemente el cabello con la mano.

—Tengo que decirte que no te tengo por una de esas chicas que se pasean desnudas por casa. Ni siquiera llevas bikini cuando vas a la piscina.

—Estaría esperando a que se me secara la loción autobronceadora.

Nathan está tanto rato callado que creo que se ha quedado dormido. Alzo la vista hacia él y veo sus ojos vidriosos mirando a lo lejos. Y entonces me doy cuenta de lo que está pasando.

—¡Oh, no! ¡Ni hablar! —exclamo dando una fuerte palmada delante de su cara—. ¡No puedes imaginarme desnuda!

—Perdona. —Parpadea con aspecto avergonzado—. Has mencionado la loción autobronceadora y… Da igual.

—Esto es totalmente inadmisible —afirmo con los dientes apretados.

Su sonrisa se vuelve compasiva.

—Lo siento mucho, Bree. ¿Qué puedo hacer para mejorar la situación? ¿Dejar de hablar de ello? ¿Decirte lo que pensé cuando te vi?

—¡NO! ¡NI LO SUEÑES! —Me separo de los brazos de Nathan y me pongo en pie. Estoy andando de un lado para otro como una pantera en una jaula del zoo. Me asalta inmediatamente una idea, y no me lo pienso antes de soltarla:

—Puedes quitarte la ropa para que estemos en paz.

Nathan pestañea estupefacto.

A ver, lo pillo. Yo tampoco esperaba decir eso. ¡Pero es una buena idea! Él pudo verme desnuda en una situación nada favorable y ahora yo podré verlo desnudo en la misma clase de situación.

Traga saliva con fuerza.

—También podrías buscar una de esas revistas y echarles por fin un vistazo —comenta.

—No. —Niego con un movimiento de la cabeza, convertida en un bebé desafiante—. En ellas estás perfectamente iluminado, cubierto de aceite y, seamos sinceros, seguramente retocado. Pareces un dios entre los hombres, y eso no es justo porque tú me viste bajo una luz fuerte y balanceándome.

Trata de contener una sonrisa. Eso me enoja todavía más. Hago un rápido gesto de «arriba, arriba, arriba», para indicarle que levante su engreído culo del sofá. Gime, agacha la cabeza y se levanta despacio. Dios mío, es tan alto que parece una torre. Sus ojos negro azabache se fijan en los míos desde donde está, a un metro de distancia, y arquea una ceja.

—¿Estás segura de que es buena idea?

—¡Es una idea excelente! Adelante. —Es probable que mi mirada sea salvaje. Como una ardilla rabiosa con la que no quieres encontrarte en el parque.

Nathan no se ruboriza como yo esperaba. No parece inseguro ni asustado por lo que voy a descubrir bajo su ropa. Simplemente empieza a desabrocharse la camisa. Lo hace con manos firmes, mientras que a mí me tiemblan las piernas como las de un cervatillo recién nacido. Con cada botón desabrochado, me cuestiono mi cordura por haberle pedido esto, pero no le digo que pare.

A los tres botones, veo un triángulo de piel bronceada. Cuatro botones. Cinco, y ahora aparece un poco de vello.

Se detiene con un brillo burlón en los ojos.

—¿Quieres un puro o algo? ¿Tal vez poner los pies en alto? —sugiere.

—Cállate. Es lo justo. —Esta es la única razón por la que estoy haciendo esto. La única razón.

Los dedos de Nathan alcanzan el último botón y entonces se quita la camisa de los hombros y la tira al sofá. Lo he visto muchas veces sin camisa, pero esto es... distinto. Sus hombros parecen tallados en granito y sus clavículas son como dos palancas que presionan su aterciopelada piel dorada. Unas sombras realzan el contorno de sus abdominales y sus oblicuos, lo que les confiere el aspecto de peldaños que descienden hacia una cintura perfectamente estrecha. Su cinturón de Adonis desaparece bajo unos pantalones de traje bien planchados sostenidos por un cinturón negro mate. Es todo músculos, tendones, venas y un atractivo que resulta doloroso. Guapo como ningún ser humano debería ser. Magnético y eléctrico a la vez. Me atrae hacia él y me electrocutará si llego a tocarlo.

¿A quién coño quería engañar? La iluminación no tiene la menor importancia para un cuerpo como el de Nathan. Podría estar bajo la luz fuerte del fluorescente de la consulta de un médico y me seguiría colgando la lengua.

Sus ojos negros centellean mientras se desabrocha el cinturón, y empiezo a marearme. No lo había pensado bien. ¿Qué pasará cuando esté desnudo? Mi imaginación llena ese espacio vacío por mí y el sonido de su cinturón al deslizarse por las trabillas del pantalón me retumba en los oídos. El pulso me martillea en el cuello y contemplo cada detalle de su musculoso cuerpo al moverse para tirar el cinturón al lado de la camisa desechada. De repente soy consciente de que esto me apetece demasiado. De que mis manos se están aferrando a la tela de mi vestido. Esto va a cambiarlo todo y esto es lo que QUIERO. Quiero a Nathan así. No como un amigo. Un poco peligroso. Un poco provocador. Muy sexy.

Quiero dar un paso hacia él y recorrerle el abdomen con las manos. Rodearle el cuello con los brazos y dejar que me estreche contra su figura masculina.

Nathan se detiene con la mano en el botón de los pantalones y, cuando lo desabrocha de golpe y puedo ver la cinturilla de sus calzoncillos, la realidad me golpea. Realmente va a hacerlo. Va a desnudarse aquí mismo, en el salón, representando la fantasía de todas las mujeres de este país —incluida yo—. El aire que me rodea está ardiendo y, antes de que Nathan pueda efectuar otro movimiento, alargo las manos delante de mí.

—¡Para!

Se queda inmóvil, taladrándome con la mirada, con los labios separados de la sorpresa y los pectorales marcados del susto que le he pegado. No dice nada, y mi respiración es temblorosa. Sacudo la cabeza. ¿En qué estaba pensando? No puedo hacer esto. Sería trascendental, al mismo nivel que saltar-de-un-avión-sin-paracaídas.

Tengo que recular.

—¡Era broma! —suelto como si hubiera sido una gigantesca tomadura de pelo desde el principio. ¡Ja, ja! ¡Has picado del todo! Me río y me giro para que Nathan no vea como suelto el aire de golpe. Tengo 2,1 segundos para salvar la situación antes de que se vuelva rara para todo el mundo. Dejo que esta noche pueda conmigo y empiezo a perder de vista el plan.

Mantente fuerte, Bree. La relación ficticia te tiene deslumbrada.

De espaldas a Nathan, repito mentalmente mis reglas secretas para una amistad exitosa:

1. **Mantén esos sentimientos envueltos como una ensalada de huevo en una comida comunitaria de la iglesia: lo cierto es que no son buenos para nadie.**
2. **Nathan es un ligón innato. No te avergüences a ti misma confundiendo su personalidad por un flirteo.**
3. **No le mires la piel desnuda o arderás viva.**

He quebrantado a medias esta última regla, y sufriré las consecuencias a partir de ahora. Capturo todos esos sentimientos que zumban alrededor de mi cuerpo como si este fuera un avispero y los introduzco en un tarro. Cierro la tapa. La sello con pegamento de contacto para asegurarme de que no se escape ninguno. Y entonces me doy la vuelta. Madre mía, tengo que poner la mano delante de mí para no poder verle el cuerpo.

—De modo que… ¿era broma? —pregunta, y la inseguridad de niño que refleja su rostro casi me mata.

—¡Sí! —exclamo con una carcajada demasiado fuerte—. Dios mío, de ninguna forma iba a permitirte que te quitaras los pantalones. No necesito ver todo eso. Solo quería tomarte el pelo y ver lo lejos que llegarías.

—Bastante lejos —comenta con una expresión divertida en los labios. Eso me deja del revés como una chaqueta reversible.

Contemplo un momento más todo lo que es antes de carraspear y dirigirme hacia la puerta como una mujer que todavía tiene todas sus facultades intactas. Tengo que empezar a llevar encima sales aromáticas.

—¡Bueno, ha sido divertido! Pero, uf, mira qué hora es.

¡Mañana tengo que levantarme temprano para hornear galletas para toda la semana! ¡A quien madruga Dios lo ayuda!

—¿Bree? —pregunta Nathan en un tono demasiado diverti-do—. ¿Estás bien?

Me paro un momento para dirigirle una mirada espléndida. MADRE MÍA, su cuerpo… es arcilla esculpida; cada músculo tallado a la perfección con líneas firmes y suaves.

—*Moi*? —Me llevo una mano al corazón—. ¡Muy bien! ¿Por qué me lo preguntas?

Empiezo a interpretar la huida del abejorro, zumbando por la habitación y recogiendo mis cosas. Mis zapatos. ¿DÓNDE ESTÁN MIS ZAPATOS? Describo tres círculos como si me estuviera persiguiendo la cola.

De repente, una de las manazas de Nathan me cubre el hombro. Rehúyo su contacto como si estuviera en *Matrix* esquivando balas. Parece totalmente atónito mientras me da en silencio mis zapatos de tacón.

—Bueno, me alegra que estés bien. —Su tono implica que no estoy engañando absolutamente a nadie.

Tomo los zapatos y me calzo rápidamente uno mientras doy saltitos sobre el otro pie. Nathan alarga la mano de golpe para sujetarme el antebrazo y que no me caiga. Quiero gemir/llorar/reír porque estoy supersensible a su tacto. En cuanto tengo los zapatos puestos, empiezo a marcharme tambaleándome. Tambaleándome porque me he puesto los zapatos en el pie equivocado. Soy una niña pequeña que se ha colado en el armario de su madre y ha intentado escabullirse con sus mejores zapatos de tacón. Pero no tengo tiempo para pararme y ponérmelos bien. Tengo que largarme de aquí.

—¡Ha sido estupendo verte, como siempre, amigo! —Esto ha sonado muy raro—. ¡Buena suerte con el partido este fin de semana! Te llamaré para…

Noto que su mano sujeta la mía y que tira de mí hacia atrás. Cuando me gira hacia él y veo un peligroso brillo juguetón en sus ojos, suelto un grito.

—Un momento, amiga —dice.

Contengo el aliento a apenas siete, tal vez diez, centímetros de su pecho desnudo. Mis palmas anhelan apoyarse en sus pectorales. Pero, entonces, su pecho desaparece de mi vista porque se ha agachado para hincar una rodilla. OH, DIOS MÍO, VA A DECLA…

Me rodea un tobillo con la mano para levantármelo un poco del suelo. A continuación, me quita el zapato; es el cuento de *La cenicienta* interpretado al revés.

—Así vas a torcerte un tobillo. —Me baja el pie descalzo al suelo y me levanta el otro tobillo. Me quita ese zapato y me pone el correcto. Esta vez me da unos ligeros golpecitos con la mano en la parte posterior de la pantorrilla para indicarme que vuelva a levantar el otro pie, y si te imaginas que, llegados a este punto, me he muerto, has acertado.

Nathan termina de ponerme los zapatos en los pies correctos, y observo algo curioso antes de que se incorpore: se me queda mirando las piernas dos segundos. En esos dos segundos, me pasan por la cabeza unas ideas DESCABELLADAS que no debería imaginar. Entonces vuelve a bajar la mirada y se levanta, pero para cuando se ha puesto totalmente en pie, yo ya me he dado la vuelta hacia la puerta y me estoy marchando a toda pastilla con la promesa de llamarlo mañana y de, tal vez, prepararle una tarta. No sé de qué iba eso, pero es evidente que mis ovarios tienen la sensación de que le deben algo.

20

Bree

Me muevo como una zombi hasta llegar al vestíbulo. No puedo enfocar bien los ojos, y estoy segura de que la señora que está en la recepción supone que estoy tramando algo. Mis tacones retumban con fuerza por el inmenso vestíbulo vacío y soy consciente de cada sonido. Como si eso fuera a ser lo que más recuerde cuando rememore este día: ese repiqueteo.

Todavía no me permito pensar en lo que ha pasado en ese piso. De ningún modo voy a tocarlo, ni a removerlo, ni a diseccionarlo. En vez de eso, salgo flotando por las puertas correderas de la entrada principal. El frío del aire acondicionado colisiona con una cálida brisa oceánica, y yo sigo flotando. Decido hiperconcentrarme en cómo me siento y en lo que veo para no dejar que mis pensamientos regresen de puntillas a ese momento en su piso.

Una vez en la acera, veo llegar el SUV en el que Nathan y yo hemos ido antes, y entonces recuerdo que pidió al conductor que se quedara esperando en el garaje hasta que yo estuviera dispuesta a irme a casa. Afortunadamente, no he tenido demasiados problemas con paparazis entrometidos ni con fans obsesivos, pero tampoco he corrido riesgos yendo a pie por la calle demasiado a menudo. Esta noche, sin embargo, necesito caminar para despejarme la cabeza.

Robert, el mismo chófer de antes, apaga el motor y sale disparado del asiento del conductor como un piloto de la NASCAR en una parada en boxes.

—¡Señora Camden, espere! El señor Donelson me pidió que la llevara a casa.

Dirijo la mirada Cherry Avenue abajo, cinco manzanas más allá, donde literalmente puedo ver el edificio en el que vivo. Es verdad que es de noche, pero la calle está bien iluminada y bastante vacía. Me parece algo excesivo coger el coche para recorrer unos pocos metros hasta mi casa.

—No se moleste, gracias. Preferiría ir a pie.

No me apetece subirme en el elegante SUV de Nathan y que todo en su interior me recuerde esta noche. Tengo miedo de cortocircuitar. Necesito caminar para deshacerme de los nervios y aclararme las ideas, porque es evidente que casi acaba de pasar algo entre nosotros y no tengo ni idea de cómo sentirme al respecto. No estoy segura de querer sentir nada al respecto.

Sigo andando, y Robert se sube en el SUV y comienza a avanzar despacio a mi lado. Miro de reojo para intentar averiguar si me está siguiendo o no. Acelero y él también lo hace. Me paro de golpe y él hace lo mismo.

Me vuelvo hacia él con las manos en las caderas.

—¡Robert, baje la ventanilla! —Me obedece, y puedo ver su dulce rostro sonriente. Cuesta enojarse con Robert con su preciosa gorra de chófer—. ¿Qué está haciendo?

—Acompañarla hasta su casa. El señor Donelson fue muy específico al indicarme que tenía que asegurarme de que llegara a salvo a casa.

—¿Y me va a seguir como un acechador todo el camino hasta mi casa? —replico.

—Prefiero «guardaespaldas». Y sí.

Me dirige una sonrisa de disculpa. Sabe que me está molestando, pero su jefe le paga demasiado bien como para desobedecerlo.

—A no ser que quiera que la lleve a alguna otra parte.

Me lo pienso un momento y me doy cuenta de que sí. Hay un lugar al que me gustaría que me llevara. Junto a la única persona que hace que todo sea siempre mejor.

—De acuerdo, pero iré a su lado porque hay demasiadas cosas de las que quiero hablar para estar metida en la parte trasera como un político estirado.

Tiro una piedrecita a la ventana. Nada. Así que lanzo otro guijarro. Se oye un sonido terrible y me temo que pueda haberla roto. ¡Eso nunca pasa en las películas! ¡Creía que esos cristales eran indestructibles!

Cuando estoy a punto de huir corriendo, las cortinas se descorren de golpe y mi hermana echa un vistazo abajo desde su ventana del primer piso. Puedo ver el asombro reflejado en su cara. Le hago unas señas frenéticas para que abra la ventana, como si no fuera a pensar por su cuenta hacerlo.

La abre, y le grito comedidamente:

—¡Rapunzel, deja tu cabello caer!

—¡¿Bree?! ¿Qué narices haces aquí? —Lily es muy maja. Nunca dice palabrotas.

—¡Baja! —pido, señalando enérgicamente su puerta principal.

—¡Esto es muy raro! Tengo la sensación de estar soñando.

—Nooo esss ningúúún sueñooo —digo con una voz espeluznante—. Soy el fantasma de las Navidades…

—Oh, cielos, estaré ahí abajo en un segundo.

Dos minutos después, estoy sentada en el porche delantero con mi hermana mayor y recostando la cabeza en el hombro de su mullida bata rosa.

—¿Quién es ese? —pregunta señalando la acera con la cabeza.

—Bob, mi chófer. —Solo sus verdaderos amigos lo llaman Bob. Me he sentado delante con él todo el trayecto hasta aquí y hemos compartido una bolsa de chucherías de una tienda veinticuatro horas mientras me contaba la historia sobre cómo conoció a su mujer, Miriam, hace cuarenta años. De modo que sí, somos buenos amigos.

—¿Por qué tienes un Bob?

—Porque Nathan no quería que volviera sola a casa andando.

—Claro, suena lógico. —Estamos calladas un momento—. No es que no me encante tenerte aquí conmigo, pero ¿puedes decirme por qué demonios has viajado durante dos horas en coche por la noche para tirarme piedrecitas a la ventana y sentarte en mi porche?

—Me pareció que lo de las piedrecitas sería bonito, igual que en las películas, pero creo que puedo haber roto el cristal de tu ventana.

—¿Hablas en serio? —pregunta en un tono elevado que me indica que no le resulta tan bonito como a mí ni mucho menos.

—No —respondo con una mueca—, estaba bromeando. —Vale, puede que tenga que pedir un favor a Nathan para que haga que sus mágicas abejas obreras cambien esa ventana antes de que mi hermana lo descubra.

—Menos mal —suspira aliviada. Realmente espero que no lo compruebe después—. ¿Quieres que ponga agua a hervir para hacernos un té?

—No, gracias. Tengo que devolver pronto a Bob a su casa o Miriam va a darme caza.

Lily se ríe, incrédula.

—De acuerdo, venga. En serio, no has venido hasta aquí para recibir un abrazo. ¿Qué pasa? ¿Ha ocurrido algo?

Gimoteo y hundo más la cara en la suavidad de mi hermana,

dejando que la realidad que he estado evitando hasta este momento finalmente me golpee.

—Creo que Nathan y yo hemos estado a punto de liarnos esta noche.

—¿QUÉ? Te...

Levanto la cabeza de golpe para dirigirle una mirada severa.

—Si dices las palabras «te lo dije», te robaré esta bata rosa cuando no me veas y la tiraré a un charco lleno de fango.

—¡Qué grosera! Muy bien, no lo diré. Pero que sepas que lo estoy pensando. —Me sonríe encantada y noto que me quito algo de peso de encima—. Como estás aquí en lugar de allí, con él, ¿me imagino que esto significa que no os habéis liado, como has expresado de un modo tan inmaduro?

—Correcto. He controlado por completo mis emociones y he sido capaz de ponerle fin tranquilamente antes de que todo fuera demasiado lejos.

Tose.

—Has entrado en pánico —suelta. Y tose de nuevo.

—Pues sí, ¿vale? —admito golpeándole cariñosamente el hombro—. Estaba totalmente atacada. Me he ido de su piso a trompicones y le he prometido que le hornearía una tarta. Soy un verdadero desastre.

—Un poquito, pero por eso te queremos. A ver, cuéntame lo que ha pasado desde el principio hasta el final.

Lo hago. Le explico lo de haber roto el cartel —se carcajea como una hiena y a mí no me hace nada de gracia— y, después, le cuento que hemos vuelto a su casa y que él me ha visto desnuda —Dios mío, había olvidado por completo esa parte hasta ahora— y, después, le hablo sobre el estriptis y sobre cómo lo interrumpí. En este momento, me pellizca con fuerza el brazo.

—¡AY! ¡¿Por qué has hecho eso?!

—¡Por haberlo dejado a medio estriptis! —Tiene las mejillas coloradísimas. Está muy enfadada conmigo.

—No digas «estriptis» así. Haces que parezca que había ropa girando como las hélices de un helicóptero.

—La próxima vez debería haberla —replica sacudiendo la cabeza—. Madre mía, ¡un hombre como Nathan Donelson haciéndote un estriptis! ¡Y vas tú y lo detienes! ¿Cómo es posible que seas mi hermana?

—Voy a despertar a Doug y a chivarme si no dejas de ser tan repulsiva.

—¡Doug me respaldaría! Estoy realmente enfadada contigo. Necesito un momento.

Arqueo las cejas y cruzo los brazos, a la espera de que a mi hermana se le pase la rabieta. Finalmente, inspira hondo y suelta el aire.

—Muy bien —dice—. Estoy preparada.

—¿Estás bien?

—Ajá.

—Fantástico, ¿podemos ya, entonces, dejar de hacer que esto vaya de ti, por favor? Porque estoy aquí, a punto de tomar una gran decisión vital, y necesito tu apoyo.

—Sí, claro, lo siento. Adelante. —Se aprieta el cinturón rosa de la bata con remilgo, como si no acabara de animarme a convertir a Nathan en un bailarín de los Chippendales.

—Creo… Creo que quiero romper mis reglas y ver qué pasa entre Nathan y yo. Bueno, ¿qué dicen los chavales modernos hoy en día? ¿Déjate llevar? Estoy harta de que seamos solamente amigos. Estoy preparada para tener la esperanza de ser algo más.

Lily alza las manos como si estuviera sentada en una iglesia y el Espíritu Santo le hubiera hablado.

—Alabado sea el Señor. ¡Ya hemos estado esperando todos tiempo más que suficiente!

Cierro los ojos y dejo por fin que mi cabeza rememore ese momento en su salón; ha llegado la hora de analizar cada diminuta expresión de su rostro para asegurarme de que estoy tomando la decisión correcta. Utilizo este recuerdo para revivir los movimientos de su cuerpo, no por deseo —aunque también lo siento—, sino como si estuviera estudiando una nueva lengua, intentando descifrar su significado.

En este recuerdo, Nathan no titubea. No aparta la mirada de mí ni una sola vez cuando le pido que se quite todo lo que lo protege y se quede expuesto delante de mí. Hay confianza en sus ojos. Uso el sofisticado sistema de vigilancia equiparable al de la CIA que tengo en mi cerebro para hacer zum en su piel. ¡LA AMPLÍO! Tiene los brazos cubiertos de carne de gallina. Pero después, al final, cuando levanta la mirada hacia mí al ayudarme a ponerme los zapatos mientras me rodea el tobillo con la mano…, ahí detengo la imagen y señalo la pantalla; su cara refleja la expresión de un hombre que siente algo. No estoy segura de lo mucho que siente, pero sus sentimientos están justo ahí, en la superficie.

Abro los ojos, y noto que me voy llenado de valor como un globo. No puedo esconderme más del riesgo o voy a quedarme sola dentro de estos muros protectores, aislada y decepcionada, el resto de mi vida.

Miro a Lily irguiendo la espalda.

—¿Sabes de qué me he dado cuenta? Ha llegado el momento de tener la esperanza de que haya algo más con Nathan, porque la esperanza es saludable. Que me prepare para lo peor en la vida no hará que la caída duela menos.

Abre la boca, atónita, y me da un manotazo en el brazo.

—SOY YO QUIEN TE DIJO ESO.

—Diría que no —aseguro con la nariz fruncida.

—Sí, fui yo.

—Creo que lo vi en un gráfico inspirador en Instagram.

—¡FUE TU GENIAL HERMANA MAYOR!

Suelto una carcajada, le rodeo con el brazo su mullida manga rosa y le doy un beso en la mejilla.

—Gracias, hermana mayor. Eres genial.

—No lo olvides.

Estamos sentadas así un ratito más, hablando sobre la vida, sobre sus hijos, sobre el reciente ascenso de Doug y la próxima fiesta de cumpleaños que está preparando para mi sobrino mayor —a la que, por supuesto, iré—. Lily es verdaderamente feliz y eso me llena de una alegría infinita.

—¿Y ahora qué? —pregunta por fin—. ¿Vas a llamar a Nathan mañana y a decirle que sientes algo por él?

—¡¿Llamarlo?! Puede que esta noche haya tenido una revelación, pero todavía no estoy preparada del todo para colocar mi corazón en la tabla de cortar. Primero voy a meterle caña bajo la protección de nuestra relación ficticia y a comprobar cómo reacciona. Mantendré la esperanza guardada en mi corazón.

—¿Qué significa lo de «meterle caña»? —pregunta Lily, que parece espantada.

La miro boquiabierta.

—¡Ya sabes, flirtear! Ser sexy. —Muevo los hombros al decir la palabra «sexy».

—Me preocupa que no sepas hacer ninguna de esas dos cosas basándome en la expresión que acabas de usar y en lo que acabas de hacer con los hombros.

—Ya, para. Es muy sexy. ¡Oye, Bob! ¡¿Alguna vez te mete caña Miriam?! —Mi nuevo amigo me respaldará.

Bob baja la ventanilla con una sonrisa de oreja a oreja.

—¡Oh, sí! Sobre todo con las tareas domésticas.

Hago una mueca, y Lily se regodea. Entendido. Tengo que trabajar un poco mis frases sensuales.

Justo antes de levantarme para irme, recuerdo algo.

—¡Oh! ¡Espera, tengo algo para ti! —le digo a Lily mientras hurgo en mi bolso.

—¿Es una Breegatela? Dime que sí, por favor. Nathan está empezando a tener más que yo y quiero aplastarlo la próxima vez que comparemos.

Saco una pequeña Barbie. Lleva una…

—¡Bata rosa! —exclama Lily con una enorme sonrisa mientras recorre la diminuta prenda mullida con los dedos.

—La vi el otro día en el súper cuando me distraje en el pasillo de las chucherías, y te echaba tanto de menos que tuve que comprarla.

Lily me rodea los hombros con los brazos y me estrecha con fuerza.

—Gracias, me encanta. Y ahora voy a derrotar por completo a tu chico.

—No es mi chico aún.

—Bree, cielo —suelta con una carcajada—, hace años que es tu chico.

21

Nathan

—¿Una guerra de comida? ¿De verdad la hicisteis? —pregunta Jamal, alzando la mirada de una hoja de papel que imprimí con todas nuestras ideas. He tachado las cosas que ya he intentado. He puesto una señal junto a las cosas que salieron bien y una cruz al lado de las que fueron mal—. ¿Cómo fue?

Señalo la hoja con la cabeza.

—¿Qué crees que significa esa cruz?

Derek atiza a Jamal en el pecho con el dorso de la mano.

—Te dije que no funcionaría.

—No tienes nada de lo que pavonearte —digo, inclinándome hacia delante para poder ver a Derek—. Tu sugerencia de guiñarle el ojo fue un rotundo fracaso.

Lawrence se inclina hacia Derek para poder arrebatar el papel de las manos de Jamal.

—Déjame ver. —Repasa con el dedo la lista y sé lo que está buscando. Sus labios esbozan una sonrisa victoriosa cuando lo encuentra—. Sabía que un inesperado baile lento funcionaría. Puedes confiar en que todo lo que pasa en *El diario de Noa* es romántico de cojones. Tenéis que escucharme más a menudo, chicos.

—Me caías mejor cuando eras el callado y el taciturno del grupo —comenta Jamal a Lawrence, tamborileando ágilmente con los dedos sobre el brazo del sillón.

—¿Por qué? ¿Porque te está robando el protagonismo? —interviene Price desde mi izquierda.

Jamal entrecierra los ojos con una sonrisa burlona.

—Sigue así e iré para allá a emborronarte el esmalte de uñas.

—Desde luego, no es una amenaza que esperara oír en mi vida.

Me miro los pies, dispuestos sobre una toalla doblada para que las uñas negras y plateadas se sequen. Sí, estamos en un salón de manicura porque, después de que Bree nos pintara las uñas para el primer partido de los playoffs y lo ganáramos, nos hemos vuelto bastante supersticiosos al respecto. Mientras sigamos ganando, nos seguiremos pintando las uñas. Le habría pedido a Bree que nos las volviera a pintar ella hoy, pero también necesitaba hacer una lluvia de ideas con los chicos. Y aquí estamos, cinco tíos corpulentos cargándonos estereotipos, pintándonos las uñas de los pies con los colores de nuestro equipo y pasándonoslo de miedo. ¿Alguien sabía que sirven champán en estos locales? La verdad, me he enganchado. Tengo que traer aquí a Bree.

De algún modo Jamal le quita la lista a Lawrence. Quiere reclamar su protagonismo.

—Muy bien, a juzgar por esta lista, ha llegado el momento de subir un paso en el tema del contacto físico. La has tomado de la mano. Le has tocado el brazo mientras hablabais. —Está poniendo señales en estos puntos con los dedos—. Le has apartado un mechón de pelo de la cara. Le has masajeado los pies… Sí, diría que ya va siendo hora de empezar a darse un poquito el lote si parece dispuesta a ello.

Ese es el punto número 20. Sí, me los he aprendido de memoria. Y sí, he estado esperando con más impaciencia este que los demás. Básicamente he esperado llegar a este punto sin que Bree me parara los pies y tuviera que abortar todo el plan. Hasta ahora, todos los indicios han apuntado hacia: «Sí, ella está sintiendo lo mismo». Nunca he tenido tantas esperanzas. O miedo, por si todo esto sale bien y tengo que contarle que todo el tiempo he estado siguiendo una chuleta de jugadas. Pero ya cruzaremos ese puente cuando lleguemos a ese río.

—Pero ¿cómo? No puedo darme el lote con ella en el sofá de mi casa y utilizar la excusa de la relación ficticia. Y no tenemos previsto ningún evento.

—Daré una fiesta —anuncia Derek desde el otro lado—. Después del partido de mañana. Si ganamos, podemos decir que es una fiesta para celebrar el triunfo. Si perdemos, será de consolación. Las fiestas son la excusa perfecta para darse el lote. Todo el mundo se escabulle siempre hacia un rincón oscuro.

Hago una mueca, porque premeditar darme el lote con Bree me hace sentir más bien vulgar.

—De hecho, no quiero planear este punto. Si ocurre de forma natural, que ocurra. No voy a forzarlo.

Derek entrona los ojos. Piensa que soy demasiado mojigato.

—Como quieras, pero sigue siendo un buen trampolín para unas cuantas de estas otras ideas.

—Solo quieres una excusa para dar una fiesta —interviene Jamal con una sonrisa acusadora.

Derek es un habitual *playboy*/alborotador/imán para los medios. Siempre se está metiendo en problemas y esta es la razón por la que, durante la temporada regular, mantengo a los chicos a raya. En realidad, no hay nada que pueda hacer para impedirles que vayan de juerga si quieren, pero, por algún motivo, me respetan. Quieren mi aprobación. Y, por esta razón, Derek se muere de ganas de liarla un poco.

Junta las manos debajo de su barbilla como un bebé suplicando algo.

—Porfiii, déjame dar una fiesta, papi.

—De hecho, creo que Derek tiene razón —interviene Jamal,

dando golpecitos con los nudillos en la hoja de papel—. Una fiesta es un lugar espléndido para que salte inesperadamente un fusible y haya que encender un puñado de velas.

Miro una por una las caras de cachorritos esperanzados que me rodean.

—Muy bien. Una fiesta pequeña. Pero más os vale no acabar en las noticias la mañana siguiente.

Derek ya se está sacando el móvil del bolsillo, y sus pulgares vuelan por la pantalla. Jamal se ríe entre dientes a mi lado y empieza a repasar de nuevo la lista.

—Espera, ¿de verdad os quedasteis atrapados en un ascensor?

Me quito una falsa mota del hombro.

—Pagué al guarda de seguridad de mi piso para que lo detuviera cuando estuviéramos dentro.

A Jamal le centellean los ojos. Esta fue otra de sus ideas.

—¿Y? ¿Hubo intimidad? —pregunta.

—Bree tenía ganas de hacer pipí y empezó a obsesionarse por la posibilidad de tener que orinar en un rincón del ascensor. Envié un mensaje al guarda y le pedí que volviera a poner el ascensor en marcha pasados dos minutos.

—No se lo digas a Lawrence —refunfuñó.

Es domingo por la noche, y Bree y yo vamos de camino a la fiesta que Derek da para celebrar nuestro triunfo. Así es, hemos ganado el partido. Solo falta uno más para tener un lugar seguro en la Super Bowl. Y, lo que es más importante, tanto si ganamos como si perdemos el próximo partido, la Super Bowl se disputará igualmente, lo que significa que el anuncio se emitirá igualmente, y ya no habrá motivo para que esta relación ficticia continúe. No habrá motivo a no ser que... ya no sea ficticia.

En este momento, Bree está sentada en el asiento del copiloto de mi camioneta leyéndome los increíbles mensajes directos que ha estado recibiendo de fans entrometidos mientras nos dirigimos a la fiesta. Solo tengo unas cuantas semanas para convencer a Bree de lo fabuloso que podría ser que fuéramos pareja, y tengo que asistir a todos los actos públicos que pueda para tener excusas para conquistarla.

—… y ENTONCES va y pregunta si podría sacarte una fotografía en la ducha y ¡enviársela! ¿Te lo puedes creer? Naturalmente, le he preguntado cuánto estaría dispuesta a pagar por ella.

Le lanzo una mirada, y ella suelta una carcajada y continúa leyendo. Seguimos así veinte minutos más, porque Derek vive en una lujosa comunidad llena de mansiones situada en las afueras de Long Beach. Estoy agotado por haber jugado antes y desearía que estuviéramos volviendo a casa en lugar de ir a una fiesta donde todavía tengo que estar a tope, pero esto es importante. Importante a nivel del punto número 20; que todavía no estoy planeando, solo estoy abierto a la posibilidad si esta surge.

Tal vez te preguntes si estoy nervioso por lo de esta noche y por la perspectiva de besar por fin a la mujer a la que amo desde los diecisiete. ¡Claro que no!, he salido con tantas mujeres, y… ¡SÍ, ME VA A DAR UN ATAQUE! Me sudan tanto las manos que apenas puedo girar el volante. El corazón me golpea con tanta fuerza las costillas que las está resquebrajando. Estoy seguro de que Bree puede oírlo. Puede que piense que es como si estuviera arrugando envoltorios de caramelo, pero no, solo son mis huesos desintegrándose.

Espero cruzar algunas líneas cruciales con mi mejor amiga esta noche, y si no me corresponde, si me sigue viendo como un hermano después de esto, tiraré la toalla. No voy a forzar algo entre nosotros, y no voy a arruinar nuestra amistad con ello. Si tomo la iniciativa y ella me rechaza y sale corriendo como hizo después de mi cameo como el señor de los estriptis la otra noche, me obligaré oficialmente a mí mismo a olvidarla.

Pero antes tengo que tranquilizarme. ¿¡Cómo voy a tocarla con estas palmas tan sudadas!? Dejaré unas manchas grasientas en la parte posterior del sensual vestido negro que lleva puesto. No, Nathan, no pienses en el vestido. No mires el vestido. No dirijas la mirada hacia la tela ajustada que le envuelve los muslos. Pero la he mirado. Llevo toda la noche mirándola y no me ayuda nada a conservar la calma. Estoy tan lejos de estar en calma como un volcán activo.

—¿Qué clase de fiesta va a ser? —pregunta Bree con una nota de nerviosismo en la voz. Por lo menos sé que no soy yo solo, aunque nuestros nervios sean por motivos distintos.

—Será más bien una reunión discreta. Nada grande. Derek me prometió que no sería desmesurada, nada que pueda causar problemas a los chicos del equipo.

Pero, al parecer, su palabra no vale gran cosa, porque cuando cruzamos la verja de seguridad que da acceso a su propiedad, veo lo que parecen ser cientos de coches. Es un puñetero carnaval. Su mansión está iluminada como si fuera el 4 de Julio, con luces de colores que se ven a través de las ventanas, y el ritmo de la música me golpea en cuanto bajo de la camioneta.

—Oooo puede que sea una fiestaza —digo tras rodear la camioneta para abrir la puerta a Bree y ayudarla a bajar.

Esta noche Bree está despampanante. Todos los que la vean con ese vestido negro azabache caerán como moscas. Es ceñido y le llega hasta la mitad de los muslos. Los rizos le caen sobre uno de los hombros, y estoy impresionado. Esos ojos grandes y castaños contemplan la escena que tenemos delante, y noto que desliza despacio su mano en la mía. Nuestros dedos se entrelazan. No puedo evitar sonreír al darme cuenta de que a ella también le sudan un poco las palmas de las manos.

—No te separes de mí, por favor —me pide tras tragar saliva con fuerza.

—Eso nunca —sonrío.

Hay muchísima gente. Las luces son tenues y la música está alta. Es difícil saber quién es quién a no ser que lo tengas justo delante. Eso no me gusta.

Bree me sujeta la mano con fuerza y no deja de lanzarme miradas que dicen «¡Este no es mi sitio!».

Le aprieto la mano. Sí es tu sitio.

—¿Quieres beber algo? —Tengo que agacharme y preguntárselo al oído para que se entere. Este sitio parece más una discoteca que una casa particular. Voy a matar a Derek.

Asiente frenéticamente, y su cabello me hace cosquillas en los labios. La llevo con dificultad hacia la cocina, donde encontramos a Derek y Jamal con la mayor selección de bebidas alcohólicas que haya visto en mi vida. Suficientes para que todo nuestro puñetero equipo se meta en problemas.

Jamal me ve primero, con el *whisky* en la mano a medio servir su copa roja. La deja enseguida y da un paso extragrande hacia atrás para señalar con un dedo acusador a Derek.

—Le he dicho que no lo hiciera —suelta.

Dirijo la vista hacia Derek, que está fulminando con la mirada a Jamal.

—Creía que habías dicho que sería algo discreto —comento.

Derek esboza una sonrisa pícara y extiende los brazos a los lados.

—Lo he intentado, pero me he visto desbordado.

—No —dice Jamal con una carcajada—, está mintiendo. He visto la lista de invitados, y, definitivamente, ha invitado a toda esta gente aposta.

Echo un vistazo a la fiesta y distingo a varios de los chicos solteros de nuestro equipo. Todos ellos bebiendo, todos ellos rodeados de mujeres a las que no reconozco. Es verdad que no están haciendo nada malo todavía, pero la noche aún es joven, y mañana tenemos entreno por la mañana. La tensión arterial se me dispara. ¿Por qué se comportan de este modo? ¿A nadie más le importa que estemos en los playoffs? ¿Y si uno de nuestros jugadores titulares se emborracha y acaba en una pelea? ¿Y si alguien llama a la policía? ¿Y si eso conlleva una suspensión? No tenía ningún inconveniente con que Derek diera una fiesta pequeña y relajada, pero esto me parece negligente. Realmente imprudente.

—Tenemos entreno mañana por la mañana, Derek. Si sirves de más a nadie…

—Nathan —me interrumpe Bree poniéndome suavemente la mano en el pecho. Mi cerebro registra este contacto como un sensor en el juego *Operando*. Mi piel emite un pitido en el lugar donde descansa su mano y temo que se me vaya a iluminar de rojo la nariz. Bajo la mirada y su dulce sonrisa envuelve de inmediato mi corazón acelerado y lo tranquiliza—. Vamos a relajarnos un poco. No te preocupes por los chicos. Pueden tomar sus propias decisiones y atenerse a las consecuencias si se meten en problemas. Esta noche, permítete pasártelo bien.

Espera, ¿es eso una opción? Durante cuatro años, he sido el tipo sensato, el que se asegura de que todo el mundo esté haciendo exactamente lo que debería hacer. Admito que es agotador.

Bree me da unas palmaditas en el pecho.

—Hagámonos con una copa y tal vez podrías enseñarme todo esto.

Me la quedo mirando, preguntándome cómo diablos ha hecho eso. Notaba cómo la tensión empezaba a instalarse en mi pecho, cómo esa sensación asfixiante se apoderaba de nuevo de mí. Un pánico descontrolado me estaba invadiendo y un simple contacto y unas cuantas palabras dulces de ella me han permitido recuperar mi cuerpo. Con ella me siento seguro. Mis pensamientos son más tranquilos.

Jamal le da la copa que acaba de servir y vocaliza la palabra «gracias» sin decirla, como si Bree acabara de salvarlo de un dragón que escupe fuego. Derek se marcha corriendo como un cobarde. Sí, más te vale correr, idiota. Detrás de Bree veo a un individuo que la repasa de arriba abajo con la mirada y de nuevo hacia arriba de una forma que no me gusta nada. Sus ojos dicen cosas asquerosas, y lo que me sale de manera natural es reprimir mi rabia y cerrar los puños a los costados, incapaz de hacer nada al respecto porque solo soy amigo de Bree. Pero entonces me doy cuenta de que… ¡estamos en público! A todos los efectos, Bree es ahora mi novia y todo es posible.

Deslizo una mano por su cintura y noto la curva de su cadera en la palma de mi mano. Establezco contacto visual con el chico y me aseguro de que sepa que este gesto posesivo equivale a hacerle una peineta delante de las narices. Esta noche, no, chaval; aparta esos ojos. La costumbre hace que esté esperando a que Bree me fulmine con la mirada por tocarla de esta forma. Cuando veo que baja la vista al darse cuenta del contacto y que se acerca más a mí en lugar de apartarse, se me acelera el pulso.

Finalmente alza los ojos hacia mí, y hay algo en ellos. Algo nuevo. Algo chispeante e incitante, y no me lo estoy imaginando, ¿verdad? Me atrevo a averiguar de qué se trata.

—¿Todo bien así? —pregunto.

Levanta tímidamente un hombro con una sonrisita en los labios…, coqueta. ¡ESTO TAMBIÉN ES NUEVO!

—Sí, claro. Pero que sepas que, si vas a mostrarte posesivo en público, yo también lo haré. —Se pone de puntillas para besarme la mandíbula.

Se me para el corazón.

Ese pequeño beso contenía una cantidad ingente de significado. La expresión de sus ojos, el modo en que recuesta su cuerpo en el mío; todo esto sugiere algo. Ese pequeño beso era una bandera a cuadros, y esta noche Bree no ha hecho nada ni una sola vez para recordarme la zona de amigos. Ninguna referencia del tipo «hermano», «amigo» o «incesto».

No, ahora mismo, hay fuego en sus ojos, y de ningún modo voy a fingir que no es así. Esta noche no voy a mantenerme en movimiento e ignorar las señales. El punto número 20 está en marcha. Voy a dominar las llamas de sus ojos para reducir a cenizas nuestra amistad platónica.

Le sujeto con más fuerza la cadera y llevo a Bree fuera de la cocina.

—En ese caso, ven conmigo.

Bree

La mano de Nathan me oprime el costado mientras me lleva con él fuera de la cocina, dejando olvidadas las bebidas, abriéndonos paso por una concurrida pista de baile en el salón. Han desplazado los sofás hacia las paredes y el centro está abarrotado de personas que bailan con la copa en la mano como si estuvieran en una discoteca alternativa. Mi primera sensación es de alivio. ¡Bailar! ¡Sí! Me parece genial. Lo de Nathan diciendo «en ese caso» había hecho que mi cabeza llegara a otros resultados. Resultados que definitivamente quiero, pero que también me aterran un poco. ¡Así que bailemos!

Oh, hemos dejado atrás la pista de baile. Una mujer choca conmigo y las lentejuelas de su vestido me arañan el brazo desnudo. Nathan me apretuja más hacia él y me lleva por un pasillo. Un pasillo oscuro. Está bien. Estoy bien. Todo va bien.

—Ummm, ¿deberíamos ir por aquí? Parece algo… oscuro. —Procuro disuadirlo, pero sonríe en silencio y sigue avanzando hacia ese pasillo prohibido. No sé si está prohibido, pero como no hay nadie más en él, da toda la impresión de estarlo.

¡Esto es lo que me pasa por fanfarronear delante de Lily! Creía que podría meterle caña, pero ahora solo quiero desaparecer porque noto un cambio en el ambiente. Noto que me lo transmiten la punta de los dedos de Nathan a través de la tela del vestido y se me filtra en las venas.

Entramos en el pasillo, y sé que no lo desandaremos siendo las mismas personas que antes. También es importante destacar que Nathan es el único hombre en el mundo en el que confiaría como para que me llevara a un lugar espeluznante y oscuro como este, y si esto no dice algo sobre su personalidad y sobre lo que siento por él, no sé qué lo hará.

Con cada paso, me siento más excitada, ilusionada y aterrada.

—Qué pasillo más bonito. Es muy… oscuro… y… recuerda mucho a… un pasillo.

No vamos hasta el fondo como creía. No abrimos ninguna de las puertas cerradas de los dormitorios. Nos paramos en el medio, donde todavía llegan las luces de colores de la fiesta y, sin embargo, gozamos de la intimidad suficiente para que no nos vean. Inspiro hondo cuando Nathan me hace girar de golpe de modo que mis omoplatos tocan la pared. Me sonríe sin decir una sola palabra y entonces me confunde de verdad dando un paso atrás. Dos pasos. Tres. Toca la otra pared con la espalda, y parecemos dos niños que se han metido en un lío en el colegio por insultarse. Desde luego, no es la dirección en la que yo pensaba que iba la cosa…

Puede que lo malinterpretara la otra noche. Puede que no sienta nada por mí. Puede que…

—Te aviso con tiempo —anuncia en un tono grave que me pone la carne de gallina de la forma más placentera posible. Como cuando alguien te recorre la piel con un dedo para erizarte el vello. Los ojos le brillan en la oscuridad—. Sé que los cambios te asustan, así que voy a decirte qué es lo que va a pasar para asegurarme de que cuento antes con tu aprobación.

¿Me ha oído alguien más tragar saliva?

Intento decir «vale», pero no me sale nada. Mis labios se mueven solo de cara a la galería.

—Voy a dar tres pasos adelante hacia ti y a ponerte las manos en las caderas. —Me recorre con los ojos, que entrecierra al llegar justo debajo de mi mentón—. Puede que la mandíbula, puede que la nuca. Ya veremos. Y, entonces, voy a besarte.

No-me-noto-los-pies.

Cuando mi voz encuentra el modo de salir, suena como un gruñido.

—¿Por qué?

Ladea la cabeza y me sonríe, pero no me contesta.

Este es el momento en que la costumbre me dice que LE PONGA FIN. La pequeña vigilante de pasillo que se encarga de mi supervivencia hace sonar un silbato y dice: «¡Detén esto ya!». Pero las cosas están cambiando por aquí y quiero que cambien, de modo que la meto a empujones en una taquilla. Aunque después me sabe mal y la dejo salir, le agradezco sus servicios, le doy una barrita de chocolate y le digo que se tome unas vacaciones en la playa; se las merece después de haber trabajado tanto.

¿Me habría gustado que Nathan admitiera su amor eterno por mí ANTES de besarme? Sí. Pero voy a aceptar hacer algo nuevo y a esperar lo mejor. Nathan ha estado cuidando de mí al máximo los últimos seis años y, en el fondo, sé que puedo confiar en él ahora.

—¿Sigues conmigo, Quesito Bree? —pregunta.

Asiento con la cabeza.

Como me ha prometido, Nathan da uno, dos, tres pasos, y se planta delante de mí. Tengo que echar la cabeza tanto hacia atrás para verlo que la acabo apoyando en la pared. Mueve una mano hacia adelante y la deja en mi cadera. Es como una cerilla al rascar la caja. Me he estado obligando a reprimir la atracción que siento por este hombre desde el instituto y ahora que puedo liberarla... me estoy riendo como una tonta.

¡Dios mío, me estoy riendo como una tonta! ¡No! ¡Este no es el momento de marcarme un Rachel Green!

Nathan se queda inmóvil y me mira con el ceño fruncido al oír mi risita idiota. Me aterra volver a sabotearnos de nuevo, de modo que me tapo la boca con la mano. Al principio, parece indeciso y derrotado, pero entonces relaja el ceño y sonríe.

—¿Rachel Green? —pregunta, porque, POR SUPUESTO, puede deducir lo que me está pasando. Hemos visto juntos la serie *Friends* completa muchas veces, por lo que sabe que, cuando Ross Geller está finalmente con su vieja amiga Rachel Green, ella no puede evitar reírse como una tonta cada vez que él la toca. Y yo no me puedo creer que me esté pasando lo mismo a mí ahora. ¿Es algo que ocurre de verdad?

—Lo siento —digo desde detrás de mi mano—. Estoy arruinando esto.

—¿Arruinando qué? —pregunta con fiereza, porque quiere que admita que hay un «esto» entre nosotros que arruinar.

No pico el anzuelo.

—La fachada —respondo—. Cualquiera que nos vea ahora mismo se dará cuenta de que esto es totalmente nuevo para nosotros. Se acabará la farsa. —Y una mierda. Ahora mismo nadie puede vernos, y a nadie de esta fiesta le importa un pito lo que estamos haciendo.

Nathan emite un sonido grave y se acerca un poquito más a la vez que me pone la otra mano en la cadera. Me apretuja contra la pared y agacha la cabeza hacia mi cuello. Su respiración me acaricia la piel mientras me susurra:

—Pues tendrás que fingir que no es nada nuevo.

Contengo el aliento mientras me roza con sus labios suaves y cálidos el lado del cuello. Siento un hormigueo por toda mi piel.

—Finge que ya te he besado aquí mil veces. —Sus manos abandonan mis caderas para deslizarse rápidamente por mis costados hasta situarse a cada lado de mi mandíbula. Me ladea la cabeza y se desplaza hacia el otro lado de mi cuello—. Finge que conozco cada centímetro de ti como la palma de mi mano —dice, y me desliza la mano por la espalda hasta llegar justo encima de mi trasero—. Finge que sé que tienes una marca de nacimiento de unos cinco centímetros justo aquí. —La realidad choca con la fantasía porque sí que tengo una marca de nacimiento justo aquí. Está a punto de darme un ataque porque recuerdo que me ha visto desnuda, pero él avanza deprisa.

Sus labios dejan de estar en contacto conmigo, y toma un puñado de mis rizos entre sus dedos para llevárselos a la nariz y aspirar su fragancia.

—Finge que he sido yo quien te la lavado el pelo con este champú de coco antes de venir aquí esta noche —prosigue.

Madre mía. No puedo respirar, tragar saliva, pensar, moverme o vivir ni un instante más. Mi alma ha alcanzado el nirvana y no voy a regresar. Nathan es irresistible. Es fuerte y, aun así, muy tierno. ¿Por qué he tardado tanto en vivir esta faceta suya? Y si está realmente fingiendo, su actuación es excepcional.

—Finge que estoy perdidamente enamorado de ti —dice en un tono áspero, tan bajo que solo yo puedo oírlo mientras me pasa el pulgar por el labio inferior— y que lo único que quieres en este momento es que te bese.

Agacha la cabeza de modo que sus labios están suspendidos unos milímetros sobre los míos. Lo deseo. Me muero porque su boca se pose sobre la mía y ACABEMOS CON ESTO. Cierro los ojos, separo los labios y noto cómo apenas me los roza con los suyos mientras señala:

—Ya no te ríes.

—No. Ya no —susurro después de inspirar hondo.

Finalmente, los labios de Nathan presionan los míos. Es la suavidad de una rosa al abrirse. Es el roce del terciopelo sobre la seda. Sumergir los dedos de los pies en un baño caliente e ir metiendo lánguidamente el cuerpo muy despacio en el agua para no quemarte.

Llevo años soñando con este beso, pero en mi imaginación, jamás fui capaz de evocar la textura rica y firme de su piel, ni la fuerza que está temblando por contener tras sus manos poderosas.

Todo el espacio entre nosotros desaparece cuando Nathan tira más de mí hacia él. Nuestras caderas se encuentran y ya estoy totalmente entre sus brazos, inhalándolo profundamente hacia mis pulmones, hacia mis venas, hacia mi alma. No me sacio de él.

¿Está pasando esto de verdad?

Sí, dicen sus labios mientras presionan los míos una y otra vez, buscando, explorando, engatusando. Deslizo las palmas de las manos por su pecho para llevarlas hasta su nuca. Y ya que estoy aquí, también podría tomarme algunas libertades. Le toqueteo el cabello, justo en el nacimiento, donde se riza deliciosamente. Él suelta un suave gemido de placer y todo se acelera. El ritmo es ahora el de un tambor rápido con un tempo creciente. Me separa los labios. Yo lo saboreo y él me saborea.

No me sorprende nada que Nathan controle totalmente sus movimientos. Es preciso y meticuloso en el terreno de juego, y esto se traduce aquí también. Es disciplinado. Pero percibo que hay otro lado suyo en el que se suelta y se rinde. Como anhelo esa temeridad en él, le muerdo con suavidad el labio inferior y tiro de él. Un leve recordatorio de que no soy tan frágil como él cree.

Reacciona al instante rodeándome totalmente las caderas con las manos. Mis pies dejan de tocar el suelo. Nathan me levanta sin esfuerzo, y yo le rodeo la cintura con las piernas, aferrándome a él como si me fuera la vida en ello. A él. A Nathan. Mi dulce amigo me está devorando la boca como si yo fuera lo único que necesita en este mundo y fuera a tomarlo por completo.

Le aprieto los hombros con los dedos, y me encanta cómo sus músculos se contraen al notar mi presión. Su cuerpo es irresistible, espléndido, y está unido a su alma, por lo que lo adoro todavía más. Me aferro a él con más fuerza porque nuestro beso es tan intenso que estoy mareada. El anhelo y el deseo nos recorre a ambos hasta que parece una corriente tangible. Años de contención entran en combustión.

—Bree... —Nathan interrumpe el beso para susurrarme reverentemente en la garganta. La besa, la muerde con suavidad y la alivia con otro beso.

Siento escalofríos por todo el cuerpo y me arde la piel en los lugares que él toca. ¿Es posible que esto sea real? ¿Es posible que estemos aquí?

Le tomo de nuevo los labios, y la sangre me circula a toda velocidad por las venas. Ahora que he probado sus besos, soy adicta a ellos. Perseguiré esta sensación el resto de mi vida.

Hemos dejado atrás el pasillo y nos hemos transportado a otra realidad entre las estrellas. Aquí arriba, no hay ningún otro sonido aparte del latido de nuestros corazones y la fluctuación de nuestras respiraciones que nos arrollan como maremotos. El calor y el contacto calloso de Nathan son mi única guía en la oscuridad, y todo está bien, y es seguro y como tendría que ser. Nuestros cuerpos están hechos el uno para el otro; es la única explicación posible de que esto sea tan bueno.

De repente, todo se queda a oscuras y sumido en un silencio inesperado, seguido rápidamente de quejas y palabrotas. Se ha ido la luz.

Los labios de Nathan se despegan de los míos, y me duele

físicamente tener que decirles adiós. Creo que gimo, y él suelta una risita y me besa la mejilla.

—¿Qué crees que ha pasado? —le pregunto, aferrándome a la pechera de su camisa por si ha sido un asesino en serie quien ha cortado la luz y la música y está a punto de emprenderla con nosotros.

Nathan suelta un suspiro malhumorado y me deja despacio en el suelo.

—Parece que se ha fundido un fusible —comenta entre dientes.

Qué poco oportuno. Es como si alguien nos hubiera tirado un cubo de agua helada encima. Nuestro momento mágico ha terminado.

Acto seguido, oímos a Jamal desde la otra punta de la casa. Hay algo en su voz que hace que lo que dice resulte extrañamente monótono, robótico y casi... ensayado.

—¡Oh, no! ¡Parece que se ha fundido un fusible! Supongo que tendremos que encender velas. Nathan, ¿estás por aquí? ¿Necesitas una vela, chaval?

Nathan murmura algo, que, por extraño que parezca, suena a «pedazo de imbécil».

Todavía me está sujetando. Sus dedos me agarran como los dientes de una trampa para osos. Hay una desesperación en su sujeción que es equiparable a la que siente mi corazón. Quiero hacerle un millón de preguntas. Quiero acribillarlo a explicaciones. Pero mi boca no quiere abrirse y la realidad vuelve a instalarse a nuestro alrededor.

Me tiembla el alma.

Ahora conozco un lado totalmente nuevo de Nathan y no quiero volver jamás a lo que éramos antes.

23

Nathan

—¡Despierta, bello durmiente!

Entreabro los ojos y veo a Bree en pie junto a mi cama. Lleva los rizos sujetos en una cola de caballo que le cubre un lado de la cara. Tiene las manzanas de las mejillas sonrosadas y me pregunto si todavía estaré soñando. Tiene que ser eso. ¿Por qué iba a estar Bree en mi habitación ahora? Todavía no ha salido el sol. Es un producto de mi imaginación.

Me la quedo mirando. ¿Qué va a hacer la Bree de mi sueño?

Sonríe y yo la imito. Si levanta la mano, yo también levantaré la mía. Frunce el entrecejo, y yo hago lo mismo con el mío. Esto la hace reír.

—Estás muy raro. Venga, ¡levántate! Es martes.

Espero de verdad que este sueño no termine con nosotros yendo a correr. Echo un vistazo al reloj de la mesilla de noche y son las cinco de la madrugada. Ahora sé que sigo durmiendo. Bree siempre está intentando que duerma más, de modo que no me despertaría antes de las cinco y media.

Lo mejor será que me acomode y vea qué pasa. Pongo los brazos detrás de la cabeza y observo cómo cruza mi cuarto para rebuscar en mi cómoda. Elige una camiseta negra de Nike y unos pantalones cortos de deporte grises. Una pelota de calcetines me golpea la cara. No me inmuto. Bree se acerca a los pies de mi cama para recorrerme el cuerpo con la mirada. Lo único que tengo al descubierto es el pecho y el abdomen, pero a la Bree de mi sueño le gusta lo que ve. Esas manzanas sonrosadas se han vuelto rojas. De la variedad Delicious, realmente deliciosas. Lleva puestos mis pantalones cortos de correr favoritos de color turquesa y una camiseta de tirantes negra con un sujetador deportivo amarillo neón debajo. Se pone las manos en sus fantásticas caderas curvilíneas.

Me encanta soñar. Porque aquí no hay límites. No hay zonas de amigos. Solo Bree y yo como deberíamos estar.

—Pareces alguien a quien hay que abanicar y dar de comer uvas. ¿A qué estás esperando? —me pregunta con curiosidad.

—Ven aquí y averígualo. —Soy sensual en mis sueños.

Esos ojos castaños se abren como platos, pero obedece. Sus zapatillas deportivas chirrían un poco con cada paso que da. Cuando está de pie a mi lado, alargo el brazo y le tomo la mano. Noto la calidez de su piel.

Oh, no.

¡ES PIEL DE VERDAD, AMIGOS!

No se trata de la Bree de mi sueño. Es la Bree de la vida real, la Bree de habrá-consecuencias-si-la-meto-bajo-las-sábanas-conmigo. Y tengo que dar marcha atrás a toda pastilla.

Alzo los ojos y veo que traga saliva para calmarse los nervios. Siento cómo su mano tiembla en la mía. Puede que la otra noche nos besáramos, pero esto es distinto. Ahora estamos a solas. En mi habitación. Aquí no tengo ninguna excusa para decir guarrerías o tomarla de la mano, y lo que había planeado ahora no está en absoluto en la chuleta de jugadas románticas.

Tiro un poco de ella hacia abajo para que sus hombros se acerquen a mí, y finjo quitarle algo de ellos.

—Me había parecido que tenías una araña encima. Era una pelusilla.

—¿E ibas a esperar todo el día para que me mordiera? —Me da una palmada en el hombro desnudo. Crisis evitada—. Menudo amigo estás hecho.

Muy bien, es el momento de cambiar de marcha. Tengo el cerebro nublado, pero me obligo a mí mismo a despejarlo. Me incorporo más y aparto las sábanas para sentarme en el borde de la cama y poder frotarme la cara con las manos. El aliento me apesta. Esa tendría que haber sido la principal pista de que esto es la vida real.

—¿Qué estás haciendo aquí tan temprano? —le pregunto, hundiendo las bases de las palmas de las manos en mis ojos. Me levanto y me desperezo.

—No podía dormir. Y he pensadoquepodríamosiracorrertemprano… —Todas sus palabras acaban dichas en cadena.

Me vuelvo hacia ella y veo sus ojos clavados, sin pestañear, en mi cuerpo. Cómo no. Duermo en bóxeres. Se me olvidó cuando me puse de pie. Bree parece estar sufriendo algún tipo de dolor. Todavía tiene la boca abierta y de ella van saliendo palabras inacabadas.

Me acerco, procurando no sonreír.

—¿Bree? —digo.

Se ha convertido en ese famoso cuadro. No se mueve, pero sus ojos me siguen por la habitación.

—No tendría que verte así.

—Seguramente no. —No suelo sentir vergüenza en ropa interior. A estas alturas, estoy bastante acostumbrado a mi desnudez. He hecho anuncios de ropa interior Jockey y, además, ya sabes, está todo ese asunto del número especial en el que aparecía en pelotas. Pero esta es Bree, la mujer de mis sueños, mirándome de un modo íntimo como no creo que nadie más haya hecho antes. Es como si estuviera juntando las piezas de un puzle para ver finalmente la imagen completa. «A Nathan le gustan los regalices Twizzlers con sabor a fresa + ah, aquí es donde tiene las marcas del bronceado». Me pone nervioso.

—Estás… —Sus palabras terminan ahí. Todavía no me ha mirado a la cara.

Antes de poder evitarlo, me invade la vergüenza. Noto que me ruborizo.

—¿Me das la ropa? —Alargo la mano hacia las prendas que está sujetando, pero las levanta y las sitúa lejos de mi alcance.

—Todavía no.

Suelto una carcajada porque no sé qué otra cosa hacer. Se me está comiendo con los ojos sin el menor disimulo. Esto es nuevo, y no sé muy bien qué hacer. No es algo que aparezca en la lista.

—¿Crees que voy a tenerla pronto en mis manos?

—Imagino que sí, pero el jurado todavía está deliberando. —Habla como alguien a quien le han disparado un dardo tranquilizante.

—Bueno, ya está bien —digo a la vez que avanzo para hacerme con mi ropa, pero ella la esconde tras su espalda. No va a dejar que la coja—. ¿Qué estás haciendo? —pregunto, y mi voz suena tan divertida y desconcertada como me siento.

—No lo sé. —Le brillan los ojos. De excitación. De miedo.

Nuestro beso de la otra noche resuena con fuerza entre nosotros.

—¿Puedo…? —Sus palabras vuelven a ser titubeantes, y parece estar intentando retener todo el aire en los pulmones—. Solo quiero…

Inhalo ruidosamente cuando se acerca a mí, levanta la mano y la apoya en mi músculo pectoral. Siento la calidez de su palma justo encima de mi corazón y sé que nota cómo late con fuerza bajo su piel. Arqueo una ceja y ordeno a todo mi cuerpo que NO REACCIONE. Bree traga saliva con fuerza, mirando el lugar donde me está tocando con la mano y, acto seguido, interrumpe bruscamente el contacto, me pone mi ropa en los brazos y se dirige como una exhalación hacia la puerta de mi habitación.

—GENIAL. NOS VEMOS ABAJO. —Cierra de golpe al salir.

Después hace lo mismo con la puerta principal.

Parpadeo y echo un vistazo a mi arrugada ropa de correr.

—¿Qué-coño-ha-sido-eso?

24

Bree

Estoy andando de un lado para otro por la acera, frente al piso de Nathan; arriba y abajo, hacia delante y hacia atrás. Me estoy planteando echar a correr y no regresar nunca, porque... acabo de tocarlo. A Nathan. El cuerpo desnudo de Nathan. He alargado mi ávida manita y la he puesto en él. ¡¿Qué estaba pensando?! —¡estaba pensando que está cachas, eso es lo que estaba pensando!—. ¡Ha sido un atrevimiento por mi parte! ¡Ya puesta, podría haberle pintado con espray en la pared TE AMO, NATHAN, con un gran corazón alrededor!

El sol está asomando por el horizonte cuando Nathan sale de su edificio. Giro la cabeza hacia el otro lado. Todavía no puedo mirarlo a los ojos. Sé que tendría que actuar con madurez y disculparme por lo que he hecho antes, pero prefiero actuar como una cría y fingir que nunca ha pasado.

—¿Listo? —pregunto, dirigiendo la mirada hacia cualquier parte menos hacia su cara—. ¡Vámonos!

Arranco con una carrera enérgica, y no le queda más remedio que darme alcance. A los dos segundos lo tengo a mi lado. Mira fijamente mi perfil, lo noto, y quiero gritarle: «NO LO SÉ, ¿VALE? ¡No sé qué estaba haciendo ahí arriba!». Estoy enamorada de mi mejor amigo, y hace tropecientos años que se lo estoy ocultando, y ahora, de repente, he decidido dejar de ocultarlo y ver qué pasa, pero ¡me asusta demasiado admitirlo y lo que sucederá si él no me corresponde! (incluye aquí una inspiración gigantesca).

¿Lo ves? ¡Se me va la pinza! ¡Me faltan unos cuantos tornillos!

—Oye, podrías reducir un poco la marcha —comenta Nathan, sujetándome el antebrazo y tirando ligeramente de mí—. No vamos a aguantar si empezamos con un esprint.

Pero su contacto es como conectar un cable positivo y otro negativo a mi batería agotada: me devuelve a la vida y ahora quiero salir disparada como Speedy González.

—En serio, Bree. Reduce la marcha. Ni siquiera nos hemos tomado el café todavía. Por cierto, ¿por qué estamos corriendo antes del café y de los dónuts?

Buena pregunta. Respuesta: porque todo está mal y al revés hoy. Esta mañana me he despertado como si fuera Navidad. ¡MARTES! Han pasado dos noches enteras desde nuestro beso en el pasillo, que también fue la última vez que vi a Nathan. Yo he estado ocupada con la danza y él ha estado atareado con los entrenos y con una sesión de fotos después del entreno de ayer, por lo que, básicamente, me he estado muriendo por dentro —no es por ponerme melodramática—. Pero cuando he abierto los ojos de golpe esta mañana —a las cuatro y media— ya no podía esperar más; tenía que verlo. Tenía que comprobar si toda la pasión y todas las chispas que sentí durante ese beso seguían ahí o si él estaba fingiendo por lo de nuestra relación ficticia. Aunque lo dudo mucho. Miente fatal —es divertidísimo jugar al póquer con él—, así que creo que está interesado en mí.

Bueno, antes esto me habría hecho gritar frenética y analizar en exceso todo lo que hace. No es el caso de la nueva Bree. A la nueva Bree no le preocupa que Nathan solo esté interesado en ella como algo pasajero. La nueva Bree ni siquiera piensa en eso

—sí que lo hago—. ¡La nueva Bree se deja llevar! A ver dónde la lleva esta sensual aventura amorosa. ¡LE METE CAÑA!

Me obligo a mí misma a reducir la marcha para poder lanzarle una sonrisa normal. Aunque frunce el ceño, por lo que no habrá sido tan normal.

—No me apetecía comer dónuts.

—Estás muy mal —anuncia rotundo, totalmente estupefacto. No se me podría haber ocurrido decir una mentirijilla peor—. Venga, vamos a tomárnoslo con calma hoy y a bajar a la playa. —Gira hacia la izquierda, y no me queda más remedio que seguirlo.

Corremos juntos por un paseo marítimo entarimado y nos quitamos de un puntapié las zapatillas deportivas al llegar a la arena. Es tan temprano que el aire todavía es frío y la playa está relativamente vacía. No hay nadie aquí que nos observe o nos saque fotos, lo que hace que resulte mucho más asombroso que Nathan entrelace sus dedos con los míos y me lleve con él hacia el agua. Nos quedamos donde la marea nos cubre los pies hasta los tobillos. El agua gélida escuece mi piel, pero esto no es nada comparado con la sensación de sujetar la mano fuerte de Nathan.

Suspira de modo audible y alzo los ojos hacia él. El ondulado cabello castaño le ondea alrededor de la frente, y el aire salado hace que los mechones del cogote le revoloteen con una pizca extra de rebeldía. El viento juega con su camiseta, empujándola y tirando de ella a la altura de su abdomen, lo que me lleva a fijarme de nuevo en su figura esculpida a la perfección. Sus labios esbozan una ligera sonrisa mientras contempla el agua, justo donde el sol está comenzando su día.

—Echo de menos el mar —dice en voz baja antes de mirarme—. No venimos aquí lo bastante a menudo. —Sus rasgos oscuros contrastan directamente con el cielo azul claro tras él, y, aun así, de algún modo se complementan perfectamente entre sí.

—La vida es un no parar.

Bueno, lo cierto es que su vida es un no parar. La mía también, pero de otro modo. Le he incorporado descansos y días en los que me relajo y miro la tele porque sí a media tarde. No me deslomo trabajando como él.

Pestañeo y miro el agua.

—Confesión: estuve aquí ayer por la mañana.

—¿Estuviste aquí?

Me encojo de hombros.

—¿Por qué no me lo dijiste? —Su voz parece triste.

—¡Pues por esto! —digo, señalándole la cara—. Te pones como un cachorrillo triste cuando te enteras de que he hecho cosas divertidas sin ti. No me gusta refregártelo cuando sé que es algo que no puedes cambiar.

Me aprieta la mano con la suya y se gira un poco hacia mí para mirarme.

—Es muy amable por tu parte… y superpatético por la mía.

Me río entre dientes.

—No te gusta ser excluido. Eso no tiene nada de malo —comento mirándolo a los ojos y notando que el espacio entre nosotros se cierra un poco. Los mismos imanes que nos atrajeron en ese pasillo están funcionando ahora. Su pulgar se desliza arriba y abajo en mi mano. Anhelo decirle lo perfecto que es estar así con él.

—¿No te molestan mis defectos? —pregunta, totalmente serio.

—Yo no lo considero un defecto. Tú eres así. Del mismo modo que tú nunca me dices que ordene los montones de cosas que tengo esparcidas en mi casa.

—¿Quién soy yo para meterme con tu sistema? —dice con una ligera sonrisa.

—¿Lo ves? Esta es la razón de que nos vaya tan bien juntos. Los mejores a… —Me interrumpo a mí misma y cierro la boca de golpe. Basta de recordar sin cesar nuestra amistad. Quiero algo más. Y estoy segura de que el primer paso no es reclamar una vieja etiqueta.

Emite un sonido sospechosamente divertido al oír que no he terminado la frase. Luego, se le forman unas arruguitas en el rabillo de los ojos.

—Bueno, tienes razón. No me gusta perderme ninguna diversión contigo. Así que vamos a bañarnos ahora.

Chillo al pensarlo.

—¡Ni hablar! El agua estará muy fría y... ¡AH!

Nathan me carga en sus brazos y corre a toda velocidad hacia el agua. Yo grito y pataleo, y pienso que parará en el último momento, me dirá que solo era una broma y me llevará de vuelta a la orilla. No. Nos sumerge a los dos en el agua helada. No estará a más de quince grados, y ¡voy a matarlo! Pero cuando salimos a la superficie y me dedica su hermosa sonrisa, se me va la rabia. Es la personificación de la felicidad. Es también la personificación de la sensualidad. Su oscura camiseta mojada se le pega al cuerpo, y del pelo le caen gotas de agua a la mandíbula cuadrada.

Seguro que yo parezco un pollo mojado.

Nathan me mira y ve que estoy tiritando, y mis sospechas sobre mi aspecto se confirman cuando se ríe.

—¿Tienes frío?

Lo fulmino con la mirada.

—¡No, tengo muchísimo c-c-c-calor, imbécil!

—Ayyy, lo siento. Ven aquí. —Extiende su brazo fuerte y largo para tirar de mí hacia él y me rodea con sus brazos mientras el agua nos mece. Estoy apretujada contra los firmes músculos de su pecho y ya no tengo tanto frío. ¡Es un milagro!

Trago saliva con fuerza, preguntándome por enésima vez en el lapso de unos días qué es esto, qué significa...

—Oye —dice Nathan, interrumpiendo mis pensamientos y apartándome el pelo mojado de la cara—, ¿eres feliz, Bree? —Sus ojos me recorren los labios. No sé qué es exactamente este momento, pero parece importante. Me tiembla el corazón.

—Mucho. ¿Y tú? —Dirijo la mirada hacia su boca y de vuelta a sus ojos.

—¿Ahora mismo? Sí. Siempre soy feliz cuando estoy contigo.

Mis labios se separan y tomo aire. Vamos a besarnos otra vez. Lo veo en sus ojos, lo siento en la punta de los dedos, que me presionan más hacia él. Las olas nos salpican los costados, y le rodeo el cuello con los brazos al tiempo que me pongo de puntillas para alcanzarlo. Cuando nuestros labios están a punto de encontrarse, Nathan vuelve la cabeza de golpe hacia un lado.

Por un terrible segundo, creo que acaba de rechazarme. Me dispongo a separarme de él y a marcharme nadando por el mar para no regresar jamás, pero él nos hace girar a ambos hasta quedarse de espaldas a la orilla. Sus ojos son ahora tormentosos al mirarme.

—Nos ha encontrado un paparazi. Hay un individuo con un teleobjetivo agazapado en el paseo marítimo sacándonos fotos.

—¡Oh! —exclamo rápidamente, aliviada, feliz de saber que no tengo que convertirme en la reina de los crustáceos—. ¿Es eso... malo? Tenía entendido que queríamos que los paparazis nos vieran en actitud de pareja.

Nathan me esconde tras él, agachando la cabeza y tapándome todo lo que puede mientras salimos del agua. Lo que le agradezco sobremanera porque en este momento tengo la ropa prácticamente pintada en el cuerpo y esta no es la imagen que quiero que mi padre vea mañana cuando vaya a comprar leche al súper.

Cuando me llega la voz de Nathan, baja y grave, casi creo que lo he escuchado mal:

—Sí, pero eso era cuando todo esto era ficticio.

Nathan y yo estamos empapados y corriendo de vuelta a su piso. El paparazi, implacable, nos ha seguido todo el rato por el paseo marítimo y ha continuado disparando la cámara incluso cuando Nathan le ha pedido que parara. Nathan apretaba la mandíbula de tal forma que he temido por sus dientes, y me ha rodeado protectoramente con el brazo hasta que hemos estado de nuevo en la acera y hemos podido dirigirnos de vuelta a su casa.

Esta vez, para que recuperemos nuestra privacidad, parece decidido a correr a la velocidad vertiginosa que yo intentaba imponer antes. El único problema es que ahora llevo unas prendas mojadas que estoy segura de que van a dejarme una rozadura terrible en la parte interior de los muslos. Es como si estuviera corriendo cargando pesos. Seguro que aquí Thor corre con chalecos lastrados todo el tiempo, pero esta chica no, por lo que no estoy nada preparada para este nivel de esfuerzo físico. Tampoco ayuda que mi cabeza no deje rememorar lo que Nathan ha dicho en el agua. «Eso era cuando todo esto era ficticio».

¿Porque ahora no lo es?

Para cuando quiero darme cuenta, tropiezo con mi propio pie y me pego un buen batacazo. El instinto me lleva a proteger mi rodilla mala, de modo que caigo principalmente sobre la buena, las manos y los codos. Me duele todo, pero nada tanto como mi orgullo.

Me hago un ovillo y me rodeo la rodilla lastimada con los brazos mientras Nathan se agacha junto a mí.

—¡Bree! ¿Estás bien? —Está pendiente de cada centímetro de mi cuerpo—. Estás sangrando. ¿Cómo está tu otra rodilla? —La examina inmediatamente como si fuera un médico y supiera lo que está buscando.

—Tranquilo. No he caído sobre ella —aseguro. Los ojos se me llenan de lágrimas, lo que me hace sentir como una idiota. No quiero llorar en público por unos pocos arañazos, pero mi cuerpo parece tener otros planes—. ¡Estoy bien, Nathan! ¡Mira hacia otro lado un segundo!

—¿Por qué? —Su voz es tierna, lo que agudiza mi estado emocional.

—Para poder llorar como una niña pequeña —suelto tapándome la cara con las manos.

No se ríe, pero me sonríe con dulzura. Me toma la cara con las manos y obliga a mis ojos llorosos a fijarse en los suyos.

—Bree, tú siempre puedes llorar conmigo.

Después, de vuelta en el piso, estoy acostada en el sofá como Cleopatra —si ella hubiera estado sudada, sangrando y llorosa—. Como la rodilla me sangraba mucho y me dolía demasiado para caminar, Nathan se ha quitado la camiseta, la ha usado para hacerme mi nuevo vendaje favorito y me ha llevado a cuestas hasta su casa, donde me ha dejado en el sofá como si fuera una delicada muñeca de porcelana, a pesar de mis protestas alegando que mi ropa mojada y mis extremidades ensangrentadas se lo iban a arruinar.

—Compraré otro. No te muevas —ha dicho bruscamente.

No se lo he discutido ni le he indicado el despilfarro que suponía su afirmación porque he visto antes esa expresión en la cara de Nathan, y es la que pone cuando está preocupado a más no poder. No voy a tomarle el pelo cuando está así.

Unos minutos después, regresa al salón con un botiquín y una bolsa de hielo. Se ha puesto una camiseta blanca limpia, y juraría poder oír un coro de mujeres de todo el mundo gimiendo disgustadas, todas a la vez. A todas nos desagrada esa tela opaca.

Nathan se sienta a mi lado al borde del sofá y gira las caderas para situarse de cara a mí. Me toma la pierna y la pone con mucho cuidado en su regazo. Cuando me examina los cerca de diez centímetros de abrasión de mi caída, me duele, pero apenas lo noto porque estoy demasiado atareada mirándolo. De vez en cuando, sus dedos se deslizan por la piel sana de mis piernas y encienden todo mi cuerpo. Después le toca el turno a mis codos, y me veo y me siento como una niña torpe y desgarbada, con tres feos vendajes marrones y los rizos encrespados que se expanden rápidamente alrededor de la cabeza a medida que se van secando. Estoy segura de que la cara me ha quedado con churretes de las lágrimas. He vivido mejores momentos, chicos.

Una vez estoy totalmente vendada, Nathan se recuesta y me coloca la bolsa de hielo sobre la rodilla lastimada. La observa con el ceño fruncido.

—¿Qué pasa? —le pregunto con cautela, temerosa de estar desangrándome o algo sin darme cuenta.

Con mi pierna todavía en su regazo, recorre suavemente el contorno del vendaje con el dedo índice. Noto la reverencia con que lo hace.

—Nada. Es solo que… verte la rodilla vendada me trae recuerdos.

—¿De mi accidente?

Asiente con la cabeza, sin mirarme todavía.

—Nunca me he sentido más aterrado o impotente que aquella semana. —Dirige de golpe sus ojos hacia mí. Intensos. Serios. Llenos de dolor.

Casi nunca hablamos sobre esa época, aunque no sé muy bien por qué. Simplemente es algo que evitamos por motivos que no creo que ninguno de los dos sepa en realidad.

—Quería…, no sé. Cuando me dijiste que el ballet se había acabado para ti y lloraste por teléfono… —Parece angustiado—. En aquel momento habría vendido mi alma para poder devolverte tus sueños, Bree.

Sonrío al ver su mandíbula tensa, la expresión severa de sus cejas encima de los ojos negros. Tiene los hombros rígidos como si pudiera arremeter contra una montaña y derribarla, pero la presión del dedo que mueve perezosamente por mi piel es la de una pluma; un tierno beso.

Eso hace que quiera corresponderle. Ser igual de vulnerable que su caricia.

Le aparto ligeramente el mechón de pelo de la nuca.

—Me alegra que no lo hicieras —digo—, porque... me gusta tu alma.

Su dedo se detiene, y alza la mirada. Nuestros ojos se encuentran un par de segundos con el aliento entrecortado, interminable. La piel me quema. Siento un hormigueo desde la cabeza hasta los pies. ¿Sabe lo mucho que me afecta su cercanía? ¿Sabe que me muero de ganas de zambullirme en esos preciosos ojos y ver todos sus pensamientos ocultos? Tengo que saber si existe alguna posibilidad de que alguna vez me ame como yo lo amo a él.

¿Somos amigos? ¿O somos algo más?

El corazón me late con más fuerza cuanto más rato estamos mirándonos mutuamente. No dice nada. ¡¡POR QUÉ?! ¿Por qué no habla? «¿Te gusta a ti también mi alma?». Me conformaría con que elogiara mi ropa. Un «muy amable, llevas unos pantalones cortos muy monos», dicho como si nada. ¡Cualquier cosa! ¡Simplemente di algo, por favor!

Pero cuanto más tarda, más me pregunto si estará tratando de formular la respuesta perfecta para suavizar el golpe. «Tu alma está bien, supongo. Las he visto mejores».

No le doy ocasión de responder..., me entra el pánico.

—¡Instagram! —exclamo.

—¿Eh? —replica con el ceño fruncido.

Quito como puedo mi pierna de su regazo y noto cómo todos los cortes me duelen con encono cuando doblo las rodillas para recoger el móvil de la mesa de centro.

—Hace mucho que no publicamos ninguna foto cursi y eso

formaba parte del contrato, ¿verdad? ¿No querían que publicáramos cosas de pareja con sus *hashtags* seleccionados?

—Sí…

—¡Pues vamos a publicar alguna foto! Tal vez podríamos escenificar que estamos jugando a las damas o algo. ¿Tienes un tablero de damas? ¿O cartas? Podríamos jugar a las cartas… Te dejaré ganar. ¿Por qué sonríes así?

Se ríe por lo bajini, casi entre dientes.

—¿Por qué estás diciendo chorradas?

Lo miro fijamente y suelto la verdad en un largo vómito de palabras.

—Porque te he dicho que me gusta tu alma y tú no me has contestado.

Sus labios esbozan media sonrisa.

—Iba a hacerlo, pero no me has dado la oportunidad —se justifica.

—Tardabas demasiado. Si estuviéramos en *Jeopardy!*, el timbre habría sonado mucho antes de que yo interviniera.

—No sabía que había un límite de tiempo.

—Lo hay. Siempre hay un límite de tiempo. Y ahora sé que detestas mi alma.

Me quita el móvil de la mano, lo toquetea y vuelve a dejarlo con cuidado en la mesa de centro.

—Algunas personas necesitan más tiempo para elaborar bien su respuesta. No es justo establecer un límite de tiempo.

—Lo siento, pero la vida es así, chico. No puedes esperar eternamente. —Me doy cuenta de que ha dejado el móvil inclinado en la mesa de centro de tal modo que nos enfoque a nosotros.

Me mira de nuevo.

—No estoy de acuerdo. Creo que hay cosas por las que vale la pena esperar, por más tiempo que lleven.

Nathan se inclina hacia la mesa para pulsar la tecla lateral de mi móvil, y empieza a parpadear la luz del temporizador para que se dispare la cámara en diez segundos. Antes de que tenga un momento para entender qué está pasando, me pone una mano en el hombro y me empuja con suavidad para que la espalda me quede apoyada en el respaldo del sillón. Esto es nuevo. Se inclina hacia mí y me inmoviliza mientras la sutil cuenta atrás luminosa sigue centelleando detrás de nosotros.

—Bree, quiero besarte. ¿Te parece bien?

Solo puedo asentir con la cabeza.

Se agacha, despacio, y me deposita un beso largo y dulce en los labios. Noto una explosión ardiente en mi barriga. No estamos en público. Y la cámara sigue su cuenta atrás. Este beso no es para nadie más que para él y para mí. «Eso era cuando todo esto era ficticio». Sus labios son caricias cálidas, suaves, vulnerables. Terminan demasiado pronto.

—La tuya es mi alma favorita en todo el mundo —responde en voz baja, justo cuando la cámara lanza el último flash brillante que anuncia la foto.

Estoy estupefacta. Tengo tanto miedo de estar soñando que podría echarme a llorar. No ha sido exactamente una declaración, pero lo ha parecido. Mi corazón late: esperanza, esperanza, esperanza.

—Quédate quieto —le pido tomándole la mandíbula con la mano.

—¿Por qué? —dice Nathan con una risita, porque, si se puede contar conmigo para algo, es para hacer que un momento sea raro.

—Porque no sabes poner cara de póquer, y quiero ver si puedo encontrar la respuesta a algo.

Su sonrisa se transforma en algo más serio, y me deja que le gire la cara ligeramente hacia un lado sin problemas. La barba de su mandíbula me rasca los dedos. Le giro la cabeza hacia el otro lado para examinarlo desde todos los ángulos. Él me complace como ha hecho todos los días de nuestra amistad. Ni se resiste ni desvía la mirada. Me deja sumergirme en esos profundos iris oscuros, y justo cuando casi he llegado a la brillante respuesta al final del túnel, le suena la alarma del móvil.

Suelta el aire y deja caer la cabeza en mi cuello, y puedo registrar la magnífica sensación de su peso sobre mí antes de que se levante del sofá para recoger el teléfono. Silencia la alarma. Echa un vistazo al móvil como si le apeteciera espachurrarlo con la mano y echar los trocitos por la ventana.

—Es la alarma que me dice que tengo que ir a trabajar.

—Entendido —digo con una voz entrecortada que a duras penas salpica el aire. Pero, en serio, ¿cómo se supone que tengo que reaccionar después de un momento como el que acabamos de compartir? Estábamos a punto de que todo cambiara, pero todavía no somos capaces de dar el paso.

Él y yo nos miramos un largo instante, y entonces gime y sacude la cabeza.

—Lo siento —dice—. Tengo que marcharme. ¿Podemos hablar luego? ¿De... todo?

—Sí —respondo con una sonrisa.

25

Bree

¿Sabes lo que tiene de raro ser una persona normal y no vivir dentro de una película de Netflix? Después de los momentos importantes, no puedes saltar a otra escena. Después de que tu mejor amigo, por quien llevas suspirando años y años puede que más o menos admitiera que tú también le gustas, no puedes dar un salto adelante.

No. Mi vida sigue, dolorosamente lenta y llena de incertidumbre. Me toca vivir en una nebulosa gris tres días enteros. Por lo a menudo que visto de gris, cabría pensar que me gustaría vivir en una nebulosa gris, pero ¡NO! No me gusta. Quiero tomar todas las cosas grises que poseo y quemarlas en una hoguera en el aparcamiento. Haré algún tipo de danza ritual a su alrededor para purificar mi vida eliminándolo de ella. Levantaré pancartas y cantaré: «¿QUÉ QUEREMOS? ¡QUE SE ACABE TODO LO GRIS!».

Bueno, el caso es que el martes fue duro. Después de que Nathan se fuera a entrenar, yo tuve que dar mi nueva clase para niños pequeños con una rodilla vendada y unos codos que me dolían como si alguien los estuviera frotando con fragmentos de cristal cada vez que los doblaba. ¿Y adivinas qué? Te doblas mucho al bailar ballet. Es prácticamente lo único que hacemos. Doblarnos por todas partes.

Di el resto de mis clases de ese día y, después, esperaba poder ver a Nathan por la tarde, pero él tenía un acto en un hospital infantil y, como yo no iba a ser el tipo de chica que le pide que deje de hacer realidad los sueños de unos niños pequeños, nos mensajeamos un poco —mensajearse dentro de una nebulosa gris es superdifícil, por si te lo estabas preguntando—, y me acosté temprano.

El miércoles, los arañazos eran costras y pude quitarme los vendajes. ¿Por qué te estoy contando esta información que no tiene la menor importancia? Porque fue lo único interesante que pasó ese día. Ah, eso y que encontré mis calentadores favoritos, que llevaba meses buscando. No sé cómo, pero estaban detrás de una jarra de leche en mi frigorífico. ¡Toma tesoro escondido!

El entreno de Nathan se alargó ese día y después tenía otra reunión sobre otra cosa de la que no me entero mucho. Durante los playoffs, la vida es increíblemente frenética y parece que, de algún modo, los días de Nathan no hacen más que estar MÁS llenos. No sé muy bien cómo es eso posible, porque ya están hasta arriba de primeras. Estoy preocupada por él. Cuando le pregunto si está cansado o si ha dormido algo, no me hace caso. «Estoy bien. No te preocupes por mí». Sí, claro, aparco el tema. Está chupado.

Esta mañana —jueves—, ¡he hecho por fin algo importante! He presentado mi solicitud a The Good Factory. Está en marcha y fuera de mis manos, y esa idea es tan apasionante como aterradora. Sigo intentando moderar mis expectativas, pero, ante todo, me obligo a mí misma a tener esperanza, a pensar en lo maravilloso que será que a mi estudio le concedan ese espacio. Hasta me he acercado a la fábrica y la he visitado para poder soñar de forma más precisa cómo lo dispondría todo, en qué pared instalaría el espejo, en cuál pondría la barra. He sacado fotos de todos los rincones del local para Nathan, y él ha soñado conmigo a través de mensajes de texto. Ha sido increíblemente liberador.

Ahora son las nueve y media de la noche, y justo cuando me estoy metiendo en la cama para dormir, veo que el nombre de Nathan se ilumina en mi pantalla. Me abalanzo sobre el móvil con tanta fuerza que sufro un tirón, me paso del borde de la cama y me caigo al suelo.

—¡EY! ¡HOLA! ¡Te he echado de menos! —digo, frotándome el cuello dolorido y olvidando por completo que se suponía que iba a tomármelo con calma.

Me llega su risita grave desde el otro lado de la línea y me hace cosquillas en los pequeños receptores de mis oídos.

—Hola, yo también te he echado de menos —afirma, sin molestarse tampoco en tomárselo con calma. Se me pone la carne de gallina en los brazos. Desearía estar con él ahora mismo más que nada en el mundo.

Me vuelvo a subir a la cama y me recuesto en el cabecero, sujetando el móvil entre la oreja y el hombro para poder taparme con el edredón. Hay que destacar que también tengo una sonrisa asquerosamente soñadora en los labios. Me he instalado en un mundo de fantasía, donde todo es hermoso y donde la tristeza es solo una idea mítica.

—¿Sí? —pregunto.

—Sí. —Suspira con fuerza y, de algún modo, sé que él también está tumbado en la cama. Oigo que inspira hondo e imagino su mano apoyada por encima de su cabeza. Si estuviera allí, le pasaría los dedos por el cuero cabelludo hasta que cerrara los ojos y gimiera de placer—. Siento haber estado tan ocupado.

—No lo dice de la manera en que lo hace la mayoría de gente, que lo hace de forma más bien displicente, y lo que oyes en realidad es: «De hecho, no lo siento y no he pensado en ti ni una sola vez hasta ahora». Su voz suena afligida y gutural, y sé que habla en serio. Ha intentado abarcar demasiado y mi preocupación por él vuelve a dispararse.

—No, Nathan, ¡no pasa nada! Sé muy bien cómo son los playoffs.

—Pero no quiero estar demasiado ocupado para ti.

Mi frágil corazón convertido en avioncito de papel sale volando hacia el cielo.

—Yo seguiré estando aquí cuando los playoffs hayan terminado.

Oigo una especie de frufrú en el otro lado de la línea y me imagino que se ha vuelto de costado.

—Sé que tenemos que hablar sobre lo del otro día en el sofá… No quería dejar pasar tanto tiempo. Pero estos últimos días a duras penas he tenido un momento para mirar siquiera el móvil. ¿Quieres que lo hablemos ahora?

Piensa en el gif de Michael Scott gritando NOOO. Eso es lo que dice mi cerebro. De ningún modo quiero tener una conversación que pueda definir la relación con mi mejor amigo por teléfono cuando está medio dormido. O… cielos, lo que es peor todavía, ¿y si ha tenido tiempo de reflexionar y se da cuenta de que jamás debió insinuar nada? No le gusto de ese forma. Es así.

—¿Bree? —La voz de Nathan interrumpe mis pensamientos aterrados.

Permítete tener esperanza.

—Perdona, sigo aquí. Pero no, preferiría hablar de ello en persona.

—Espléndido. Es lo mismo que opino yo. ¿Te parece bien que lo dejemos en el aire de momento?

—Suena difícil.

—Para mí lo será.

Mi sonrisa se amplía tanto que mis orejas reciben visita. Si alguna vez hubo un motivo para permitirme tener esperanza por algo, esta frase lo es.

—¿Qué haces mañana por la noche? A lo mejor puedo escabullirme un poco antes del entreno para ir a cenar contigo.

—¡Sí! Eso sería… —Hago una mueca al recordar, de repente, los planes que ya tengo—. Ah, mecachis. No puedo. Se me olvidaba que tengo la fiesta del cumpleaños de mi sobrino mañana por la noche. Cumple seis. Le he comprado una armónica nueva solo para que ponga de los nervios a Lily.

—¿Vas a una celebración familiar mañana por la noche? —Su voz hace lo que suele hacer cuando está lleno de anhelo mezclado con decepción. No porque lo decepcione que yo vaya, sino porque le encanta mi familia y él también quiere ir.

—Sí, pero ya sé que estás ocupado.

—¿A qué hora?

No entiendo por qué puede habérmelo preguntado.

—Comienza a las seis, creo. Cenaremos y pasarán una película al aire libre. ¡Mis padres también van a estar!

Me apetece mucho, la verdad. Quiero a mi familia y desde que mis padres se jubilaron no los he visto demasiado. Ahora tienen una autocaravana y se pasan la mayor parte del año viajando por Estados Unidos. Cuando nos reunimos todos, armamos un buen jaleo, en el mejor sentido. A mi madre también le van los bailes de Tik-Tok y siempre nos está suplicando a Lily y a mí que hagamos uno con ella. Aunque no sé si alguna vez me recuperaré de verla bailar al ritmo de Cardi B. Vérselo hacer a mi padre fue todavía peor.

Pero está bien. Después de trabajar tan duro casi toda su vida, el día que pudieron jubilarse fue como un estallido de luz para nuestras almas. Los añoro, y me muero de ganas de abrazarlos mañana.

—Ahí estaré —asegura Nathan, seguido del sonido de un clic. Debe de haber apagado la luz.

Mira, no hay nada que quiera más en este mundo que Nathan me acompañe a una reunión familiar. Mis padres lo adoran y es siempre muy divertido ver cómo mi madre trata de mimarlo como al resto de nosotros a pesar de que es muchísimo más alto que ella, pero oigo el agotamiento en su voz. De hecho, lo llevo oyendo todo este mes.

—Nathan, si tienes la noche libre mañana, tendrías que pasar ese tiempo en casa, descansando. Mira ese documental que querías ver. ¡Tómate un té caliente en un baño de burbujas!

Se queda callado un segundo.

—¿Tú te tomas baños de burbujas? —pregunta en un tono ligeramente distinto.

—Lo hago cuando estoy en casa de mi hermana. Aquí solo tengo un plato de ducha a ras de suelo.

Prácticamente lo oigo pensar.

—Yo tengo bañera. Y grande.

Trago saliva con fuerza.

—Lo sé, la he visto.

—Puedes usarla siempre que quieras.

Me río, algo nerviosa y entusiasmada de repente.

—Vaaale, pero no estamos hablando de mí. Estamos hablando de ti y de cómo tendrías que dedicarte a descansar mañana por la noche. ¡Creo que te encantaría un baño de burbujas! —Si a Chandler Bing le encantan, le encantan a cualquiera.

—Creo que la única forma en que podrías meterme en un baño de burbujas sería si... —Se le apaga la voz y tengo que llenar los vacíos por mi cuenta. Mi corazón late de nuevo: esperanza, esperanza, esperanza—. Da igual. —Carraspea—. Pero estoy bien. Tengo mucha energía —afirma, aunque parece un hombre deshidratado al que hay que llevar hasta la línea de meta de un triatlón—. Déjame ir contigo, por favor.

Nunca puedo decirle que no cuando me lo pide por favor.

Estas dos palabras están formadas por cuerdecitas que me rodean y me aprietan el corazón.

—Bueeeno, puedes ir conmigo. Pero te lo advierto, va a haber mucho caos. Gritos, bailes, tartas volando por todas partes, y te estoy hablando solamente de lo que voy a hacer yo.

Ríe entre dientes, y me viene a la cabeza una imagen de sus hoyuelos. Recuerdo el aspecto que tenía acostado en la cama la otra mañana antes de que lo despertara. Voy mentalmente a su habitación como he hecho cientos de veces, solo que ahora tengo una imagen perfecta con que acompañar este pensamiento. Entro de puntillas sin hacer ruido y aparto con cuidado las sábanas. Me meto en la cama y es como una sauna, porque el cuerpo de Nathan desprende siempre mucho calor. Él nota que estoy a su lado, murmura algo medio dormido antes de rodearme con su brazo y estrecharme contra él. Su aliento me acaricia el pelo y la calidez de su piel me envuelve.

—Estoy advertido —dice Nathan, pinchando mi fantasía.

—Buenas noches, Nathan.

—Buenas noches, Bree.

Nathan tenía que recogerme después del entreno e íbamos a ir juntos a la fiesta de cumpleaños. Por desgracia, no ha podido escabullirse temprano como esperaba y me ha enviado un mensaje esta tarde diciéndome que tendría que adelantarme y que él me alcanzaría en cuanto pudiera. La cuestión es que la casa de Lily no está a la vuelta de la esquina. Hay un trayecto de dos horas en coche, y la fiesta por el sexto cumpleaños de mi sobrino es un motivo totalmente absurdo para que Nathan conduzca dos horas después de un largo día de entrenamiento. Se lo digo en un mensaje de texto con muchísimos signos de admiración, pero se limita a responderme lo mismo que ayer por la noche: «Ahí estaré».

Llego a casa de Lily una media hora antes de la fiesta. Y mejor así, porque mi entrada es tan épica que habría dejado en ridículo a todos los demás y les habría hecho sentir fatal por su mediocre existencia. Yo soy la Tía de la Diversión. Es decir, todavía no tengo ningún hijo y, por tanto, sigo pasándomelo bien correteando por la casa chillando y agitando los brazos como un monstruo a la caza de niños pequeños mientras mi hermana se esconde en el cuarto de baño con la copa de vino que le he servido.

Abro de golpe la puerta principal y levanto las manos hacia el cielo para hacer alarde de mis alhajas.

—¡Hola! ¡Ya está aquí la tía Bree! —Llevo un anillo de caramelo Ring Pop en cada dedo. Tres collares de caramelo me adornan el cuello y una capa de superheroína me cuelga de los hombros. Varias bolsas de regalos llenas de Lego, pistolas de agua y chicles —porque a qué niño no le gustan los chicles con los que hacer globos— me están cortando la circulación de los antebrazos.

Oigo la estampida de sobrinos antes de verlos. Me preparo para el impacto mientras bajan corriendo las escaleras, me halagan a gritos, me abrazan las piernas y, después, saquean mi botín pieza por pieza. ¡Ni siquiera me dejan un solo anillo de caramelo! Los pequeños bandoleros se van a toda velocidad, y solo veo una nube de bolsas de cumpleaños cuando se cruzan con mi hermana, que se acerca ahora por el pasillo con una sonrisita que da miedo en los labios.

Me lanza una mirada gélida y desafiante.

—¡¿Has traído azúcar a mi casa cuando yo ya tenía TARTA Y HELADO?!

—No —digo sacudiendo la cabeza enérgicamente—. Has interpretado mal lo que has visto. Eran piruletas de brócoli.

—¿Y los collares de caramelos?

—Vitaminas.

En este momento, esboza una sonrisa espléndida y abre los brazos.

—Eres terrible, hermanita. Ven aquí y dame un abrazo.

A medio abrazo, oigo que la puerta se abre tras de mí y la voz de mi madre surca el aire.

—¡¡Mis niñas se están abrazando!! ¡HAROLD, CARGA TÚ CON LAS MALETAS! ¡MIS PEQUEÑAS SE ESTÁN ABRAZANDO!

Mamá se une a nosotras como una exhalación y nos apretuja con todas sus fuerzas maternales. Se ocupa primero de Lily y le da una palmadita en la nalga derecha.

—No comes bastante. No te preocupes, le pondré remedio mientras estoy aquí. —Mira hacia atrás y llama a nuestro padre, a quien todavía no hemos visto—. ¡HAROLD, TRAE EL GUISO! —Mamá, por supuesto, ha preparado un guiso.

A continuación, sus penetrantes ojos azules se vuelven hacia mí y me pregunto qué comentario me va a hacer. Se arrima hasta quedar más que cerca y entrecierra los ojos como si estuviera mirando una bola de cristal.

—Tú te has estado besando con Nathan.

—¡¿Cómo lo has sabido?! —exclamo tras soltar un grito ahogado.

—Soy madre, cielo —dice con un gesto de la mano—. Siempre lo he sabido todo y siempre lo sabré. Se llama intuición de madre.

Lily se carcajea y suelta:

—¡Qué va! ¡Se llama Twitter! Creó una cuenta falsa hace unas semanas y no nos lo contó. Vio tu beso en la alfombra roja. —Mamá parece ofendida—. Sí, creías que no me había dado cuenta, ¿verdad? ¡Pues lo hice, señora Brightstone!

—No puede ser —comento, mirando a mi culpable madre.

«Señora Brightstone» era el nombre que siempre utilizaba cuando éramos pequeñas y jugábamos a disfrazarnos. Era una mujer muy rica, que iba siempre a bailes luciendo sus abrigos de pieles (¡no tires pintura!, en realidad eran solo mantas de lana que picaban un montón).

—¡No creí que os acordarais! ¡Y tenía que hacerlo! Sabía que empezaríais a filtrar el contenido si sabíais que os estaba siguiendo.

—¿Qué? Ni hablar, mamá. Eres genial, y siempre lo hemos sabido.

Sonríe y se vuelve con su gigantesco bolso golpeándole la cadera para dirigirse tranquilamente hacia la cocina, momento que Lily y yo aprovechamos para mirarnos con los ojos desorbitados y los dedos cruzados.

Mama grita desde la cocina como alguna especie de ser sobrenatural:

—¡Descruzad esos dedos, chicas, y llamad a los niños! ¡Es la hora de TikTok!

En ese momento, papá aparece por la puerta principal, cargado como una mula con equipaje suficiente para un mes, gotas de sudor resbalándole por la frente y una fiambrera sujeta bajo el brazo.

—Por favor —suelta—, dime que Nathan también ha venido. Él es el único que puede disuadir a tu madre de ponernos los disfraces que ha traído para el vídeo de baile que quiere hacer.

Aunque lo dudo mucho, le doy algo de esperanza a mi padre.

—Ha dicho que vendría.

26

Nathan

Ya casi estoy en casa de la hermana de Bree y llego dos horas tarde. Tras el entreno, habría llegado una hora tarde, pero me he quedado atrapado una hora más en un atasco en la I-605. Estoy agotado. Rendido. Y quiero golpear la miniván que tengo delante para que vaya más deprisa, aunque diría que la pegatina de la familia con orejas de Micky Mouse de la luna trasera está ahí para disuadirme de ello. No lo hace.

Seguramente tendría que haberle pedido a mi servicio de automóvil que me llevara, pero… no sé. A veces, cuando estoy cansado y creo que me iría estupendo echar un sueñecito, tengo la necesidad de esforzarme más. Además, detesto usar el SUV para asuntos personales. Es como si llamara la atención con un cartel parpadeante que rezara: «¡MÍRAME, SOY ESPECIAL!».

Suelto el volante para frotarme el pecho. Lo tengo tenso, y mi ritmo cardiaco sigue siendo alto debido al entreno. Puede que Bree tuviera razón, debería haberme quedado en casa esta noche. Pero no podía. Parece que, por fin, están pasando cosas entre nosotros, y quiero demostrarle que puedo estar ahí para ella y tener una carrera en la NFL. No quiero que sienta que no la tengo en cuenta o que la dejo de lado. Sé que valora la familia y las celebraciones como esta, de modo que quiero ir por ella. Tal vez sea solamente que el cansancio me hace delirar, pero durante el breve beso en el sofá del otro día —y, desde luego, el del pasillo, en el que todavía sigo pensando—, podría haber jurado que ella lo deseaba tanto como yo. Que me deseaba.

Mi cortejo está funcionando y no me lo puedo creer. Todas estas estupideces que los chicos me aconsejaron hacer están funcionando, coño. Bree y yo estamos...; ni siquiera me permito a mí mismo pensar en ello todavía. Hasta que no oiga las palabras «Nathan, ya no te veo solo como un amigo» salir directamente de sus labios, no voy a ser capaz de aceptarlo.

Finalmente, hacia las ocho de la tarde, accedo al camino de entrada de la casa de Lily. Está oscuro, pero las luces de la vivienda iluminan las ventanas, y de vez en cuando se ve pasar una sombra pequeñita como una bala. En cuanto abro la puerta de mi camioneta, puedo oír el jolgorio total del interior. Sonrío para mis adentros porque, como crecí siendo hijo único, mi casa siempre estaba tranquila. Me encanta este bullicio. Lo quiero.

Como nadie me responde cuando llamo varias veces a la puerta, entro. El caos me arrolla como un tsunami.

¡Hay niños por todas partes! Son muchos, de todas las formas y tamaños. Están riendo y gritando, corriendo por los pasillos con unas pistolitas de bolas de gomaespuma y disparándose unos a otros. He estado con los hijos de Lily algunas veces y Bree ha llevado a toda la familia a algunos partidos, de modo que sus sobrinos me conocen enseguida. El cumpleañero, Levi, me ve el primero y corre hacia mí. Me preparo para el choque, pero se detiene justo delante de mí y me dirige su sonrisa desdentada.

—¡Nathan! ¡Mira mi nueva pistola de juguete! —Está entusiasmado, y hago como si no hubiera visto nada mejor en toda mi vida.

Como no sabía qué regalarle, he movido unos cuantos hilos y he conseguido que la mayoría de compañeros del equipo le dedicaran un balón. Cuando lo saco de la bolsa, es evidente que la he pifiado por completo, pero Levi hace todo lo que puede por mostrarse impresionado.

—Oh. Un balón de fútbol. ¡Genial! Gracias. —Es una birria. No le gusta nada. Pero, en cierto modo, me encanta, porque algunos adultos venderían un riñón por ese balón mientras que este crío lo tira sin miramientos al sofá. Nada del otro mundo.

Y entonces chillan:

—¡Capturemos al mariscal!

Inmediatamente tengo diez pequeñas lapas pegadas a mí y no puedo quitármelas de encima. Aunque no me apetece ahora mismo, decido recorrer el estrecho pasillo principal como un oso gruñendo hasta la cocina, porque sé que esta familia hace las cosas jugando y divirtiéndose.

En la cocina, me encuentro con todos los mayores. Demasiados mayores, la verdad. Me queda claro de golpe que no es solamente una celebración familiar, sino una enorme fiesta de cumpleaños a la que los padres también estaban invitados a quedarse. Calma, calma, calma. No sé cómo, pero todavía hay más ruido aquí, con todo el mundo riendo a un volumen más alto de lo normal. «Tranquilo, Nathan, es una fiesta; es normal que rían fuerte».

Un hombre sentado en un taburete de bar frente a la encimera me ve el primero. Me mira dos veces.

—Guau, ¿es ese... Nathan Donelson? —Como lleva una camiseta de Los Angeles Sharks, sé que esto no puede ser nada bueno. Esta noche, mi estado de ánimo no es el adecuado para lidiar con fans.

Levanto la mano para saludar y echo un vistazo alrededor de la habitación en busca de Bree. Está delante del fregadero, llenando una jarra de agua. Al oír mencionar mi nombre, su cabeza, llena de espectaculares rizos largos, se vuelve en mi dirección. Lleva un vestido de algodón amarillo con una larga hilera de botones de madera en la parte delantera. Tiene literalmente el aspecto de un rayo de sol, y no sabes el gusto que me da verla después de esta semana tan larga y tan dura. Quiero recorrerle los brazos desnudos con las manos y captar toda su atención. Quiero llevármela de aquí y tenerla para mí solo.

Nuestras miradas se encuentran y, por un glorioso momento, todo lo demás desaparece. Solo estamos ella y yo. Una sonrisa le ilumina la cara y mis hoyuelos favoritos le salpican las mejillas.

Y, entonces, un niño que no conozco me propina un fuerte puñetazo en el estómago y me doblo hacia delante soltando un taco que no es adecuado para las orejas de un niño. Ahora hay más jaleo.

—¡Nathan! Dios mío, lo siento mucho. ¡LARGO, niños!

No sé muy bien quién ha dicho eso. Hay padres moviéndose a mi alrededor para separar de mí a su implacable descendencia rebosante de azúcar. Es un enjambre de adultos y de niños que invade mi espacio personal en este estrecho espacio que conecta la cocina con el pasillo principal. Bree está intentando abrirse paso entre ellos, pero estoy atrapado y no puede llegar hasta mí.

La cabeza de Lily sale de la nada entre esta mezcolanza y me habla como si esta escena caótica fuera completamente normal.

—¡Hola, Nathan! ¡Me alegro de verte! —Se cuela por debajo de mi brazo para avanzar entre los presentes y entrar en la cocina.

—¡¿Está Nathan aquí?! —Es la madre de Bree. Reconocería su voz en cualquier sitio, pero no la veo porque tres individuos están intentando acercarse a mí, por encima de sus mujeres, que están acorralando a los niños. «¿En serio quieres estrecharme la mano ahora, tío?». Bree está fuera de este grupo de gente, intentando todavía abrirse paso. Alguien le pasa un niño y ella trata de devolverlo.

Doug se me aproxima desde detrás y me da una palmada en la espalda.

—¡Me alegro de verte, chico! Menudo partidazo el de la semana pasada.

Estoy sonriendo, creo, y procurando responder a las felicitaciones y las presentaciones de todo el mundo mientras un crío me está robando la cartera (¿he dicho que me gustaría tener una familia numerosa? He cambiado de opinión).

Todo me da vueltas.

Soy consciente de que se me tensa la mandíbula y de que aprieto tanto los dientes que me duelen. Ni siquiera he llegado del todo a la cocina. Sigo encallado en este maldito pasillo, rodeado de gente. Las ganas de agitar los brazos frenéticamente a mi alrededor y chillar ¡ATRÁS! son tan fuertes que apenas puedo contenerlas. Quiero dar codazos a un lado y otro hasta que todos se dispersen. Pero no puedo; sé que no puedo. Tengo que quedarme aquí plantado como hago siempre y aguantarlo todo con una sonrisa encantadora.

Tengo que concentrarme en las voces, pero las oigo a cámara lenta, mezcladas entre sí, apagadas. No puedo seguirlas. No puedo tragar saliva. Tengo el corazón acelerado y me siento como si me hubiera zambullido en agua helada. ¿Dónde está Bree? No la veo.

¿Por qué me noto las piernas pesadas y entumecidas? Tengo la sensación de caerme, y el hecho de saber que en realidad no me estoy cayendo hace que el corazón me lata todavía más rápido. Algo anda mal. No puedo respirar. Mi pecho. Mis dedos. Mi respiración. ¿Qué me está pasando?

Tengo que...

No puedo...

Voy a...

27

Bree

Oh, no. Algo va mal. Observo cómo todo el mundo vocifera para captar la atención de Nathan y, de repente, palidece. Sus ojos parecen distantes y vidriosos. Se le encorvan los hombros y se aleja un paso de los demás. Hay tanto ruido en este diminuto pasillo que apenas puedo oírle decir: «Lo siento, tengo que...».

Se vuelve y se marcha a toda pastilla por el pasillo. Hay unos doce cuerpos entre Nathan y yo, y me abro paso entre ellos con el entusiasmo de una compradora peleando por el último televisor a precio de ganga un Black Friday.

—Perdona. Déjame... uf, ¡APÁRTATE, Doug!

Al dejar atrás al grupo, tengo ante mí una entrada vacía. No veo a Nathan por ninguna parte. Entro corriendo en el salón, pero no está. Tampoco en el comedor. Echo un vistazo al exterior. Su camioneta sigue ahí aparcada, pero él no está fuera. Estoy frenética, como si hubiera perdido a mi hijo en un centro comercial. Nathan tenía un aspecto terrible justo antes de desaparecer, y tengo que encontrarlo.

Decido subir y asomarme a todas las habitaciones. Finalmente, veo la puerta del lavadero entreabierta con la luz apagada. Dentro, encuentro a mi corpulento mejor amigo acurrucado en un rincón, temblando. Nathan, mi imperturbable Nathan, tiene las rodillas dobladas hacia el pecho, se está rodeando las piernas con los brazos y ha hundido la cabeza entre ellas. Oigo su respiración dificultosa desde aquí.

Me precipito hacia él y me dejo caer a su lado para apoyarle una mano en la espalda.

—Nathan, ey, chis, todo va bien. Estoy aquí.

—No puedo... —Intenta inhalar aire otra vez. Se le mueven los hombros al respirar. Le pongo una mano en el pecho y noto que el corazón le late como si acabara de huir corriendo de un oso—. No puedo respirar. Creo que me voy a desmayar. —Lo dice todo en un torrente frenético de palabras, como si estuviera desesperado—. ¿Me estoy muriendo? —pregunta, totalmente en serio y aterrado, y ahora sé con certeza lo que está pasando.

Me apretujo más contra él y extiendo las piernas a su alrededor para recostar su espalda en mi pecho. Lo rodeo con los brazos y lo estrecho con fuerza.

—No, no te estás muriendo, te lo prometo —aseguro—. Tienes un ataque de pánico. —Está temblando de pies a cabeza, y el corazón me da un vuelco doloroso. Sé lo que siente ahora mismo—. Escucha mi voz, ¿entendido? Estoy aquí. Estás a salvo. Tienes la sensación de estarte muriendo, pero no es así. Y, ahora, quiero que te concentres en la sensación de mis brazos a tu alrededor. ¿Te sujetan fuerte o flojo?

Expulsa el aire, tembloroso.

—Fuerte —responde tras una larga pausa.

—Exacto. No voy a soltarte. Y ¿qué hueles? —Espero, y al ver que no responde, le pregunto con suavidad de nuevo—. ¿Nathan? Dime qué hueles.

—Ummm... Noto olor a tarta —murmura finalmente con voz ronca.

—Sí, huele muy bien. De vainilla con chispas. Mi favorita. ¿Tienes algún sabor en la boca?

Noto que su respiración se normaliza un poco y que la tensión abandona su cuerpo. Recoloco uno de mis brazos para poder recorrerle el brazo arriba y abajo con ternura.

—Menta —dice en voz baja—. Tenía un chicle en la boca, pero creo que me lo he tragado. —Parece derrotado y avergonzado por ello. Conozco el miedo y la vergüenza que se siente si alguien te ve sufriendo un ataque de pánico, si te ve tan descontrolado y frenético. Quiero que Nathan sepa que jamás lo veré con otros ojos ni lo tendré en menos consideración por haberlo visto deshecho.

—Tranquilo. A mí también me ha pasado. A ver, desde entonces, solo he podido saborear el eucalipto, pero no está tan mal.

Suelta una risita minúscula, por lo que sé que debe de estar volviendo conmigo. Apoyo la cabeza en su omoplato y le doy un beso en él. Se recuesta un poco más en mí y sus extremidades se relajan un poco.

Permanecemos sentados así unos minutos, y hablo con él hasta que su respiración vuelve a sonar normal y está apoyado totalmente en mí. Tengo la mano en su pecho, y cuando me la tapa con la suya, sé que ya está mejor. Me la aprieta.

—¿Cómo has sabido qué me estaba pasando y qué hacer? —pregunta con voz ronca y entrecortada.

—Porque después de mi accidente, solía tenerlos todo el tiempo. Las primeras semanas, cada vez que me montaba en coche, me invadía el pánico. Es una sensación terrible, como si todo se cerniera sobre ti y no pudieras escapar. Como si quisieras salir de tu propio pellejo para tener un minuto de descanso.

—Sí —dice débilmente—. Exacto.

El silencio se instala entre nosotros. Hay camisas colgando sobre nuestras cabezas en el tendedero, y el embaldosado que tengo bajo las piernas está frío. Nathan deja caer una mano hacia mi espinilla y me la aprieta. Una muestra silenciosa de gratitud.

—¿Te encuentras mejor ya? —Asomo la cabeza por detrás de su hombro para verle la cara, pero él la vuelve.

—Sí —responde, aunque le tiembla la voz.

—¿Nathan? —Alargo el cuello, pero sigue sin mirarme.

Empiezan a temblarle de nuevo los hombros, pero no es la agitación frenética de antes.

—Por favor, no..., no me mires ahora. —Levanta la mano para apretarse los ojos con el pulgar y el índice.

—¿Por qué no?

Hay una pausa, seguida de una inspiración entrecortada.

—Porque... voy a llorar como un niño —afirma, haciéndose eco de lo que yo sentí después de caerme en la calle hace unos días—. Puedes volver a la fiesta. Ahora ya estoy bien. Vete. —No lo dice con maldad. Está intentando desesperadamente conservar su dignidad.

Lo sujeto más fuerte.

—Siempre puedes llorar conmigo, Nathan. Estamos a salvo el uno con el otro.

Esto hace que se derrumbe.

Hunde la cabeza entre sus manos y un sollozo le sacude el cuerpo. Me aferro a él, apretando las palmas de mis manos contra su pecho para que sienta que estoy aquí, que no voy a irme a ninguna parte, que puede llorar las lágrimas suficientes para llenar el océano y yo seguiría pensando que es la persona más fuerte que conozco.

De golpe, se vuelve, me rodea la cintura con los brazos y me sienta en su regazo. Tengo una pierna a cada lado de él, pero este momento no tiene absolutamente nada de sensual. Soy su pilar. Me abraza con fuerza y hunde la cabeza en mi cuello, llorando como sé que nunca había hecho antes.

Le paso las manos por la parte posterior del cabello.

—Háblame, Nathan.

Tarda un momento, pero finalmente contesta:

—Estoy muy cansado. Hace semanas que siento una opresión en el pecho, y esta es la primera vez que se me alivia un poco. Siento que estoy destrozado. Antes podía con todo, pero ahora…

—¿Pero ahora no tanto?

Asiente con la cabeza contra mi cuerpo.

—No estás destrozado. Tener un ataque de pánico o de ansiedad no refleja la totalidad de tu persona. Estás quemado, lo que es totalmente comprensible. Te esfuerzas más que nadie que haya conocido nunca, y es natural que hayas llegado a este punto.

Sacude la cabeza.

—No…, no puedo —dice—. Tendría que poder con todo. Tengo que poder con todo.

—¿De dónde has sacado eso?

No me responde. Me separo de él y le tomo la mandíbula con las manos para hacer que me mire. Incluso a oscuras puedo ver que tiene los ojos enrojecidos e hinchados, y que está muy avergonzado. Intenta girar la cara, pero no se lo permito porque necesito que sepa que no me abochorna esta parte de él. Es probable que nunca haya llorado delante de nadie en toda su vida, debido en gran parte a la cultura que le han inculcado un día sí y otro también, y que le dice que su virilidad está definida por su capacidad de mantenerse impenetrable a las emociones.

—¿Por qué tienes que poder con todo, Nathan? ¿Por qué no te permites descansar? —pregunto mirándolo profundamente a los ojos.

Nathan cierra los suyos con fuerza, y las lágrimas le resbalan por las mejillas.

—Porque no me merezco hacerlo.

—¿Qué? —pregunto soltando el aire.

—Bree, jamás he tenido que trabajar para conseguir nada en la vida. ¡Nada! Me lo han dado todo. Me lo han regalado. Quise trabajar durante el instituto, pero mis padres no me lo permitieron. Hasta mi actual puesto en el equipo me vino dado. Daren, el hombre que se ganó por derecho propio esa posición se lesionó, y yo lo sustituí después de haberme pasado dos años calentando el banquillo. ¿Te das cuenta? Me han regalado todo este éxito; ¿de qué voy a quejarme? ¿Qué derecho tengo a estar exhausto? Ninguno. Solo soy un chico rico al que le proporcionaron todo lo que necesitó en la vida y al que le han servido más dinero y más éxito en una bandeja de plata.

No tenía ni idea de que se sintiera así.

—¿Y es esta la razón de que te mates trabajando? ¿De que nunca digas que no a la gente? ¿Estás intentando demostrar tu valía?

Baja de nuevo los ojos.

—El único momento en que siento que algo de la culpa que me oprime el pecho se reduce es cuando trabajo duro, cuando estoy cansado. —Quiero comentar lo que ha dicho, pero sigue hablando con la voz de nuevo temblorosa debido a las lágrimas—. Nunca he tenido que superar dificultades en la vida. Nunca he conocido nada que se acerque a la pobreza, a los problemas económicos o a tener que administrar el dinero, puestos a decir. Tengo chef, chófer, asesor personal, agente, todo lo que podría necesitar, así que dime, ¿qué motivo tengo para quejarme de nada?

Las lágrimas le corren por la cara, y la expresión de sus ojos es de ira mezclada con derrota.

—¿Qué derecho tengo a sentirme contrariado? ¿A querer huir de alguna parte de ello siquiera? No. No merezco recibir ayuda por la ansiedad que no puedo eludir. No puede ser que el exceso de trabajo me agote. Tengo que mantenerme entero y dar todo lo que puedo de mí, porque, de otro modo, todo el mundo verá que no me merezco estar donde estoy.

Nathan me suelta para hundir la cara en sus manos. Por un instante, me quedo aquí sentada, pasmada. Miro fijamente a este hombre al que creía conocer mejor que a nadie en el mundo y me doy cuenta de que todo el tiempo ha estado reprimiendo sus sentimientos, sus penas, su ansiedad y su estrés porque cree que tiene que llevar una capa para ser un héroe.

Si él puede revelarme todo esto ahora, yo puedo hacer lo mismo con él.

Le aparto las manos de la cara para poder mirarlo a los ojos.

—Escúchame —digo—. No es lo que haces lo que te hace valioso, es el hecho de tener un corazón que te late en el pecho. Tienes alma, lo que significa que tienes derecho a sentirte dolido, cansado, estresado, triste, enojado. Todas estas cosas, tienes derecho a sentirlas. Todo el mundo lo tiene. —Reúno todas mis fuerzas para decir mis siguientes palabras—. Tu capacidad de cargar con todo, de dar el doscientos por ciento de ti mismo todo el tiempo, de ser perfecto en todo lo que intentas…, estos no son los atributos que te hacen un ser humano valioso. —Hago una pausa—. Y no son los que hicieron que me enamorara de ti.

Levanta de golpe los ojos negros hacia mí.

Sonrío. Me quito el enorme peso de estos secretos de los hombros y me siento aliviada para continuar:

—Me enamoré de ti porque eres tontorrón. Eres divertido. Tienes el corazón tan grande que no sé cómo te cabe aquí dentro —digo, presionándole el pecho con la mano—. Cantas fatal. Me preparas sopa cuando estoy enferma. Me compraste tampones aquella vez que estaba tumbada en el sofá con calambres y no podía moverme. Ni siquiera enviaste a alguien a por ellos. ¡Fuiste tú mismo!

Se ríe entre dientes, y me gustaría que hubiera más luz para poder ver mejor su sonrisa.

—Mira, Nathan, me da igual si no vuelves a sujetar un balón de fútbol el resto de tu vida, o si nadie en el mundo une nunca más la palabra «éxito» a tu nombre. —Ahora soy yo la que vierte lágrimas, y las manos de Nathan se han movido para acariciarme la cara; sus pulgares me rozan los pómulos.

Sacudo ligeramente la cabeza y trato de contener mis sollozos lo suficiente para acabar de hablar.

—De modo que no digas que no eres valioso o que no eres digno de lo que tienes, porque para mí lo eres. Siempre lo serás.

Nathan me acerca más a él y me estrecha contra su pecho. Sus fuertes antebrazos me presionan los omoplatos mientras él hunde la cara en mi pecho.

—Yo también te amo —me susurra una y otra vez—. Te amo, Bree. Te amo. Siempre te he amado.

28

Bree

Convenzo a Nathan de que me deje conducir su camioneta para llevarlo de vuelta a casa y él lo organiza todo para que alguien de su séquito vaya a recoger mi coche esta noche para dejarlo en mi casa. Hola, ventajas de ser famoso. Nos vamos casi de inmediato, a pesar de que a Nathan le preocupa mucho que esto pueda disgustar a los demás.

—Déjame cuidar de ti —pido, alzando la vista hacia sus ojos titubeantes—. ¿Por favor?

—Gracias —transige y me da las llaves.

Me gano un beso en la mejilla, aunque tengo ganas de hacer aquello de volver la cara muy deprisa para que el beso te vaya a parar a los labios. No es el momento.

En el trayecto a casa, los dos estamos física y emocionalmente exhaustos. Nathan pone música melodiosa, me toma la mano y entrelaza nuestros dedos. Me besa los nudillos con una ternura que me desgarra por dentro. Viajamos dos horas, sin decir palabra, simplemente escuchando la música en medio de un agradable silencio.

—¿Pasarás esta noche en mi casa? —pregunta, rompiendo por fin el silencio cuando entramos en el garaje de su edificio.

He estado en su piso cientos de veces, por lo que esa pregunta no tendría que parecer seria ni importante. Pero lo es, porque nunca me lo había preguntado mientras me tomaba de la mano y las palabras «te amo» estaban suspendidas entre ambos. Pero me resulta fácil decir que sí. Natural.

Cuando finalmente entramos en su piso, Nathan deja las llaves en la mesita de la entrada. Yo me quito los zapatos y me voy a la cocina a buscar un vaso de agua para cada uno. Es todo de lo más normal, pero también tiene un ligero aire de ser diferente. Ninguno de los dos habla, porque no sabemos muy bien qué palabras estaría bien usar tras la montaña rusa emocional en la que acabamos de montarnos juntos. De modo que llevamos nuestros vasos por el largo pasillo que conduce a nuestros dormitorios. Me dispongo a separarme de él para entrar a dormir en el mío como hago siempre, pero Nathan me sujeta la mano y me hace dar la vuelta. Un poco de agua cae derramada al suelo.

—¿Te quedas conmigo? —No formula estas tres palabras como una petición, sino como una pregunta indefensa, una necesidad, una esperanza desesperada. Esta noche ha borrado todo lo que creía saber sobre Nathan, y ahora veo un hombre que está tan asustado como yo. Y lo amo más.

Asiento con la cabeza y entro en su inmenso cuarto. Nathan cierra suavemente la puerta y, al oír el ruido suave del pestillo, se me acelera el corazón. El enorme ventanal está a diez pasos, y los doy acompasados, con calma, antes de ponerme a contemplar una vista increíble del océano, sin nada que tape la oscura extensión de agua y las crestas blancas de las olas que rompen contra la arena. Ahí fuera, se ve todo apacible y peligroso a la vez. Exactamente lo mismo que estoy sintiendo aquí dentro.

—¿Bree? —pregunta Nathan desde detrás de mí, y me vuelvo como un tornado que, de repente, gira sin rumbo.

—Estoy nerviosa —exclamo.

Nathan arquea las cejas, suelta lentamente el aire y esboza una pequeña sonrisa.

—Yo también.

—¿De veras? Vale, muy bien. Porque, lógicamente, sé que somos tú y yo —digo con una carcajada forzada, balbuceante—. ¡De hecho, es un sueño hecho realidad! No tendría que estar nerviosa…, tendría que estar placándote.

—Eso cuesta más de lo que crees —asegura, y esa broma alivia al instante el hormigueo que siento en los pulmones.

—Pero lo que me pone nerviosa, o lo que me da miedo, en realidad, es que antes te he dicho que te amo y tú me has dicho que también solo para complacerme. —He puesto ojos de dibujo animado, lo noto.

Nathan sonríe de un modo que muestra una diversión apenas contenida.

—¿Complacerte? —Se aleja un paso, incómodo, y se pasa torpemente la mano por el pelo—. ¿Has pensado que podía estar diciéndote que te amo para complacerte?

—Sí, no hace falta que lo repitas todo el rato.

—Pues sí. Porque si estuvieras en mi cabeza, sabrías lo difícil de entender que me resulta ese concepto. Bree, yo… —Se le apaga la voz y se detiene. Después, se desinfla con una respiración fuerte—. Siéntate —me ordena, y desaparece en su gigantesco vestidor.

Me siento en el borde de la cama y balanceo una pierna. Entonces caigo en la cuenta de que estoy sentada en la cama de Nathan, algo que no había hecho nunca, y me levanto de un brinco como si me hubiera quemado las posaderas. Me obligo a mí misma a volver a sentarme y a procesar la situación como una adulta. Estoy en la cama de Nathan. En su dormitorio. Me ama. No, ¿lo ves? Ninguna de estas ideas abstractas va a calar en mí. He pasado demasiado tiempo creyendo que no siente nada en el mundo por mí aparte de una amistad. Es lo único que he conocido. ¿Cómo voy a reconducir mis pensamientos?

Nathan vuelve al dormitorio, y si se da cuenta de que apenas dejo que mis nalgas toquen su colchón, no lo demuestra. Tiene toda su atención puesta en la caja de zapatos que lleva en las manos. Parece nervioso, puede incluso que algo mareado, al alargarla hacia mí. Cuando trato de cogerla, no la suelta. La sujeta con tanta fuerza que tiene los nudillos blancos.

—Nathan —gruño—, ¿quieres que mire lo que hay dentro o no?

—No —asegura, muy serio—. Quiero decir, sí, pero no.

Me muevo un poco hacia atrás.

—Bueno, ahora estoy aterrada. ¿Qué tienes aquí dentro? ¿Huesos? ¿Un sinfín de fotos de lóbulos de oreja? ¿Voy a tenerte miedo después de levantar la tapa?

—Seguramente. —Hace una ligera mueca y me cede la caja.

La dejo cuidadosamente en la cama —porque vete a saber qué hay en ella o lo frágiles que son los huesos milenarios— y levanto con cautela la tapa. Me armo de valor por si sale algo disparado, porque Nathan no me ha preparado nada para lo que hay en el interior. ¿Lagartijas? A lo mejor guarda una caja de polillas en su vestidor y, cuando la abra, saldrán y me colapsarán las vías respiratorias.

No es ninguna de las dos cosas.

Una vez quitada la tapa, tardo un segundo en darme cuenta de lo que estoy mirando. Nathan se aleja de mí con una mano apoyada en la nuca. Meto los dedos en la caja y saco… mi coletero. El coletero amarillo que creía haber perdido hace semanas, tras el Tequilagate. Alzo los ojos y establezco contacto visual con Nathan. Parece a punto de vomitar. Tiene un puño en la boca y los ojos apretados. Desde luego, el pobre se está dando un baño de vulnerabilidad esta noche.

—Es mi coletero —comento, levantándolo para que me confirme que lo que creo ver es realmente cierto.

Asiente enérgicamente con la cabeza.

—Te lo quitaste y lo dejaste en la mesa aquella noche. Yo lo guardé. —Señala la caja con los ojos—. Sigue.

Empieza a andar de un lado para otro de nuevo, mirándome cada dos por tres como quien está viendo una operación quirúrgica a la que se ha visto obligado a asistir. A continuación, encuentro una servilleta de cóctel con la impresión de mi pintalabios de la noche en que me cargué de forma apoteósica el cartel. Después, el Starburst de naranja que le tiré en el sofá.

Cuanto más hurgo en la caja, más cosas que llevo años sin ver reconozco. La entrada para un concierto de Bruno Mars al que me llevó por mi cumpleaños —y nos consiguió pases entre bastidores, que fingió haber encontrado por casualidad en la calle porque yo jamás le permito comprarme cosas que sean excesivamente lujosas—. Hacia el fondo, encuentro el envoltorio de un chicle con mi número de teléfono del instituto garabateado. Recuerdo ese día como si fuera ayer. Esa mañana habíamos corrido juntos por primera vez antes de clase. Por la tarde, en el aula, me preguntó si querría volver a correr alguna vez con él. Le dije que sí, claro, y nos intercambiamos los teléfonos. Pero yo no me guardé el papel que él me dio con su número, ¡y ahora me siento como un horrible monstruo carente de romanticismo!

Una vez he examinado todos los objetos de la caja y los he dispuesto en la cama a mi alrededor, miro a Nathan a los ojos. Finalmente, se acerca a mí y me arrebata de la mano el coletero que estoy sujetando como si fuera un billete de un millón de dólares.

—Huele exactamente igual que tu cabello. A coco. Tendría que habértelo devuelto, pero no pude. —Lo echa en la caja. No voy a recuperar nunca ese coletero. Después, me toma las manos para tirar de mí y levantarme—. ¿Lo comprendes ahora? Tú siempre me has regalado cosas que te recuerdan a mí, pero yo me he estado dedicando a robar cosas que me recuerdan a ti. No lo estoy diciendo para complacerte, Bree. No me estoy tomando esto a la ligera. Estoy tan perdidamente enamorado de ti que a veces duele, y lo he estado desde el instituto.

¡Esperanza, esperanza, esperanza!, oigo retumbándome en los oídos.

—Me moría por tu amor, pero jamás creí que tú también me amaras a mí. ¿Recuerdas cuando te enteraste de que soy célibe y te dije que era para favorecer mi juego? Era una auténtica mentira. He sido célibe porque estoy tan loco por ti que la mera idea de tener a otra mujer cerca de mi cama me resultaba insoportable. Ella nunca serías tú —explica, y me acaricia la cara—. Te amo con todo mi ser y eso nunca va a cambiar. Creo que tendría que ser yo quien se asegurara de que no eres tú quien lo está diciendo para complacerme a mí.

Ya no puedo aguantar más el espacio que nos separa. Me pongo de puntillas y le planto un beso tierno en los labios porque tengo la sensación de que esto es un sueño y en los sueños puedo hacer lo que quiero.

—Te he amado desde el día en que me ataste la zapatilla deportiva en la pista. No me dijiste que tenía los cordones desatados, simplemente los ataste.

Tensa los músculos de la mandíbula como si estuviera conteniendo las lágrimas.

—Bree, eso fue el día que nos conocimos. —Su tono dice: «No juegues conmigo, por favor».

—Ya lo sé. Es el día en que todo esto empezó para mí.

Respira con tanta fuerza que se le mueven los hombros y, acto seguido, cierra los ojos como si le doliera algo.

—¿Me estás diciendo… que los dos hemos estado enamorados el uno del otro todo este tiempo y nunca hemos dicho nada?

Suelto una carcajada, aunque no es nada gracioso. Le paso un dedo por una de las cejas.

—Sí, creo que sí.

—Pero ¿qué me dices de la universidad? Me echaste totalmente de tu lado. Creí que había hecho algo mal.

Oh. Eso.

Apoyo una mano en la pechera de su camisa, muy consciente de repente de las arrugas. Supongo que, ahora que estamos vaciando nuestros depósitos emocionales, podría aprovechar para exprimirlos un poco más.

—Perdona, Nathan. Te eché de mi lado porque estaba aterrada. Era consciente de que estabas pensando en rechazar tu beca en la Universidad de Texas para quedarte en casa conmigo y, aunque jamás te lo contara, estuve muy deprimida después del accidente de coche. Tenía miedo de que fueras a renunciar por completo a tus sueños por mi culpa y después de un tiempo conmigo, con lo alicaída, enojada y derrotada que estaba, te dieras cuenta de que yo ya no me merecía tu compañía y me odiaras por ello. Me asustaba que me vieras desmoralizada y desconsolada, y no te gustase. Así que te aparté de mi lado. Lo siento, Nathan. Te sacrifiqué para que no sufrieras.

Me toma cariñosamente la cara con una mano.

—Yo jamás me habría sentido así. Lo único que siempre he querido es ser quien cuidara de ti.

—Ahora lo sé. Pero entonces, la depresión contaba su propia historia y era difícil oír la verdad a través de ella.

Hunde la cabeza en mi cuello y suspira.

—Bueno, óyeme ahora: te adoro, Bree. Estés feliz o estés triste, yo te amo. —Me besa despacio con los labios separados en el cuello y asciende hacia mi boca.

Siento un creciente calor en mis entrañas y echo la cabeza hacia atrás para recibir sus labios, que se depositan suavemente sobre los míos. Nathan saborea cuidadosamente la comisura de mi boca, y separo los labios para corresponderle. Me he derretido. Tanto que tiene que sujetarme. Los besos en sí están bien; los besos tras una declaración de amor te cambian la vida.

Me levanta del suelo y me deja caer juguetonamente en la cama. Suelto una carcajada hasta que Nathan agarra la parte posterior de la camisa y se la pasa por la cabeza. Sus ojos son tan oscuros como el cielo a sus espaldas. Trago con dificultad la saliva mientras él se sitúa encima de mí. Su peso. AH. Su tersa piel dorada. UF. Ese musculoso abdomen por el que finalmente puedo hacer bailar mis dedos. UMMM.

Nathan me sonríe mientras exploro cada centímetro de su piel. Me incorporo para besarle un pectoral. Y luego, el otro. Le muerdo suavemente el bíceps y se echa a reír.

—¡Conque esas tenemos!

Lo miro pestañeando inocentemente y él agacha la cabeza para poner sus labios en los míos. No es algo suave ni tierno. Son años y años de espera. Es tomar el aire desesperadamente en la superficie del agua cuando te han rescatado después de que te estuvieras ahogando. Me aferro a él como si me fuera la vida en ello. Me besa intensa, concienzuda, profusamente. Desliza las manos por debajo de la parte posterior de mi blusa y su piel encallecida hace arder en llamas la mía. Me siento marcada.

Nathan está en todas partes. Y yo lo necesito. Estoy enamorada de este hombre hasta las trancas, y ahora por fin estamos aquí juntos, revolcándonos entre sus sábanas, besándonos como si todo pudiera acabar en cualquier momento, besándonos llenos de amor. Me susurra en la piel declaraciones dulces que no voy a repetir. Son para mí y para nadie más.

De repente, Nathan se separa de mí con una expresión aturdida en los ojos cuando me aparta los cabellos de la cara. Sin aliento, emite un gruñido gutural, como si hubiera llegado mentalmente a algún tipo de conclusión no expresada. Se apoya en un codo a mi lado.

—Bree, ahora mismo lo quiero todo contigo más que nada en el mundo, pero…, maldita sea. No me puedo creer que vaya a decir esto. Creo que tendríamos que esperar.

La palabra «estupefacta» no alcanza para describir cómo me siento al oír estas palabras, especialmente porque ha sido célibe durante tanto tiempo, pero no mentiré, una parte de mí está, en cierto modo, agradecida. Soy la clase de chica a la que le gusta estar preparada para esta clase de cosas, mental y físicamente, y lo de esta noche ha sido del todo inesperado; sé que todavía no tengo el estado de ánimo adecuado para ello. Necesito algo de tiempo para asimilarlo.

Pero entonces, Nathan me sorprende, y no de un modo agradable, cuando prosigue:

—De hecho, me… Me gustaría esperar hasta que estemos casados.

¡¿QUÉ?! Mi cerebro para en seco con un chirrido. ¡¿Ha dicho casados?! ¿Me ha propuesto matrimonio en algún momento esta noche y no me he enterado?

Mis ojos deben de reflejar lo que pienso porque la sonrisa de Nathan se ensancha y me recorre el cuello con un dedo para acariciarme suavemente la clavícula. Tu lenguaje corporal es contradictorio, chaval…

—No te preocupes, todavía no te estoy proponiendo matrimonio, pero, como sé que no te gusta que nada te sorprenda, aquí estoy avisándote de que te propondré matrimonio en algún momento. Y espero que te parezca bien que ese momento sea bastante pronto, porque tengo la sensación de que ya llevamos saliendo seis años, solo que no lo hemos hecho oficialmente.

Tiene razón, y se lo digo. Nunca he conocido a ningún otro ser humano más íntimamente que a Nathan, y los mejores amigos como nosotros no salen sin más. Había el acuerdo explícito de que, al declarar nuestros sentimientos, estábamos diciendo: «Estoy totalmente comprometido. Tú lo eres todo para mí».

—Estoy de acuerdo —digo mientras me besa provocadoramente y me mordisquea suavemente el labio inferior—. Pero ¿para qué esperar hasta que estemos casados? Parece tan…

—¿Anticuado? —pregunta, descendiendo por mi brazo con los dedos hasta llegar al dedo anular carente de alianza. Me da un fuerte beso en la sien—. Lo sé. No voy a mentirte, eso forma parte de su encanto. Si estas últimas semanas he aprendido algo, es que nunca había buscado realmente el romanticismo hasta ahora. ¿Sabes? Saborear las pequeñas caricias —dice mientras me roza la tripa con los nudillos de tal modo que se me tensa—, en lugar de ir directo al grano.

En mi interior surge un pequeño trol celoso porque ha ido directo al grano con muchas mujeres antes, pero le ordeno que se largue. Porque soy yo quien está con él ahora, y es de esperar que para siempre.

Me mira a los ojos con una sonrisa anhelante:

—Quiero hacer las cosas de otro modo contigo, Bree.

Inspiro su fragancia y dejo que impregne mi corazón.

—Está bien, esperaremos —digo con una sonrisa y le pincho la mejilla con un dedo—. Eres un sentimental.

—Contigo sí.

Vuelve a besarme, esta vez con ternura, con dulzura, con gratitud. Se incorpora apoyándose en un brazo musculoso para inclinarse sobre mí y apagar la luz. Esa poderosa imagen de músculos, tendones y carne viril es lo último que veré esta noche, y eso no hace demasiado para calmar mi pasión.

Nathan se deja caer a mi lado y tira de mí hacia su pecho. Lo beso.

—Pero no hagas correr la voz de que soy sensible —dice en tono de broma—. Acabaría con mi imagen.

—¿Qué imagen? ¿La de echar a escondidas billetes de cien dólares en el buzón de mi vecina viuda? ¿O la de comprar un edificio entero para que unas pequeñas bailarinas pueden seguir permitiéndose su formación?

Me da un beso en la coronilla, y no se me escapa el momento que dedica a oler la fragancia de mi cabello. Estamos en casa en brazos el uno del otro. Le toco el pecho con la nariz como si fuera un gatito. Es cosa hecha. Me casaría con él en cinco minutos si esa fuera una opción.

—Es todo por ti, Bree.

29

Nathan

El sábado, Bree y yo dormimos hasta las diez de la mañana. No recuerdo la última vez que hice algo así. ¿El instituto, quizá? Me he despertado unas cuantas veces y ninguna de ellas he sentido la necesidad de salir de la cama y empezar el día. Todo lo que quiero está aquí, entre mis brazos. Babeando.

Al final, tendré que dejar a Bree para asistir a unas cuantas reuniones e ir después al aeropuerto para volar a Houston, donde jugaremos nuestro último partido de los playoffs.

Los sábados son lo más parecido que tengo a un día libre durante la temporada porque son días en los que no pongo un pie en la sala de pesas, de modo que acaban llenos de reuniones. Lo que, ahora que lo pienso, hacen que dejen de ser días libres. Esta mañana, sin embargo, me he saltado una reunión a primera hora para poder contemplar de forma escalofriante a Bree mientras duerme. Tendré que enfrentarme a la cólera de Nicole, pero vale la pena. Creo que es lo que se dice un avance.

A Bree se le mete un mechón de pelo en la boca y, cuando intento quitárselo con cuidado, se despierta sobresaltada. Como una caja de resorte, se incorpora de golpe en la cama, con la cabellera ocho veces más abultada de lo normal. Se gira hacia mí con los ojos muy abiertos como si acabara de despertarse de un sueño criogénico.

—¡DOY UNA CLASE A LAS DIEZ Y MEDIA!

Grita un poco por la mañana. No pasa nada, me quedo igualmente con ella. Aparta las sábanas, sale pitando de la cama y de la habitación. Me quedo mirando la puerta vacía hasta que dos segundos después oigo unos pasos que corren de vuelta. Solo alcanzo a vislumbrar un instante un cabello alborotado y unas extremidades antes de que me plaque en la cama. Encima de mí, con los hoyuelos marcados, me besa con un sonoro POP.

—Buenos días —dice—. Te amo.

Sonrío y me incorporo para besarla mejor, pero ella levanta el mentón.

—Ah, no. Ninguno de los dos se cepilló los dientes ayer por la noche, y por la mañana el aliento apesta. Un piquito y... ¡NATHAN PARA YA! —grita entre carcajadas porque le estoy haciendo cosquillas sin piedad.

—¿Me estás diciendo que me huele mal el aliento? Lo pagarás.

—¡Suéltame! ¡Tengo que dar clase! —Apenas puede hablar de lo mucho que se ríe.

—No tendrías que haber vuelto. Este ha sido tu primer error, y ahora estás atrapada. —Dejo de hacerle cosquillas el rato suficiente para alargar la mano hacia mi mesilla de noche, tomar mi espray de Listerine y aplicármelo. Se queda boquiabierta al ver el descaro de tener algo así junto a la cama, pero qué puedo decir, no soy ningún aficionado. Como tiene la boca abierta como un pez, puedo lanzarle una pulverización.

Se parte de la risa y entonces la beso como me apetece. Me tomo mi tiempo.

Más tarde, Bree me envía un mensaje para decirme que ha llegado tarde a la clase y que ha sido por mi culpa. Cargo con mucho gusto con ello.

Me recuesto en la enorme bañera de porcelana con patas y llamo a Bree por FaceTime. La conexión se establece justo cuando una pompa me estalla cerca del hombro. La cara sonriente de Bree llena mi pantalla, y veo las luces fuertes del estudio encima de su cabeza. Entrecierra los ojos, y sus labios esbozan una gran sonrisa.

—¡¡¡Te estás dando un baño!!!

—Un baño de burbujas. —Levanto un puñado de espuma.

Nunca la he visto tan contenta. Distingo los tirantes delgados de color rosa pálido de su maillot, y veo que tiene los pelos de la nuca cubiertos de sudor. Cuando se lleva el móvil con ella para sentarse con la espalda apoyada en el espejo, sé por el reflejo que está sola. Está resoplando.

—¿Y? Totalmente maravilloso, ¿no? —pregunta.

—No tenía ni idea de lo que me estaba perdiendo.

Lo cierto es que me estoy aburriendo bastante, pero me meteré aquí cada noche el resto de mi vida si eso la hace sonreír así. Además, después de mi charla con Bree de ayer, estoy dispuesto a empezar a hacer algunas cosas para cuidar de mi salud mental. También he pedido hora a un terapeuta para la semana que viene. Eso me pone nervioso, no voy a mentir.

—Lo único que podría mejorarlo es que estuvieras aquí…

—NOOO —grita Jamal desde el otro lado de la puerta del cuarto de baño.

Nuestro vuelo ha llegado a Houston hace unas horas, y debido al toque de queda estricto que el equipo impone la noche anterior a cada partido, ya estoy en la habitación del hotel hasta mañana. Cada jugador tiene asignado un compañero de habitación cuando viajamos y Jamal suele ser el mío.

—No vayas por ahí. Nadie quiere oírte decir guarrerías sobre tu baño de burbujas —suelta desde el otro lado de la puerta, donde seguro que está recostado en la almohada de seda que se ha traído de casa.

—¡Hola, Jamal! —grita Bree a través del móvil.

—Ponte los auriculares —digo a Jamal.

—No. Seguiré sabiendo lo que está pasando ahí, y no me parece bien.

—Estás enfadado porque te he quitado la bañera —aseguro, entornando los ojos.

—¡SÍ, ESTOY ENFADADO! —afirma en tono indignado—. Llevo años tomándome un baño de burbujas por la noche y disfrutándolo mucho y, de repente, tu nueva novia te dice lo fabuloso que es y me usurpas ese rato de cuidado personal. Muy mal, tío.

Bree parece encantada.

—Se pone una de esas mascarillas verdes que se resquebrajan, como la que usas tú —cuento a Bree, sin molestarme en bajar la voz.

—Sí, es verdad, y no me gusta ese tono de condescendencia. A los hombres también puede gustarles tener una buena piel. De hecho, te iría bien algún que otro tratamiento para los poros, Nathan. Te veo los puntos negros a través de la puerta.

Mis poros están perfectos.

—Ignóralo —digo a Bree, sumergiéndome un poquito más en el agua—. ¿Qué estás haciendo en el estudio?

—Estoy trabajando en la coreografía para uno de los recitales que habrá dentro de poco.

—¿Sí? ¿Puedo verlo?

Se sonroja. En estos años, aparte de una o dos veces que he asomado la cabeza cuando estaba dando clase, no la he visto bailar de verdad desde bachillerato, desde antes del accidente. Por alguna razón, es algo que siempre se guarda para sí misma. Espero que ahora que las cosas están cambiando entre nosotros, me permita también acceder de nuevo a esa parte de su vida.

—No sé —dice frunciendo la nariz—. Todavía está muy verde. No hay mucho que ver. —Está moviendo los hombros y sacudiendo la cabeza, lo que le da el aspecto de un extraterrestre intentando aparentar el aspecto de un Ser Humano Normal.

—Breeee —interrumpo sus balbuceos y me lanza una mirada.

—Natthhaaan.

—Venga. Déjame verte bailar. Hasta llevaré puesta una barba de espuma todo el rato para que te dé menos vergüenza.

—¡UF! —interviene Jamal de nuevo—. ¡QUÉ INDECENTES SOIS!

—¡Métete en tus asuntos! —digo a la vez que lanzo una pastilla de jabón a la puerta. Vuelvo a concentrar mi atención en Bree—. ¿Por qué no quieres bailar delante de mí?

Recorre el estudio con la mirada mientras se muerde el labio inferior. Maldita sea, me gustaría estar ahí para besarla. No tuvimos tiempo suficiente ayer por la noche ni esta mañana. Necesito pasar semanas con ella; no, años, para recuperar el tiempo perdido.

—No soy tan buena como recuerdas.

—Tienes suerte; no recuerdo nada. ¿Qué es el ballet? ¿Es eso en lo que emites todos los sonidos con los zapatos? —Suelta una carcajada y me dirige una mirada que dice: «No cuela»—. Bree, mírame bien. Estoy llamándote por FaceTime mientras me tomo un baño de burbujas. No se puede ser mucho más vulnerable.

—Vaaale. Muy bien, tú ganas. —Deja el móvil en el suelo, inclinado hacia arriba para que pueda ver todo el estudio. Después, se agacha hacia la pantalla y me señala con un dedo—. Pero que sepas que no soy tan fluida ni tan grácil como antes. Y a la coreografía le falta mucho trabajo. Esta es la razón de que esté aquí a estas horas.

Levanto una mano llena de espuma en el aire.

—Será como si no estuviera aquí siquiera.

—Ummm. Seguro —suelta torciendo la sonrisa.

Una música suave de piano llena el ambiente y Bree se sitúa en el centro del estudio. El maillot rosa chicle le queda como pintado en el cuerpo, y le confiere un aspecto dulce y delicado, pero su pantalón de deporte favorito, el gris, ese que le va grande, engulle su mitad inferior, lo que contrasta con su remilgada mitad superior. Es una representación perfecta de su personalidad. Lo luce como hace siempre, enrollado en la cintura y sujeto sobre las pantorrillas. Lleva las zapatillas de ballet atadas a los tobillos, un arcoíris de pulseras que le cubre uno de los brazos, y el cabello recogido en una trenza de raíz que le cuelga a la espalda.

Extiende los brazos, largos y esbeltos, a ambos lados y los eleva por encima de su cabeza. A continuación, se pone de puntillas como si no fuera nada y comienza andando con suavidad para pasar a hacer una serie de giros impresionantes. Contemplo asombrado el cuerpo grácil, poderoso, de Bree haciendo piruetas y saltando, y me cautiva del todo hasta que el agua se queda helada. Pero me da igual, porque no quiero dejar nunca de mirarla.

No hablamos en todo este rato. Está claro que ella está hiperconcentrada en sus movimientos, y yo no osaría arruinar esta visión fugaz del cielo por nada del mundo. Una tranquila seguridad le recorre las venas cuando salta. Los ángulos de su cuerpo son de cristal afilado y de terciopelo suave a la vez. Crea la ilusión de ser delicada como el encaje, pero cuando se eleva del suelo con las piernas separadas a la perfección en direcciones opuestas y aterriza después sin apenas hacer ruido, te das cuenta de que no hay que subestimarla. Es fuerte y brava bajo su piel delicada. La vida trató de subyugarla, pero ella le hizo una peineta y volvió a levantarse.

Bree es todo lo que aspiro ser, todo lo que amo, todo lo que deseo. Tiene mi corazón y, espero, con todas mis fuerzas, que jamás me lo devuelva.

30

Bree

¡Es el domingo de la Super Bowl! ¡Y sí, los Sharks lo lograron! Hace dos semanas ganaron el Campeonato de la NFC y ahora estamos todos aquí, en Las Vegas, donde los «tiburones» de los Sharks —es decir, el mejor equipo del mundo— jugarán contra los «burros» de los Donkeys —es broma, en realidad se llaman Stallions, o sea, «sementales», pero no interesan a nadie y queremos que muerdan el polvo—. Lily ha dejado a los niños con Doug para poder ser mi acompañante. Nathan nos compró el billete para que voláramos en primera clase ayer por la noche, y yo se lo permití porque en mi cuenta bancaria tendré un par de dólares y poco más, y de ningún modo iba a perderme la puñetera Super Bowl. Además, ahora que estamos oficialmente juntos, he tenido que mejorar en lo de dejar que me pague cosas. Resulta que le da alegría que le deje consentirme, de modo que trato de decirle que sí más a menudo.

Como, por ejemplo, cuando recibí el correo electrónico diciéndome que mi estudio de danza había sido elegido para ocupar el espacio disponible en The Good Factory —estoy intentando hacer como si nada, pero la verdad es que doy saltos de alegría—, Nathan me preguntó de inmediato si le permitiría pagar las reformas que tenía que hacer para transformar el local en un estudio de danza, y llegamos a un acuerdo. En lugar de pagarle lo que le debía con el dinero que gané rodando el anuncio como había planeado, voy a usarlo para las reformas. ¿Lo ves?, he evolucionado.

No lo he visto desde que llegamos a Las Vegas porque ha estado terriblemente ocupado con el equipo y con los medios de comunicación, igual que estas últimas semanas después de ganar el Campeonato de la NFC. Pero lo entiendo perfectamente, y he estado con él todos los momentos que he podido. Pronto habrá terminado todo y podremos pasar por fin unos meses juntos en el periodo fuera de temporada, libre de su rigurosa agenda.

Eso sí, ha habido un ininterrumpido intercambio de mensajes extraordinarios, siempre coqueteando, como esta conversación que mantuvimos poco después de aterrizar aquí ayer por la noche.

Yo

Hola, guapo. ¡Ya estamos en Las Vegas!

Nathan

Me ha parecido que el día había mejorado de repente.

Yo

Paraaa. No, ¡es broma! Es muy cursi y me encanta. Sigue así.

Nathan

:) Te echo de menos. Por favor, no te emborraches y te fugues con cualquier desconocido esta noche.

Yo

Hay que ver lo quisquilloso que eres.

Nathan

Ya te digo. El único hombre con quien puedes fugarte en Las Vegas es conmigo.

Yo

Oh, genial. Pq eres el único hombre con quien quiero fugarme.
¿Qué tal esta noche?

Nathan

Esta noche no puedo. Estoy ocupado. ¿Qué tal mañana por la noche? Tengo una cosita entre las 6.30 y las 10.30 más o menos, pero después estoy libre.

Yo

¡Sí! ¡Suena bien!

En estos momentos Lily y yo nos dirigimos hacia nuestro palco privado en el estadio, calzadas con unos dolorosos zapatos de tacón alto y embutidas en elegantes vestidos de diseñador al estilo de las tiendas Marshalls.

Solo que, como yo soy así y no se puede contar con que cumpla del todo las normas de la moda de la sociedad, he conjuntado mi bonito vestido blanco ajustado con un jersey negro —con el número 8 de Nathan, por supuesto— anudado por delante.

Hay algo que aprendí al principio de la carrera de Nathan: las esposas y las novias de los jugadores de la NFL siguen un estricto código de moda, y ese código consiste en ir elegantísima en todo momento. Cuando solo era su amiga, podía ir a los partidos con zapatillas deportivas y una camiseta. Como su novia… en realidad, me da igual. Sigo yendo a los partidos vestida como quiero. Hoy, quería ir con tacones y elegante. Puede que al próximo partido vaya con un mono con capucha. Es imposible predecir con exactitud cuáles van a ser mis decisiones en cuanto al vestuario.

Una vez nos han conducido hasta el palco, entramos y nos encontramos con que Vivian, la madre de Nathan, ya está en él absorbiendo todo el oxígeno con su enorme ego. Está haciendo girar las aceitunas en su copa de martini con el aspecto de tener por lo menos diez comentarios pedantes en la punta de la lengua.

—Hola, señora Donelson, me alegro de volver a verla. —Sonrío y le alargo la mano como una vendedora de automóviles. «¿Quiere comprar este montón de chatarra?». La gente normal se abraza en situaciones como esta, pero hay que recordar que Vivian Donelson dista mucho de ser normal, y que siempre me ha considerado una amenaza para la carrera de Nathan. Dicho de otro modo, me detesta.

Sus ojos oscuros, parecidos a los de Nathan, pero con una expresión inquietante que te hace pensar que nunca se le cierran, descienden hacia mi mano extendida.

—La próxima vez harás bien en hacerte la manicura antes de un partido importante, igual que hacen las esposas y las novias de los demás jugadores. Y deja las pulseras chabacanas en casa. No encajan en este mundo. —Sus ojos vuelven a ascender. Mi mano se ha quedado sin estrechar—. A nadie le gusta que haya una hippy sentada en la zona de las esposas de la NFL.

Lily da un paso hacia delante como si fuera a arrancarle los pendientes de las orejas y apalearla al estilo de *Rompe Ralph*. La sujeto por el antebrazo y la paro, porque no necesito que libre esta batalla por mí. Sus palabras ni siquiera me han dolido. Lo único que siento ahora mismo es tristeza por Nathan. Haber crecido con una madre tan estricta y exigente debe de haber sido espantoso. No es extraño que se sienta agobiado por la presión y las expectativas. Me asombra también que haya superado la influencia de esta mujer y se haya convertido en una persona tan generosa y buena a pesar de ella. Lo que demuestra que el dinero no es lo que define a una persona; solo realza su carácter.

Bueno, ya es hora de que alguien informe a la señora Donelson sobre su carácter y sobre cómo afecta a las personas que la rodean. Las últimas semanas, Nathan se ha alejado de sus padres a sugerencia de su terapeuta, que lo ha instado a establecer nuevos límites. Se ha sincerado conmigo sobre cosas de su infancia de las que yo no tenía ni idea y me ha hablado también con franqueza sobre la actitud de su madre hacia mí concretamente. Desde el principio de nuestra relación me ha dejado claro que no tengo que morderme la lengua ante su madre; soy dueña de decir lo que pienso y de defenderme, y cuento con su apoyo total e inquebrantable para ello.

Así que, atrás todo el mundo, voy a convertirme en la peor pesadilla de esta mujer.

—Señora Donelson —empiezo con una sonrisa comedida—, en primer lugar, tendría que dejar de decirme groserías como esa.

Me parece que frunce el ceño, pero como su cara siempre adopta una expresión severa, es difícil de asegurar.

—Como creo que ya sabe —prosigo—, estoy aquí para quedarme. Y no tenga la menor duda de que, si nos sigue hablando a mí o a mi novio como ha hecho hasta ahora, sus días en este palco están contados. Que lo haya traído a este mundo y lo haya encaminado hacia el éxito no le asegura un lugar en nuestras vidas.

Como he dicho antes, no soy ninguna amenaza para las mujeres que hay en la vida de Nathan hasta que lo obligan a elegir. Él siempre me elegirá a mí, y ahora que sé por qué, tengo la firme intención de que este poder se me suba a la cabeza. Voy a proteger a Nathan con el mismo ímpetu con que él me protege a mí.

—No voy a hablar por Nathan a pesar de que tengo una lista larguísima de cuestiones que me gustaría comentarle, pero en cuanto al modo en que me trata a mí, es usted condescendiente y grosera, y no voy a aguantarlo más.

Lily abre unos ojos como platos y aprieta los labios para evitar sonreír abiertamente. A la señora Donelson le tiembla ligeramente el ojo izquierdo. Levanta el mentón, y me preparo para sus palabras hirientes. De hecho, me preparo para recibir un bofetón en la cara.

No ocurre ninguna de las dos cosas.

—Esta bebida es horrible. Voy a ver si lo que tienen fuera es mejor. —Nos roza al salir y deja una estela de aire gélido a su paso. Doy gracias al cielo porque Nathan no tiene una relación estrecha con esta mujer y solo debo soportarla unas cuantas veces al año.

En cuanto se ha ido y la puerta se ha cerrado tras ella, Lily se vuelve hacia mí.

—No he estado tan orgullosa de ti en toda mi vida. —Pues mejor, porque estoy literalmente temblando ahora que todo ha terminado—. A esa mujer solo le falta un abrigo de pieles para convertirse en una malvada de Disney. Y, por cierto, ¿dónde está el padre de Nathan?

—Mañana tiene una reunión importante para la que quiere estar descansado. Ha dicho a Nathan que vería parte del partido por la tele.

—Estás de broma —suelta Lily parpadeando.

—Ojalá.

Nathan ha trabajado muy duro para complacer a sus padres, y aquí está, en la Super Bowl por segunda vez, y su padre ni siquiera se molesta en hacer acto de presencia porque quiere lavarse el pelo y dormir sus horas para estar fresco como una lechuga al día siguiente.

Lily y yo bajamos los tres peldaños que separan la zona de recepción del palco de las butacas de piel situadas delante del cristal. El estadio se está llenando rápidamente de fans, todos ellos engalanados con los colores de los equipos en contienda: negro y plata, naranja y azul marino. La energía chisporrotea por las gradas como un espectáculo de fuegos artificiales. La ilusión burbujea en mi interior, al estilo del champán del bueno.

Nathan —y su equipo, pero, en serio, ¿a quién le importan los demás?— saldrá pronto por el túnel de vestuarios y el estadio enloquecerá. Hay aficionados que sostienen carteles con su nombre, llevan jerséis con su número, mientras que los fans rivales lo temen y temen lo que hará hoy. Su nombre estará en labios de miles de personas, coreado y abucheado. Todo el mundo especula: «¿Cómo es Nathan Donelson en la vida real?».

Pero yo lo sé.

Sé lo de la botella verde de champú y que le da miedo volar. Sé que puede guardar un secreto mejor que Lily desde el verano en que una botella de vino desapareció misteriosamente de la nevera de vinos de mis padres, y sé que las sábanas de Nathan me acarician con suavidad la piel. Es mío, y mi corazón late con alegría al pensarlo.

La señora Donelson regresa al cabo de un rato con otra bebida y nos sentamos en medio de un silencio terriblemente incómodo. Ella tamborilea sobre el brazo de la butaca con sus largas y cuidadas uñas, y las tres nos morimos de ganas de que dé comienzo el partido. La larga punta de su zapato de tacón alto vibra hacia atrás y hacia delante. Lily y yo no dejamos de dirigirnos discretamente miradas atormentadas sin que ella se dé cuenta.

Finalmente, los altavoces retumban por la megafonía:

—¡Damas y caballeros, demos la bienvenida a los campeones de la NFC, Los Angeles Sharks!

El estadio estalla en gritos, y los cámaras se arremolinan. Comienza el espectáculo. Estoy en el borde de mi asiento cuando la densa niebla y las brillantes luces cubren la salida del túnel de los Sharks.

Y ahí están.

Nathan aparece el primero, con el equipo pegado a sus talones. Corren entre la niebla con una seguridad en sí mismos que pone la carne de gallina. En este momento, da igual lo que pienses de este deporte; quieres ser esos jugadores.

Jamal flexiona ambos brazos y grita como un gladiador. Otros agitan el puño en alto y dan patadas al aire mientras cruzan el campo hacia el banquillo. Nathan es tranquilamente Nathan. Sale corriendo con hielo en las venas, imperturbable como siempre. Cuando llega a la línea de cincuenta yardas, se para y levanta la cabeza con el casco puesto. Noto sus ojos en mí como si me estuviera recorriendo la piel con los dedos. Sonríe por primera vez y levanta el brazo para saludarme. Y entonces me señala. El gesto universal de «Va por ti, cariño». Pongo cara de tonta y le lanzo un beso. Él lo atrapa. Los fans se giran y dirigen sus ojos, penetrantes como rayos láser, hacia mí, pero a mí lo único que me importa es Nathan.

Durante la media parte, Lily y la señora Donelson están intentando charlar, pero como Lily está hablando con los dientes apretados, me imagino que seguramente la cosa no va bien. Yo me he escabullido hacia la zona de cáterin del palco para mirar el móvil por si Nathan tiene un minuto para mensajearme.

—… es porque últimamente ha estado… distraído —asegura la señora Donelson, en un intento nada velado de culparme a mí de que los Sharks estén perdiendo por una anotación. Elijo una galleta de la mesa y le doy un gran mordisco. Ummm, pepitas de chocolate.

Lily siente la necesidad de respaldarnos a Nathan y a mí, lo que a mí me parece adorable y graciosísimo porque yo no malgasto ningún sentimiento en Vivian.

—Las distracciones son buenas para las personas. Creo que sus distracciones son las que lo ayudaron a evitar esa captura en el segundo cuarto. —Un poco tomado por los pelos, Lil, pero es un bonito gesto.

La señora Donelson resopla. Yo sigo comiéndome la galleta.

—No es probable —insiste—. Hoy parece lento. Creo que no ha dedicado el tiempo suficiente a entrenar.

—¡¡Creo que usted no ha dedicado el tiempo suficiente a decirle que lo está haciendo muy bien!!

Vaya, eso ha subido de tono deprisa. Lily se levanta. La señora Donelson se levanta. Las dos están dispuestas a lanzar el guante, y yo estoy aquí detrás, disfrutando de mi galleta.

Me suena el móvil, de modo que me vuelvo y me quedo absorta hablando con mi persona favorita.

Nathan

Hola. ¿Cómo te va el día?

Yo

Muy bien. ¿Y a ti?

Nathan

Bastante aburrido. No está pasando nada interesante. Te echo de menos.

La voz de la señora Donelson interrumpe brevemente mis pensamientos:

—¡Lo presiono porque lo quiero!

> **Yo**
>
> Yo también. Yo también.

> **Nathan**
>
> ¿Sigue en pie nuestro plan para más tarde?

—ESO NO ES AMOR —grita Lily.

—¿Y cuánto tiempo hace que eres madre, jovencita?

—¡No me llame jovencita!

> **Yo**
>
> ¿Nuestra fuga? Ah, sí, se me había olvidado por completo. Pero suena bien.

Me encanta que bromeemos así. Detrás de mí se está desarrollando una telenovela, y Nathan y yo estamos fingiendo que vamos a fugarnos para casarnos hoy mismo.

> **Nathan**
>
> Perfecto. Bueno, mi jefe dice que tengo que volver al trabajo. Te amo.

> **Yo**
>
> ¡¡Te amo!! ¡Ve a dar caña a tus colegas!

> **Nathan**
>
> *emoji de un tiburón*

Cuando me giro, la señora Donelson y Lily se están abrazando. ¡¿Qué diantres me he perdido?!

Hemos estado las tres conteniendo el aliento los últimos diez minutos. El partido está muy ajustado. En este momento la diferencia entre ambos equipos es de cuatro puntos, con un resultado de 21 a 17 a favor de los Stallions. Solo quedan treinta segundos de juego y es nuestra cuarta oportunidad. Tenemos que conseguir una nueva primera oportunidad para tener alguna posibilidad de ganar, y ya no nos quedan tiempos muertos. La tensión es palpable en el estadio, y la verdad es que no me puedo ni imaginar la presión que Nathan está cargando ahora mismo sobre sus hombros al ver que el tiempo se agota.

Ambos equipos se ponen deprisa en formación, y entonces le pasan el balón a Nathan para que inicie la jugada. Este mueve los pies unas cuantas veces en busca de un receptor desmarcado, pero no hay ninguno. El corazón me martillea cuando lo veo meterse el balón debajo del brazo y echarse a correr. No tiene más remedio que intentar conseguir esa nueva primera oportunidad él mismo.

Al principio, las cosas parecen prometedoras, pero entonces, como si lo estuviera viendo todo a cámara lenta, un jugador defensivo cruza la línea y placa a Nathan, que cae de espaldas.

Se le escapa el balón. Perdido. Se acabó el partido.

Un grito ahogado colectivo recorre el estadio, y todos hundimos los hombros. El jugador que ha placado a Nathan se levanta y le alarga la mano para ayudarlo a levantarse. Suspiro de alivio cuando Nathan se la toma y se pone en pie, ileso.

En ese instante me doy cuenta de que estoy pegada al cristal como un insecto al parabrisas de un coche. Me libero de él y me giro hacia mi hermana y la madre de Nathan. De algún modo hemos conseguido establecer vínculos durante la segunda mitad del partido. Lily le ha dado realmente algo en qué pensar a Vivian durante su combate verbal y se ha mostrado más flexible desde entonces. No me malinterpretes, sigue siendo un coñazo, pero creo que, cuando Lily ha ayudado a Vivian a ver que de alguna manera se había convertido en una réplica exacta de su madre, a la que despreciaba, Vivan se ha quedado de piedra.

Hemos pasado por muchas cosas las tres durante este partido de Super Bowl. Y ahora se ha acabado.

El mariscal de los Stallions pone una rodilla en el césped al iniciar la siguiente jugada, lo que pone fin oficialmente al partido al agotarse el tiempo que quedaba. No me entretengo ni un segundo en buscar la cara de Nathan en la banda, porque lo único que quiero es estrecharlo entre mis brazos lo antes posible. Así que salgo disparada y bajo rápidamente en ascensor hacia la entrada de los medios de comunicación. Los guardas de seguridad comprueban mi acreditación en la puerta y, después, me conducen con los demás familiares de los jugadores por un túnel oscuro que lleva al terreno de juego.

Uy. Acabo de caer en la cuenta de que me he ido tan deprisa del palco que he dejado sin querer a Lily y a la señora Donelson atrás. Se siente. Tengo prisa, señoras.

Salgo del túnel justo a tiempo para ver como Nathan, en el centro del campo, se da un rápido abrazo con el mariscal de campo del equipo ganador. Tiene clase ese Nathan. Consigue dar la impresión de alegrarse de verdad por su oponente, a pesar de que sé que está destrozado.

Ha trabajado tanto para llegar hasta aquí, y todo para ser él quien, al final, hace la jugada con la que se pierde el partido. Espero que los medios de comunicación no se ceben en ese fallo, porque ha jugado un partidazo hasta ese momento, lo que merece ser destacado. Pero, de alguna forma, sé que lo harán. Esas imágenes de la pérdida de balón de Nathan se verán repetidas una y otra vez.

Hay cámaras enfocando desde todos los ángulos a los dos mariscales charlando. Llueve confeti sobre los jugadores mientras se felicitan unos a otros y muestran una deportividad que sé que no están sintiendo. Jamal está al otro lado del campo, presionándose los ojos con el índice y el pulgar para no derramar lágrimas. Derek está en el banquillo, cabizbajo. No veo a Price ni a Lawrence, pero estoy segura de que su estado de ánimo es parecido.

El terreno de juego es un caleidoscopio de emociones. Mientras un jugador está eufórico y salta con un compañero para chocar con el pecho o besa a su esposa, otro está con la mirada baja, tragándose la decepción.

Pierdo de vista a Nathan y entro un poco en pánico. ¿Cómo estará? Mi oso de peluche perfeccionista con nervios de acero está en algún lugar del campo y sé que se encuentra hecho polvo. Tengo que estar a su lado.

De puntillas en la zona de anotación, alargo el cuello para ver, pero es difícil con tantas personas en el campo. Me planteo pedir a alguno de estos gigantes cubiertos de protecciones que me cargue a hombros, pero me libro de hacerlo al localizar finalmente a Nathan en la banda conversando con uno de sus entrenadores. El hombre le da algo y señala en mi dirección. Abro mucho los brazos, preparada para recibir a Nathan para que llore en mi hombro.

Cuando se vuelve, su mirada me sacude como un campeón de peso pesado en el cuadrilátero. Me quedo sin aliento. No necesita llorar en mi hombro. Está sonriendo.

Avanza hacia mí mientras le llueve confeti, la gente se abraza, lo celebra y llora a su alrededor, y él separa las emociones como si fueran las aguas del mar Rojo. Está sudoroso y reluciente. Tiene los brazos musculosos cargados y con las venas marcadas después de haber jugado un partido largo y agotador. Los cámaras ven su sonrisa y se arremolinan a su alrededor. Comprendo su curiosidad: ¿tal vez esté teniendo una crisis nerviosa en este instante?, ¿tal vez dejó caer el balón a propósito? Porque esta no es la expresión de alguien que acaba de perder todo lo que siempre ha querido.

No. Se acerca a mí, y sus dientes blancos relucen bajo los focos del estadio. Deja caer el casco a sus pies y su rodilla hace lo mismo. Todo el caos que nos rodea desaparece. Solo estamos mi mejor amigo y yo. Y él me está proponiendo matrimonio.

—Hola, amiga preciosa —me dice, tomándome la mano con la suya, rugosa, con nuevos callos y vendada con esparadrapo—. Sé que ya lo planeamos ayer por la noche, pero me pareció que quizá te gustara oírlo en persona en lugar de leerlo en un mensaje de texto. —Nathan me aprieta la mano y yo ya estoy llorando—. Bree, mi mejor amiga, te amo. No hace mucho tiempo que salimos juntos, pero llevamos años juntos. ¿Te casarás conmigo? ¿Me dejarás que te ame todos los días a partir de ahora? ¿Dejarás por fin tu piso de mierda y te mudarás al mío?

Suelto una carcajada.

—Todo esto es una mera estratagema para alejarme del moho, ¿verdad?

—Es la única forma en que me permitirías hacerlo.

—Se te da muy bien aprovechar los resquicios.

Me mira pestañeando, y veo que él también tiene lágrimas en los ojos.

—¿Es eso un sí?

Asiento frenéticamente con la cabeza, riendo, llorando y casi meándome encima al hacerlo.

—¡Sí! —exclamo.

Nathan se pone en pie de golpe, me levanta del suelo y me hace girar en el aire mientras el confeti cae a nuestro alrededor como si estuviera nevando. ¿Está pasando esto de verdad?

—¿Esta noche? —me susurra al oído—. ¿Te fugarás y te casarás conmigo?

Llegados a este punto, el cámara se aburre de nuestro momento Hallmark y regresa con el equipo ganador para oírle declarar que van a ir a Disneyland.

Todavía en sus brazos y con los pies colgando a más de medio metro del suelo, todo me parece irreal.

—¿Estás seguro? No sé si te das cuenta o no, pero ha sido un día importante para ti. Y… eres consciente de que tu equipo acaba de perder, ¿verdad? —No quiero preguntárselo, pero tal como se está comportando, cabría pensar que lo está celebrando en lugar de lamentando. Y, aunque fugarme con Nathan para casarme con él es, sin lugar a duda, el ideal de mis sueños, tengo que cerciorarme de que está convencido. Debo tener la certeza de que no actúa precipitadamente porque esté desilusionado.

Se ríe entre dientes y sus brazos me estrechan con más fuerza la zona lumbar.

—Sí, sé que hemos perdido. Y sí, estoy desilusionado, pero, sobre todo, me alivia que todo haya acabado por fin. Siento que me he quitado un peso enorme de encima. Ahora solo quiero respirar a tu lado un tiempo. A poder ser en alguna playa. Contigo en el bikini más diminuto que encuentre.

Le pincharía los costados con los dedos, pero lleva la protección completa…, lo que no es nada justo. Así que me inclino hacia delante y le doy un beso rabioso en los labios. Hala, castigado.

—Bree, la respuesta completa es que no quiero esperar ni un minuto más sin ser verdadera y completamente tuyo al cien por cien. Pero si quieres que esperemos y celebremos una gran boda, lo haré. No te sientas con la obligación de casarte conmigo esta noche para hacerme sentir mejor por haber perdido. Porque no es eso lo que esta boda significa para mí.

Me agacho y lo beso de nuevo, tomándome mi tiempo para explorar detenidamente sus labios como si no nos estuvieran observando miles de desconocidos. Sabe a sudor y a esperanza, y no voy a desperdiciar esta oportunidad de ningún modo. Podemos celebrar una gran fiesta cuando vayamos a casa.

—Estaría loca si no me casara contigo esta noche —digo a Nathan, totalmente en serio.

Su cara se ilumina con una sonrisa y me deja en el suelo.

—Oh, se me ha olvidado por completo darte esto; ¿tendríamos que volver a empezar? —Levanta el estuche de un anillo y lo abre.

Su belleza me deslumbra. Este anillo es preciosísimo, pero, sobre todo, es propio de mí. No es llamativo ni enorme. No tendré que ir arrastrando la mano por el suelo al caminar. Es un hermoso y sencillo diamante en talla princesa. Exactamente lo que yo habría elegido.

En cuanto me pongo el anillo, Jamal, Derek, Price y Lawrence se apiñan a nuestro alrededor. Es un barullo de felicitaciones y de abrazos sudorosos. No va a durar mucho porque los chicos tienen que ir a ducharse y, después, Nathan tiene que estar disponible para una entrevista pospartido. Tiene el tiempo suficiente para darme un beso en la mejilla, dos en el cuello y otro más en los labios antes de gruñir irritado y obligarse a sí mismo a marcharse.

Me señala como si se estuviera preparando para lanzarme el balón ganador.

—Quesito Bree, ¿sigues conmigo?

—¡Siempre! —grito haciendo bocina con las manos.

Diez minutos después me reúno con Lily en el palco. La señora Donelson ya se ha marchado, gracias a Dios, por lo que no tengo que explicarle nada ahora.

—¡DATE PRISA! —digo, tirando de Lily para levantarla de la butaca—. ¡MUEVE EL CULO, TENEMOS QUE PREPARARME PARA MI BODA!

31

Bree

—Me voy a casar, me voy a casar, me voy a casar —me repito a mí misma quince veces más ante el espejo del cuarto de baño del hotel. Afortunadamente para mí, ya llevaba un vestido blanco durante el partido. Me he quitado el jersey y *voilà*, ¡novia instantánea! —expresión esta que me hace parecer una especie de sopa—. Ladeo la cabeza al verme reflejada en el espejo —no me gusta nada compararme con una sopa.

Lily está detrás de mí y me pone las manos en los brazos.

—¿Te están entrando dudas? Tendré un coche a punto para sacarte corriendo de aquí en cinco minutos si es lo que quieres.

—¡Te subiré a ese coche y haré que te lleven hasta el aeropuerto y que te envíen a Australia si intentas disuadirme de esto! Estoy tan dispuesta a casarme con Nathan que resulta doloroso.

—Lo sé —asegura Lily con una sonrisa—. Estoy muy contenta de estar aquí contigo.

Ya he llamado a mamá y a papá, y aunque no les ha entusiasmado perderse la boda de su niña, los dos son adictos a Hallmark y les encanta un idilio arrollador cuando lo ven. Estarán en la boda a través de FaceTime, lo mismo que los padres de Nathan, supongo.

Nos pasamos los siguientes treinta minutos acicalándome,

pero como ni Lily ni yo tenemos demasiada experiencia con una paleta de sombras de ojos ni con las horquillas, llamamos por FaceTime al maestro.

—Desliza hacia atrás el lado derecho como una ola majestuosa besando la playa al atardecer —indica Dylan desde la pantalla de mi móvil.

Lily hace una mueca y me tira con torpeza el pelo hacia atrás demasiado fuerte. Me duele el cuero cabelludo.

—Pero ¿qué significa eso, Dylan? —exclama.

—¡UNA OLA MAJESTUOSA AL ATARDECER, LILY! No he dicho una abuela con los puños cerrados en Navidad.

—¡No entiendo nada de lo que está diciendo! —susurra mi hermana, desanimada.

—Yo tampoco. Haz lo que puedas.

Al final, Lily complace al maestro y pasamos a la sombra de ojos. El cepillo le tiembla en los dedos cuando me lo acerca al párpado y repite las instrucciones de Dylan:

—Un pájaro sobrevolando el cañón con polvo dorado en las alas; lo tengo. —El globo ocular de Dylan ocupa la mayor parte de la pantalla de lo cerca que está de ella.

Una vez estoy maquillada, me miro en el espejo. Tanto Dylan como Lily se derriten al verme, lo que me llena los ojos de lágrimas.

—No me puedo creer que esto sea real. Voy a casarme con mi mejor amigo esta noche.

Lily se sorbe la nariz y recuesta la cabeza en mi hombro. Dylan se seca de un manotazo una lágrima rebelde en la mejilla y asiente con la cabeza.

—Pues sí, es verdad. Y ahora, métete una mano en el sujetador y haz subir esas monadas hacia la superficie.

Genial. Justo lo que necesitaba para acabar con las lágrimas.

Nathan mensajea a Lily una lista detallada de todo lo que está haciendo, afirmando que es el día de nuestra boda y que yo no tendría que preocuparme por la logística. Ahora son las once de la noche, más o menos una hora después del partido, y Lily me está conduciendo por el vestíbulo del hotel hacia la calle. El aire frío me recorre los brazos y, como en un secuestro muy bien ejecutado, un SUV con las ventanillas tintadas se para junto al bordillo. Lily abre la puerta y me mete dentro. Acto seguido oigo el portazo y, por un instante, tengo miedo de que no haya llegado a subirse conmigo. Vaya. Aquí está. Todo va bien.

Echo un vistazo al interior y me entristece que Nathan no esté conmigo. No lo he visto en todo el fin de semana salvo ese breve momento en que me ha pedido que pasara el resto de mi vida con él. Nada importante.

Lily debe de ver mi expresión.

—Ya está en la capilla. Quería hacer todo lo posible para que todo fuera lo más parecido al día de una boda de verdad para ti. No te vas a creer lo que ha organizado en tan poco tiempo.

Me lo voy a creer, porque Nathan es así. Ahora, viendo las cosas con claridad, sé que no hay nada que no haría por mí; siempre ha sido así con él.

Lo que me recuerda lo poco romántica que soy.

—¡Oh, no! —exclamo, dándome palmaditas en los costados como si pudieran salirle bolsillos de repente al vestido—. ¡Su anillo!

Resulta que en Las Vegas hay cientos de sitios en los que se puede comprar una alianza en un abrir y cerrar de ojos. Hemos comprado la de Nathan cuando volvíamos al hotel. Bueno, técnicamente, la ha comprado Nathan porque me ha dicho que usara su tarjeta de crédito. He aceptado su dinero dado que, ¿recuerdas?, tengo dos dólares y poco más.

Lily sonríe y busca en su bolso el estuche, que saca triunfalmente.

—Sí, lo tengo —suelta—. Para que lo sepas, no sabrías dónde tienes la cabeza si no la llevaras pegada al cuerpo.

—Ayyy, me haces sentir muy bien el día de mi boda.

—Y serías capaz de usarla como pelota y te entretendrías con un puñado de críos en un campo, iniciando un nuevo programa de actividades extraescolares en el que usarían tu cabeza como pelota de fútbol.

—Morboso. Auténtico humor negro —afirmo con una mueca.

Se encoge de hombros como para decir: «Es lo que hay». Un poco de alegría el día de la boda.

Tras pasarme unos minutos moviendo nerviosamente la pierna y tamborileándome sobre la rodilla con los dedos, Lily se desplaza al asiento más cercano a mí. Me pone la mano en la rodilla.

—¿Sabes qué? Acabo de darme cuenta de que, como mamá no está aquí, tengo una tarea muy importante.

—¿Cuál?

Su sonrisa se vuelve pícara.

—Explicarte la felicidad de la noche de bodas —responde.

—Por favor. Ni se te ocu…

—Bueno, cielo, habrás notado algunas sensaciones interesantes cuando Nathan y tú os habéis besado. No debes tener miedo…

La interrumpo a la vez que trato de taparle la boca con la mano:

—No es mi primera vez, Lily. ¡Sé lo que estoy haciendo! Oye, para de decir esa palabra…

—… y eso es lo que pasa cuando todo ha terminado. —Agita los hombros, sin inmutarse por los zarpazos que le lanzo agresivamente a la boca—. A ver, te confiaré unos cuantos truquitos divertidos que he aprendido. Ya me mensajearás dándome las gracias después.

Estoy riendo tan fuerte que apenas puedo oírla. Me tapo las orejas para apagar el sonido de su voz y hundo la cabeza entre mis rodillas.

—¡No quiero oír nada sobre tus rarezas sexuales con Doug! ¡La, la, la! DIOS MÍO, NO PUEDE SER QUE HAYAS DICHO ESA PALABRA A TU HERMANA MENOR.

Me atormenta con sus consejos sexuales el resto del trayecto. Y este pasará sin duda a la historia como uno de mis días favoritos.

¿He dicho uno de mis días favoritos? Quiero decir mi día favorito ABSOLUTO de toda mi existencia.

Llegamos a la capilla y un séquito de personas que nunca había visto me sacan del coche. Una mujer con un portapapeles me conduce rápidamente al interior de la pequeña capilla blanca de Las Vegas, y me sorprende que dentro no huela a alcohol y a estríperes. Apenas tengo tiempo de asimilar nada mientras me dirige hacia una pequeña habitación situada a un lado de la puerta principal de dos hojas. Lily me sujeta la mano todo el rato.

La mujer se gira, sin aliento, agarrando el portapapeles como si llevara en él los códigos secretos.

—Hola. Buenas. ¡Feliz día de su boda! Estoy aquí para ayudarla a ponerse su vestido.

—¿Mi vestido? —Me miro. ¿Acaso voy desnuda?—. Oh, ya llevo uno. ¿Lo ve? —Le señalo la prenda por si le queda alguna duda.

—No —ríe—, su vestido de novia.

—Yo no he… —Mi lengua deja de moverse cuando se hace a un lado y puedo ver un perchero lleno de relucientes vestidos blancos, e incluso algunos de color champán y rosa pálido, llenos de encaje. Hay por lo menos veinte colgados.

Las palabras me salen a trompicones:

—¿Son...?, ¿van incluidos con la capilla? ¿Es como un rincón de disfraces en versión vestidos de novia?

—No —contesta con una carcajada—. Creo que son un regalo de su futuro marido.

Me llevo una mano al pecho y me vuelvo para mirar a Lily, que está haciendo todo lo posible por conservar la calma, pero es en vano. Las lágrimas le resbalan por la cara, y da la impresión de que ya sabía que todo esto iba a pasar. Doy un paso hacia delante y encuentro un sobrecito pegado al perchero. Dentro hay una nota del mismísimo Dylan.

Hola, Hoyuelos:

Una vez más, tu chico se ha desvivido por ti. Elegí personalmente todos estos vestidos para ti hace una semana, y me aseguré de seleccionar solo los que creo que, sin lugar a duda, te encantarán (a pesar de que te juuurooo que quería incluirte el vestido de «Cenicienta se cayó en un helado de naranja»).

Te quiero, cielo. Has encontrado un buen hombre. Besos y abrazos de tu segundo hombre favorito del mundo,

DYLAN

¿Hace una semana? No puede ser. Eso significaría que...

—¡¿A qué estás esperando?! —pregunta Lily, apartándome para poder empezar a echar un vistazo a los vestidos—. ¡Tenemos una boda a la que asistir!

Veinte minutos después, llevo puesto un vestido tan bonito que tendría que ser ilegal. Las mangas largas están hechas de un encaje frágil y delicado que también recubre, con mayor consistencia, el cuerpo. Cuenta exactamente con treinta y un botones de perla en la espalda. Desde la cintura, la falda de tul, con muchas capas, fluye hacia el suelo con amplio volumen y termina en una cola discreta. Se me ve la piel bajo el encaje de las mangas, el cuerpo luce un escote profundo en *V*, y cuando camino, la tela hace frufrú. Soy una princesa, una bailarina y una mujer poderosa en un intricado envoltorio. Jamás me he sentido tan preciosa ni tan querida como al ir a entrar en esta capilla.

Pero enseguida tengo que rectificar este pensamiento porque me doy cuenta de que es AHORA cuando no me he sentido nunca tan querida. Se me corta la respiración en el umbral. No es para nada lo que creía que sería. ¿Dónde está Elvis? ¿Dónde está el olor a ginebra y a malas decisiones? No, estoy alucinando.

Esta capilla fue comprada en el cielo y traída durante la noche a la Tierra. El techo abovedado se eleva sobre mi cabeza hacia las nubes. Una enorme araña de luces brilla en el centro del íntimo espacio. Unos tablones de madera blanca conforman el techo, y unas vigas espectaculares los refuerzan. El suelo de roble oscuro permite que mis tacones repiqueteen al andar, y el frufrú de mi falda suena a besos del mar. Unos enormes ramos de color verde y rosa llenan la sala.

Pero no es esto lo que está haciendo que no salga de mi asombro. La capilla está llena de gente. Mi gente. La gente de Nathan. Mi familia, mis amigos e, incluso, su madre. Esto no es ninguna fuga. Esto es mi boda, una boda que es evidente que Nathan lleva planeando desde hace cierto tiempo.

Mi padre, que se suponía que iba a ver la ceremonia por el móvil, se me está acercando por el pasillo central. Le relucen los ojos de la emoción, y se le ve pulcro con su traje. Alarga el brazo.

—Hola, tesoro. ¿Estás preparada para casarte esta noche?

Bueno, me he puesto a sollozar. Es una lástima que Lily se haya esforzado tanto en mi maquillaje porque voy a arruinarlo en dos segundos. Dylan estaría horrorizado. ¡Espera! Hablando de Dylan, ¡ahí está! En la tercera fila contando desde atrás, formando un corazón con las manos y lanzándome besos imaginarios a través de él como si fueran pompas de jabón. Me vuelvo hacia Lily con una mirada de interrogación. Está sonriendo y asintiendo con la cabeza. Ella lo sabía todo el tiempo.

Mi padre empieza a llevarme por el pasillo y lo veo. Nathan. Mi Nathan, mi mejor amigo y el amor de mi vida, en pie con su esmoquin negro, su fantástico cabello ondulado apartado con maña de la cara, una lágrima resbalándole por la mejilla y una sonrisa deslumbrante dibujada en los labios. Es mío. Me ama. Me ama lo bastante como para planear sorprenderme con la boda de mis sueños. ¿Cómo es que he tenido tanta suerte?

Voy flotando hasta el altar.

Mi padre me entrega a Nathan, y ahora estoy en un sueño. Jamal está detrás de Nathan, y Lily está detrás de mí. Los demás chicos están todos sentados en la fila delantera, levantando los pulgares hacia mí. Mi madre me hace lo mismo desde el otro lado. La madre de Nathan se decanta por una ligera sonrisa y un saludo con la mano.

Nathan me toma la mano, y un cosquilleo me recorre el cuerpo. Lo miro a los ojos negro azabache y me sumerjo en un amor exuberante, sensual, apasionado.

—¿Sigues conmigo? —pregunta con una sonrisa dulce, insegura.

Trago saliva con fuerza e intento hablar entre lágrimas.

—¿Has hecho todo esto por mí?

—Haría cualquier cosa por ti. ¿Te gusta?

Dedico un momento a echar otro vistazo a mi alrededor. Todas las caras sonrientes. No queda oxígeno en la capilla; todo el mundo está quemando su reserva emocional. Estamos todos sollozando y la alegría me impide ver con claridad. Aprieto la mano de Nathan y vuelvo a mirarlo a los ojos.

—Me encanta —respondo—. Te amo. ¿Desde cuándo has estado organizando esto?

—Desde que te advertí de que iba a proponerte matrimonio. Al día siguiente contraté a un organizador de bodas. ¿Seguro que te gusta? Porque, si no, puedo cancelarlo todo ahora mismo.

Busco las mejores palabras para expresar como es debido lo que siento, y el resultado es muy deficiente:

—Nathan... Yo..., tú... ¡y todo esto! —Sacudo la cabeza—. Gracias. Me gusta muchísimo. —Mientras contemplo los ojos de Nathan, su mandíbula recién afeitada, sus anchas espaldas, la impecable corbata negra anudada a su cuello y sus fuertes manos sujetando las mías con tanta ternura, me invade una sensación de impaciencia—. ¿Y ahora qué?

Ensancha su sonrisa, señala con la cabeza al celebrante que está a un lado, y me mira otra vez.

—Si estás dispuesta a ello, nos casamos.

Suelto una breve carcajada entre lágrimas.

—Sí, por favor —digo.

32

Bree

Tengo mi mano en la de Nathan mientras recorremos en silencio el pasillo enmoquetado del hotel. Estamos en la vigésima octava planta, dirigiéndonos hacia lo que, sin duda, es la mejor suite de todo el edificio. Nos detenemos delante de la puerta y Nathan me besa los nudillos. Ninguno de los dos puede creerse que esto sea real. No deja de tocarme, de besarme, de deslizarme la mano por la piel cada dos por tres, y creo que es porque se está tratando de convencer de que esto es real igual que estoy haciendo yo. Estamos en un cuento de hadas. Somos títeres de sombra proyectados en la pared.

Introduce la tarjeta llave en la cerradura y se ilumina la luz verde. Me golpea suavemente las corvas con el antebrazo para cargarme en sus brazos y cruzar el umbral de esta guisa. Tengo el corazón en la garganta y los dos nos reímos del amor cursi que ha estado circulando entre nosotros toda la noche. Yo lo he estado llamando «marido». Él me ha estado llamando «esposa». Todo el mundo se ha muerto de la vergüenza. Pero nosotros, no; esta noche, no.

Nathan me lleva dentro, y está todo a oscuras. Conmigo aún en sus brazos, busca el interruptor de la luz, pero yo lo detengo. La luz de la luna se cuela por la ventana y sume la habitación en un ambiente romántico que me calma los nervios.

Trago saliva con fuerza, y Nathan me mira fijamente. Sus ojos son negros como mantos de terciopelo. Su mirada me envuelve por completo.

—No estés nerviosa —dice, leyéndome los pensamientos.

—Pero lo estoy. Hace demasiado tiempo que deseo esto, y podría decepcionarte. Podría no ser suficiente para ti.

Su sonrisa es apenas una insinuación. Un susurro en sus labios. Se agacha, me toquetea el cuello con la cara, y su barba incipiente es un murmullo de placer.

—Tú siempre serás suficiente para mí.

Se me escapa un suspiro tembloroso de los labios mientras él me lleva a la cama en sus fuertes brazos. Se para antes y deja que me deslice lentamente hacia abajo hasta que toco el suelo con los pies. Alzo la mirada y se me entrecorta la respiración. Es perfecto. La luz de la luna se proyecta sobre su poderosa mandíbula y sus marcados pómulos, dibujando un perfil que Da Vinci tendría que plasmar. Me pongo de puntillas y beso sus labios carnosos. Él me responde con paciencia. Es algo muy dulce y muy tierno. Me toma por la cadera. Yo deslizo las manos por debajo de las solapas de su esmoquin y asciendo más y más por su pecho hasta llegar al pelo suave de su nuca.

Tira de mí con fuerza, me presiona contra su cuerpo y se aferra a mí como si planeara no soltarme nunca. A partir de ahora viviré entre sus brazos. Nuestras bocas se exploran. Extiende con firmeza una mano en mi espalda y me pone la otra en el cuello. Nuestros labios danzan con suavidad, con firmeza, hacia atrás y hacia delante.

Mis sentidos se precipitan como una canoa que cae por una cascada cuando los labios de Nathan descienden por mi cuello hasta mi clavícula. Me saborea ligeramente la piel con la lengua y gime de placer. Por fin está pasando. «Mío, mío, mío», dice ahora mi corazón. Le quito la chaqueta del esmoquin de los hombros y noto sus tersos músculos debajo de la camisa. Estoy temblando. Tengo un nudo en el estómago. Lo necesito. Me ayuda con los botones y echamos la prenda a un lado.

Sostengo las manos delante de su cuerpo y él sonríe. Intento respirar, pero alguien se ha sentado sobre mis pulmones. Nathan suelta una risita y finalmente la impaciencia se adueña de él. Me toma las manos y me las apoya con fuerza en su pecho. Piel cálida, firme. Me sigue sujetando las muñecas y tira de mí hacia la cama con él. Se sienta y deja que yo me quede en pie. Apoya sus grandes manos detrás de él en la cama y se endereza.

—Lleva tú la iniciativa —dice en voz baja, entregándome todo el poder.

Desearía más que nada en el mundo no sucumbir a la timidez en este momento. Ojalá pudiera mostrarle lo sensual que puedo ser. Y lo poderosa. No esta chica temblorosa que está aquí plantada con su vestido elegante. Pero cuando alzo la mirada y mis ojos se encuentra con los suyos, solo veo una adoración llena de ternura. Me quiere tal como soy, por siempre jamás.

Cuando me coloco entre sus piernas, la tela de mi falda roza la de sus pantalones. Negro azabache contra blanco inmaculado. Una luna en el cielo nocturno. Una página blanca salpicada de tinta. Completamente distintos, pero un perfecto complemento juntos.

Persigo con un dedo su clavícula. Desciendo por el brazo. Le acaricio los dedos. Los flexiona y repito el recorrido en el otro lado. Todo su cuerpo reacciona. Los músculos se le contraen, y le recorro los abdominales con los dedos. Son… espléndidos. Le está saliendo un ligero cardenal en el lugar del bíceps por donde lo placaron durante el partido. Me agacho y le acerco los labios. Noto un calorcillo en el estómago. Un fuego me chisporrotea en el corazón. Nathan me sujeta por las caderas y me sienta en su regazo.

Nos miramos a los ojos, y el silencio se instala en un espacio suave y cómodo que nos envuelve y protege. Me pasa un mechón de pelo por detrás de la oreja y yo me estremezco.

—Hace tanto tiempo que te amo —afirma en voz baja, como si hablara consigo mismo—. ¿De verdad estás aquí?

Me inclino hacia él y le doy besos cálidos desde la base del cuello hasta la mandíbula. Él me sujeta como si fuera de cristal. Si me aprieta demasiado fuerte, me romperé.

—Los dos estamos soñando —digo contra su piel aterciopelada.

—Lo mismo he pensado yo.

Gira la cara y se apodera de mi boca. Esta vez no es un beso tan sosegado. Sus labios son ardientes. Su lengua, exploradora. Su corazón late con la fuerza de un martillo. Va a abrirle el pecho y atacarme.

Vuelve a sujetarme la cintura con las manos y me levanta con facilidad de su regazo. Me quedo en pie junto a la cama y hace que me dé la vuelta. Noto sus dedos en mi espalda, desabrochándome los diminutos botones. Me imagino cómo deben de verse entre sus grandes dedos. Como si un gigante alargara la mano al cielo para recolocar las estrellas.

Uno a uno, Nathan sustituye cada botón que me desabrocha con un sonoro pop por un beso en los centímetros de piel que han quedado al descubierto. El romanticismo nos envuelve. Me recorre los huesos como una cuerda tensa unida a sus caricias. Nathan me besa como si fuera sagrada. Oigo temblar su respiración y sé que él también está sintiendo lo importante que es este momento. La presión acumulada, la intensidad que hemos estado conteniendo desde aquel día en la pista del instituto hace tantos años, todo nos ha conducido hasta este momento, hasta nuestra unión.

Pop, pop, pop. Beso. Beso. Beso.

—Te amaré hasta mi último aliento —susurra contra mi hombro desnudo, y el sonido de mi vestido al caer es como el del viento a través de esplendorosos árboles verdes.

Me rodea la cintura con los brazos y tira de mí hacia atrás contra su pecho. Piel contra piel. Santo y sagrado. Echo la cabeza hacia atrás y él me besa la garganta.

—Mi hermosa y encantadora esposa.

Nos pasamos horas en nuestro propio mundo. Nuestra historia de amor es tangible. Nuestras esperanzas están al descubierto. Nuestras almas, alegres. Hemos dejado de lado nuestros miedos por este breve momento en el tiempo en el que nada puede alcanzarnos. En este lugar..., en esos brazos..., me siento segura y libre. Abro los brazos y danzo bajo la lluvia. Giro en medio de la corriente. Me recuesto en el prado y veo como unos ojos oscuros centellean sobre mí.

EPÍLOGO

Bree

A la mañana siguiente, mientras seguimos acurrucados bajo un gigantesco edredón mullido sin la menor intención de salir de la cama, Nathan me acaricia el pelo con la mano y masculla:

—Bree, tengo que confesarte algo.

Yo todavía estoy en un mundo de fantasía, por lo que podría decirme que es un asesino sanguinario y seguramente me limitaría a murmurar: «Muy bien, cariño».

Suelta una risita y me da la vuelta para que lo mire.

—Hablo en serio —insiste—. Creo que puedo haberte engañado sin querer para que te casaras conmigo. Se me olvidó contarte algo muy importante antes de que nos diéramos el «sí, quiero».

«Vaya por Dios. Adelante, no te cortes, arruina mi sensación de felicidad».

—¡Bueno, suéltalo ya!

—Es más bien algo que tengo que mostrarte —indica tras cerrar los ojos e inspirar.

—Nathan. Ya lo he visto todo —replico mirándolo seductora.

Suelta una carcajada y entorna los ojos antes de alargar la mano hacia la mesilla de noche para coger su cartera. Se incorpora y, una vez con la espalda recostada en el cabecero de la cama, empieza a tirar de mí por las axilas para que haga lo mismo.

—¡Vale, vale, ya voy! Caramba.

Desde luego, le da importancia a lo que quiera que sea. De la cartera, saca una hoja de papel doblada y me la pasa. Asiente con la cabeza para que la coja. Parece una repetición de lo de la Caja de Zapatos de los Posibles Horrores.

La desdoblo y encuentro una especie de lista pormenorizada con muchos garabatos en los márgenes. Algunos elementos, como «guerra de comida» tienen una equis al lado, y otros, como «masajearle los pies», tienen una señal. Nathan parece estar preparado para que le tire la alianza a la cara.

—¿Qué estoy mirando? —pregunto, sin sentirme, ni mucho menos, lo enojada que él imagina que tendría que estar.

—Es… una chuleta de jugadas románticas. Los chicos me ayudaron a prepararla cuando accedimos a tener una relación ficticia. Era para ayudarme a salir de la zona de amigos.

Aparto los ojos de su expresión apenada para volver a mirar el papel y leerlo con mayor conocimiento de causa. Mientras repaso la lista, me vienen muchos recuerdos a la memoria. Bailar en mi despacho. El caramelo Starburst. El ascensor averiado.

—¡Lo siento muchísimo, Bree! Te aseguro que iba a enseñártelo cuando entraras en la capilla ayer por la noche, pero en cuanto te vi, se me fue por completo el santo al cielo. —Está balbuciendo y pasándose las manos por el pelo—. ¿Estás disgustada? ¿Te sientes traicionada?

Lo miro boquiabierta, básicamente porque su bíceps luce de lo más espectacular cuando se pasa la mano por el pelo.

—No me lo puedo creer —digo con una voz dura como el granito.

Frunce el ceño y suspira.

—Lo sé. Lo que he hecho ha estado mal —se disculpa.

—Lo que has hecho ha sido… —me giro y lo miro directamente a los ojos— maquiavélico. —El miedo se le refleja en la mirada hasta que le pongo los labios en el cuello—. Un acto deshonesto. —Otro beso—. Desesperado. —Titubea, pero lo comprende todo tras mi siguiente beso—. Tierno.

—¿No estás enfadada entonces? —pregunta con voz ronca mientras tiro de él hacia nuestro nido de amor bajo el edredón.

—Entrañable.

—Algunas de estas cosas eran ideas realmente horrorosas. —Está intentado señalar elementos de la lista, pero no me interesa.

—Romántico.

—De acuerdo, como acabas de tirarla al otro lado de la habitación de ese modo, supongo que ya has terminado con ella.

—Sensual.

Ahora me está besando él.

—¿Me perdonas, pues? —pregunta contra mi piel.

—Sí, pero solo con la condición de que pongas el mismo empeño en ser romántico conmigo a lo largo de todo nuestro matrimonio.

—Trato hecho —afirma con un brillo taimado en los ojos.

FIN

CHULETA DE JUGADAS ROMÁNTICAS

Nate,
no te quedan
manzanas
-Price

1. Tomarse de la mano ✓
2. Guerra de comida ✓ *Sorprendentemente sensual*
3. Colocar un mechón de pelo detrás de la oreja ✓
4. Decir guarrerías sobre su sensual cabello

¿¿qué??

5. Regalarle sus flores favoritas ✓
6. Tocarle el brazo al hablar ✓
7. Fingir que el coche se ha averiado

Verdes
y
rosas

8. Provocar un apagón y encender velas ✗
9. Alquilar un restaurante entero
10. Guiñarle el ojo ✗
11. Enseñarle a lanzar el balón ✗
12. Derramarte algo en la camisa ✓
13. Quedar atrapados en el ascensor ✗
14. Tener su chuche favorita a mano ✓
15. Escribirle un poema → NOPE
16. Masajearle los pies ✓
17. Besarle la frente ✓
18. Sorprenderla en su lugar de trabajo ✓
19. Bailar inesperadamente con ella ✓
20. Darse el lote cuando sea el momento adecuado ✓✓✓

Starbucks

¡¡¡LAWRENCE ES IMBÉCIL!!!
-Jamal

→ Jamal es un crío - Lawrence Hill

Derek, eres idiota -N.D.

YA TE GUSTARÍA TENER MI GANCHO
—Derek Pender